FOLIO POLICIER

Jørn Lier Horst

Le Mal en personne

Une enquête de William Wisting

Traduit du norvégien
par Céline Romand-Monnier

Gallimard

Titre original :
ILLVILJE

Né en 1970, Jørn Lier Horst est un ancien officier de police. Les enquêtes de William Wisting, traduites en vingt-six langues, ont fait de lui un des auteurs les plus populaires de Scandinavie, avec plus de dix millions de livres vendus, une adaptation en série télévisée et de nombreux prix à la clé (le Glass Key, le Martin Beck Award ou encore le Swedish Academy of Crime Writers Award).

1

Line leva la tête. Par la porte en verre armé, elle le vit au bout du couloir. Tom Kerr. Il marchait vers elle, un gardien de prison devant lui, un autre derrière.

Il avait changé.

Après l'arrestation et pendant le procès, quatre ans auparavant, son visage aux yeux marron avait été placardé dans les médias. Les cheveux courts, la peau rasée de près, il avait eu une allure soignée pour faire bonne impression. À présent, avec sa carrure et ses pectoraux développés, ses cheveux drus qui retombaient sur son front, son teint blafard, ses pores dilatés et ses points noirs, il ressemblait davantage au personnage qu'il était réellement, un homme capable de faire ce pour quoi on l'avait enfermé. Il braquait un regard mauvais droit devant lui en mastiquant un chewing-gum la bouche ouverte, des bulles de salive à la commissure des lèvres.

Il atteignit la porte qui le séparait des policiers venus le chercher. Des clefs cliquetèrent. Il fit rouler sa tête, ses épaules, délassa ses muscles.

Line lança un coup d'œil à Adrian Stiller, qui lui fit un signe de tête.

Elle prépara sa caméra, recula à peine.

Le gardien ouvrit la porte, entraînant un courant d'air froid. Tom Kerr crispa la bouche en un sourire, comme si quelqu'un venait de dire quelque chose qui lui plaisait, puis il franchit le seuil. Line le cadra dans son objectif et démarra l'enregistrement. Il portait un jean bleu, un T-shirt gris et un blouson de sport noir.

Stiller entra dans le champ. Il mesurait une demi-tête de moins que Kerr. Comme il tenait un dossier et un émetteur radio, la poignée de main ne s'imposa pas naturellement. Il s'adressa à lui d'un ton solennel.

« Tom Kerr. Vous avez accepté de participer à une reconstitution. » Il fixa la caméra. « Tout ce que vous direz sera enregistré et fera partie de votre déposition officielle, à l'exception de vos éventuels entretiens avec votre avocat, dont vous êtes autorisé à solliciter l'assistance. »

Line dézooma pour inclure Claes Thancke dans son cadre. Son costume sombre et ses chaussures en cuir paraissaient peu adaptés à l'opération du jour.

Avec sa clientèle de grands criminels, ceux dont la société devait se protéger, le pénaliste avait souvent défrayé la chronique. On lui prêtait beaucoup de talent, mais Line n'avait jamais aimé sa façon de banaliser et de minimiser ses affaires dans les médias.

« Je vais diriger la reconstitution, poursuivit Stiller. Nous serons tous deux munis d'un émetteur et d'un micro pour l'enregistrement de votre déposition. Je vais vous équiper. »

Kerr acquiesça. Stiller lui tendit le petit micro pour qu'il le glisse sous son T-shirt et le clipse sur son col et s'occupa de fixer l'émetteur dans son dos, sur son jean.

« Pouvez-vous parler pour vérifier que cela fonctionne ?

— Test, test », fit Kerr.

Une voix rugueuse comme du gravier.

Line confirma à Stiller que la prise de son était bonne. La batterie et la mémoire de la caméra permettaient douze heures d'enregistrement ; elle devait récupérer sa fille bien avant.

« Avez-vous emporté quelque chose ? s'enquit Stiller.

— Comment ça ? demanda Kerr.

— Vous avez quelque chose sur vous ? Dans vos poches ?

— Non. »

Stiller sortit une paire de gants en latex de sa poche arrière.

« Je dois vérifier. »

Kerr leva les bras, il était coutumier de l'exercice. Stiller passa la main sur les poches de son pantalon.

« Ouvrez grand ! »

Kerr leva la langue vers son palais pour montrer qu'il ne cachait rien dans sa bouche.

« Enlevez vos chaussures. »

Il retira ses baskets sans les délacer.

« Je suis en taule depuis quatre ans. Vous pensez vraiment que j'ai trouvé quelque chose à sortir en douce ? »

Stiller prit la chaussure sans répondre, se détourna à demi pour l'examiner.

Levant les yeux de sa caméra, Line observa son dos, ses muscles fermes sous l'étoffe fine de sa chemise.

« Bien, conclut Stiller en reposant les chaussures devant le détenu. Sans compter le chauffeur et la documentariste, nous serons six dans le véhicule, en plus de vous. »

Il chercha une poubelle des yeux pour jeter ses gants en latex, sans succès.

« Gram sera chargé de la sécurité pendant la reconstitution », expliqua-t-il en désignant un policier vêtu d'une combinaison.

Line le filma.

Gram approcha du détenu avec une paire de menottes et des entraves et lui indiqua de tendre les mains.

Kerr s'adressa à Stiller.

« Je suis obligé d'avoir des entraves aussi ?

— C'est lui qui décide. » Stiller montra Gram de la tête.

C'était la comédie habituelle, le policier moins gradé endossait le rôle du méchant flic.

« Votre évaluation fait état d'un risque d'évasion », trancha ce dernier d'un ton abrupt.

L'avocat écarta les bras.

« Rien que dans le véhicule, le ratio est de huit contre un. Et il sera sûrement encore plus élevé sur place. Est-ce vraiment indispensable ?

— Le débat est clos, répondit Gram. Vous avez envoyé une requête à la Direction générale de la police pour que les policiers ne soient pas armés lors de cette reconstitution.

— Vous savez très bien pourquoi, insista l'avocat. Lors de son arrestation, deux agents ont fait feu sans la moindre justification. C'est une chance qu'il n'ait pas été abattu. »

Gram l'ignora et regarda Tom Kerr droit dans les yeux.

« Défaites votre ceinture. »

Kerr obtempéra. Line immortalisa Gram qui passait une chaîne dans une jambe de son pantalon, faisait glisser l'entrave jusqu'à sa cheville et la verrouillait, avant d'accrocher l'autre extrémité de la chaîne aux menottes.

Le risque d'évasion n'avait rien de fictif. Tom Kerr avait été condamné à la peine maximale de vingt et un ans, avec une période de sûreté de quinze ans. Ce qui impliquait que, à l'issue de ces quinze années, la peine pourrait être prolongée par tranches de cinq ans maximum, tant que la justice percevrait un risque important de récidive. Dans les faits, la condamnation à la peine maximale pouvait entraîner la détention à vie. Il n'avait rien à perdre à tenter de s'évader.

« Sommes-nous prêts ? » s'enquit Stiller.

Gram hocha la tête et donna des instructions sur sa radio. Un gardien ouvrit une dernière porte et ils se dirigèrent vers le minibus.

Line ne s'était approchée du détenu qu'à travers son objectif. Le voilà qui venait vers elle, la démarche gênée par les menottes et les entraves, le pas traînant. En la dépassant, il se tourna, fixa l'objectif. Il était si proche qu'elle sentait son odeur, aigre et renfermée, comme une maison restée longtemps inoccupée.

2

Hammer tendit l’index : « C’est là. »

William Wisting ralentit, activa son clignotant et attendit à l’entrée du chemin de terre barré par une voiture de police.

La voiture recula pour le laisser passer et une jeune policière apparut à la vitre latérale. C’était une nouvelle recrue de la brigade d’intervention mobile, mais il ne se souvenait plus de son nom.

Il s’arrêta sur le côté, baissa lui aussi sa vitre. Marlene. Marlene Koht.

« Ils ne sont pas encore arrivés, l’informa-t-elle.

— On est en avance. Il y a eu du passage ?

— Non. Des gens du coin, c’est tout. On est ici depuis trois heures. »

Elle leva un porte-bloc avec une courte liste des automobilistes qui avaient emprunté le chemin dans un sens ou dans l’autre.

Hammer prit la parole à son tour.

« Pas de journalistes ?

— Pas de journalistes. »

Wisting la remercia d’un signe de tête. Il redémarra, faisant gicler des cailloux.

Le paysage de champs labourés se transformait en forêt, plus loin. On était mi-septembre, certains arbres jaunissaient déjà et perdaient leurs feuilles.

Le chemin accidenté longeait un muret en pierre et bifurquait çà et là vers des chalets d'été. Au bout de quelques minutes, ils arrivèrent à hauteur d'un champ au milieu duquel se dressaient les vestiges d'une scierie.

Wisting fit demi-tour et se gara de façon à ne pas gêner ses collègues à leur arrivée.

10 h 50.

Il ouvrit sa portière, s'extirpa du véhicule. C'était une journée douce, le soleil brillait haut dans le ciel. Il resta quelques instants à écouter le gazouillis des oiseaux avant de repousser la portière et de s'appuyer sur le capot.

Hammer le rejoignit, les mains enfoncées dans ses poches.

« Qu'est-ce que tu en dis ?

— Ça se peut. »

Wisting plissa les yeux en direction des bois de l'autre côté du champ.

Quatre jours plus tôt, ils avaient tous deux sillonné les chemins et les sentiers les uns après les autres. Ils connaissaient le terrain. Eftanglandet, une péninsule de près de cinq cents hectares de terres agricoles et de forêt légèrement vallonnée. À l'est, la route d'Ulaveien marquait la limite naturelle d'une zone marécageuse, dans les autres directions le paysage s'achevait sur un littoral alternant entre rochers et baies sablonneuses.

Là-bas, peut-être.

Taran Norum.

Âgée de dix-neuf ans, elle avait disparu au retour

d'une soirée à Bekkelaget où elle s'était rendue avec des copines de classe. Le lendemain, vers 14 heures, les opérations de recherche avaient été lancées dans son quartier, dans un périmètre d'un peu moins de six cents mètres. On n'avait récupéré qu'une chaussure et son téléphone.

Rien ne reliait Tom Kerr à cette disparition, mais certains avaient relevé des similarités avec celle de Thea Polden deux mois auparavant, dans un lotissement de Stovner. Lorsque Salwa Haddad avait disparu à son tour alors qu'elle rentrait de chez son petit ami à Hellerud, les conjectures s'étaient multipliées. Trois filles du même âge, disparues de la même façon. Thea Polden et Salwa Haddad avaient été retrouvées mortes au bord de Nøklevann, sauvagement brutalisées. Pendant l'instruction et les procès, on avait parlé de Taran Norum comme de la troisième victime, bien qu'elle ait été la deuxième à disparaître. C'était celle qu'on n'avait jamais retrouvée.

« Les chiens auraient découvert quelque chose », souligna Wisting.

Hammer tira un sachet de snus[1] de sous sa lèvre et balança le tabac sur un tas de sciure grise.

« Ça va bientôt faire cinq ans, objecta-t-il. Je ne sais pas quelle performance on peut attendre d'eux. Et puis ce n'est pas certain qu'elle soit tout entière dans un seul endroit. Les autres victimes étaient découpées en morceaux. »

Wisting gratta pensivement le sol du bout de sa chaussure. Cinq jours auparavant, on les avait informés

1. Poudre de tabac, parfois présentée en sachets qui se glissent sous la lèvre supérieure. *(N.d.T.)*

de la possibilité que la troisième victime de Kerr soit cachée dans leur secteur. Il avait confessé le meurtre de Taran Norum à un codétenu, qui avait pris contact avec la direction de la prison. Les enquêteurs de l'unité des Affaires anciennes non résolues de Kripos étaient venus l'interroger et, à la surprise générale, il était passé aux aveux et avait consenti à montrer où il l'avait enterrée.

« Je ne sais pas ce qu'il mijote, poursuivit Hammer, mais je ne crois pas franchement à son désir de collaborer avec la police.

— Stratégie. »

En contrepartie de sa déposition, Kerr avait exigé son transfert de la prison haute sécurité à un établissement de Halden, où les conditions de détention étaient moins dures, sans contacts avec des détenus malades mentaux et avec de meilleures possibilités de formation.

Des aveux complets pourraient être perçus comme le signe d'une évolution, le genre de changement de comportement et d'attitude requis pour une future évaluation de la commission des libérations conditionnelles, mais Wisting ne croyait nullement que cela l'aiderait à sortir de prison. Ses actes étaient d'une brutalité et d'une cruauté telles qu'il en faudrait bien davantage pour le relâcher dans la société.

Les négociations avec le procureur général de Norvège et la Direction générale de la police avaient duré plusieurs semaines. Lui-même n'avait jamais rien eu à faire avec ce détenu, c'était Oslo qui avait enquêté sur les meurtres, mais Kerr venait de désigner la scierie de Refsholt comme point de départ des recherches, et c'était dans son secteur.

De toute évidence, il y était déjà venu. Il avait offert une description détaillée du pré en été, de l'ancienne scierie et de ce qu'il restait des machines. En revanche, il n'avait pas expliqué le choix de l'endroit.

La radio à la ceinture de Hammer s'anima. Sur la route principale, le véhicule transportant le détenu annonçait son arrivée.

Dans l'espoir de devancer Kerr, le pourtour de la scierie avait été passé au crible avec des chiens dressés pour la recherche de cadavres, sans résultat. Chose qui apportait de l'eau au moulin de ceux qui ne voyaient dans cette reconstitution que le prétexte d'une évasion. Au petit matin, on avait établi des postes de contrôle sur le chemin et plusieurs voitures banalisées étaient en place sur les routes alentour. Toutes les précautions étaient prises.

3

Le minibus noir était précédé de deux voitures de police. Derrière venait l'avocat, au volant d'une Mercedes aux vitres teintées.

Le cortège se gara. Un chien en cage se mit à aboyer dans l'une des voitures.

Adrian Stiller descendit le premier. On n'avait pas enquêté activement sur la disparition de Taran Norum depuis quatre ans. À l'époque, la moindre pierre avait été retournée, puis les pistes s'étaient refroidies et, suivant la procédure, le dossier avait été transféré à l'unité des *cold cases* de Kripos et lui avait été confié.

Wisting et Hammer lui serrèrent la main.

Stiller leva les yeux sur le ciel d'automne bleu.

« Et l'hélicoptère ?

— Le nouveau a été réorienté sur une opération de recherche près de Kongsvinger, expliqua Hammer, un enfant de neuf ans qui a disparu. Mais il peut arriver en trente-cinq minutes. Le vieux est en révision. Gram est au courant. »

Hammer désigna l'imposant policier, qui parlait au téléphone dans l'ouverture du minibus. Kittil Gram avait participé aux réunions préparatoires au cours desquelles on avait assigné les tâches et réparti les responsabilités. Pendant la reconstitution, Wisting et Hammer allaient se cantonner dans un rôle d'observation.

« J'aurais demandé un survol avec caméra infrarouge pour voir s'il y avait des gens sur le site », déclara Stiller.

Il partit trouver Gram, tint brièvement conseil avec lui. Ils décidèrent de lancer la reconstitution. Gram donna quelques ordres. On fit sortir les chiens. Le minibus commença à se vider : d'abord deux policiers, puis une policière. Gram la salua d'un signe de tête. Maren Dokken. Étant dotée de l'œil analytique qui permet de distinguer les détails importants et qui fait les bons enquêteurs, elle s'était fait remarquer pendant son stage, mais pour l'heure, elle travaillait à la brigade mobile. Ensuite vint Line, avec sa caméra.

Wisting croisa les bras sur sa poitrine. Il n'aimait pas que sa fille soit impliquée dans cette affaire. Il n'aimait pas que Stiller ait fait appel à elle. Elle, la journaliste, lui, l'enquêteur. Leurs routes professionnelles s'étaient croisées par le passé, ils étaient parfaitement au clair sur leurs rôles respectifs et ne manquaient d'intégrité ni l'un ni l'autre, ce n'était pas le problème. Seulement il ne souhaitait pas la voir approcher si près de quelqu'un comme Tom Kerr, si près du mal.

Mais Line pensait plus loin, plus grand. Elle avait obtenu l'autorisation d'utiliser ultérieurement ses images dans un documentaire. Une société de production était intéressée par son idée, ce qui se comprenait sans peine. Les actes de Tom Kerr étaient d'une bestialité rare et son procès n'avait pas apporté toutes les réponses. Loin de là. Il avait eu un complice qui n'avait jamais été identifié et que les médias avaient baptisé l'«Autre».

Wisting avait souligné la confusion des rôles : Line ne pouvait pas travailler sur son documentaire tout en remplissant une mission pour la police, et elle avait bien compris qu'elle ne pourrait pas s'y atteler avant le terme officiel de son contrat avec Kripos, mais elle considérait que sa présence lors de la reconstitution lui offrait un angle narratif unique. Quoi qu'il en soit, elle n'en était pas encore là. D'abord, il fallait que le meurtre de Taran Norum soit élucidé et qu'une décision définitive de justice soit prononcée. Tout ce processus pourrait prendre des années, mais elle souhaitait en suivre toutes les étapes.

Wisting rejoignit ses collègues. Ils restèrent en demi-cercle devant le minibus. Tom Kerr apparut dans l'ouverture et descendit, accompagné du cliquetis de ses entraves.

Il s'immobilisa, leva les yeux au ciel, avant d'observer tout ce monde qui était là à cause de lui en s'arrêtant sur son avocat.

«Il faut qu'on parle», déclara-t-il.

Claes Thancke fit un pas en avant.

«Où pouvons-nous le faire sans être dérangés ?

— Vous n'avez qu'à retourner dans le minibus», répondit Stiller.

Thancke eut l'air réticent, comme s'il soupçonnait le véhicule d'être sur écoute.

«Pourrions-nous aller dans ma voiture ?»

Stiller se tourna vers Gram.

« À condition que vous me donniez les clefs », répondit celui-ci.

Thancke les sortit de sa poche et les lui lança.

« Coupez l'enregistrement », demanda le détenu.

Adrian Stiller vint retirer le câble de son micro et l'émetteur pendant que Gram inspectait la voiture de l'avocat.

« Prenez la banquette arrière », précisa-t-il en leur tenant la portière.

L'avocat et son client s'installèrent. Les policiers en uniforme se postèrent autour du véhicule.

Claes Thancke avait perpétué la tradition familiale en s'inscrivant au barreau, comme son père et son grand-père avant lui. Il comptait désormais parmi les avocats les plus controversés du pays. Wisting l'avait rencontré dans le cadre de quelques affaires et l'appréciait assez. Claes était critiqué, conspué, il avait suscité de l'émotion en s'exprimant notamment en faveur de la légalisation de la drogue, de l'euthanasie, de la prostitution et de la suppression de la majorité sexuelle. Il s'agissait là de sujets sensibles, on l'avait qualifié de porc, taxé de misogynie ; mais Wisting le respectait en tant que gardien des opinions minoritaires, un statut important dans la protection des grands principes du droit. C'était un pénaliste à forte personnalité, hardi, qui défendait les plus faibles et les exclus et prenait les affaires les plus impopulaires. Dénué de préjugés, il se souciait de ses clients, des gens souvent regardés de haut, méprisés. Des pédophiles, des violeurs, des meurtriers, des racistes, des conjoints violents.

Tom Kerr était l'un d'eux. Ce dernier avait maintenant quarante-trois ans. Lorsque Thancke l'avait défendu pour la première fois, vingt-cinq ans auparavant, il avait été reconnu coupable de sept chefs d'accusation allant du voyeurisme aux sévices ayant entraîné la mort d'animaux de compagnie dans son quartier. Wisting avait lu le dossier. Au tribunal, Kerr avait expliqué que torturer et tuer des animaux était un exutoire à la colère qu'il avait en lui.

Les silhouettes des deux hommes se devinaient derrière les vitres teintées. Parfois, on décelait un mouvement, un geste pour expliquer ou montrer quelque chose.

« De quoi peuvent-ils bien parler ? s'interrogea Hammer, d'un ton découragé. Ils ont passé une heure ensemble avant de quitter la prison. »

Wisting envisagea d'aller voir Line, mais les portières s'ouvrirent. Claes Thancke rajusta légèrement sa veste de costume. Tom Kerr attendit. Stiller s'avança pour lui installer l'émetteur et rebrancher son micro. Line plaça son casque sur ses oreilles.

« Vous êtes prêt ? » s'enquit Stiller.

Kerr répondit d'un signe de tête et cracha par terre, puis il leva les mains aussi haut que le permettaient ses menottes et indiqua le départ d'un sentier au bout du pré.

« C'est par là-bas. »

4

Le sentier était peu utilisé. En cinquième position dans la file, Line devait constamment se protéger du retour des branches balayées par ceux qui la précédaient.

Elle marchait derrière Adrian Stiller, qu'elle avait rencontré quand elle était encore journaliste à *VG* et enregistrait un podcast sur un enlèvement remontant aux années 1980[1]. Ils avaient collaboré encore l'année passée : un groupe d'enquête spécial l'avait engagée après la découverte d'une importante somme d'argent dans le chalet d'un homme politique décédé. Les deux fois, elle avait contribué à élucider l'affaire.

Stiller lui faisait l'effet d'un enquêteur méticuleux, mais elle n'en avait pas moins relevé qu'il n'agissait jamais sans arrière-pensées.

Elle effectuait à présent sa troisième mission pour lui et pour l'unité des *cold cases*. Dans la première, elle lui avait fourni des photos pour illustrer une publication interne. Dans la seconde, elle avait documenté une reconstitution au cours de laquelle un homme

1. Voir *Le code de Katharina*, Gallimard, 2021. *(N.d.É).*

avait avoué un meurtre commis près de dix-huit ans auparavant.

Aujourd'hui, la situation était différente.

Lorsqu'il l'avait appelée une semaine plus tôt, elle avait d'abord cru qu'il voulait l'inviter à dîner. C'était plus ou moins dans l'air. Elle s'était préparée à refuser, car s'il était séduisant et que leurs six ans de différence d'âge restaient dans les limites du raisonnable, elle souhaitait préserver la relation professionnelle qu'ils avaient développée.

Le long cortège progressait dans le silence général.

Line n'avait pas eu accès aux explications de Tom Kerr concernant le meurtre de Taran Norum, mais elle savait ce qu'il avait fait aux deux autres victimes.

Des actes inhumains, sadiques. Tenues prisonnières pendant plusieurs jours, les deux jeunes femmes avaient subi des sévices sexuels, été torturées à mort. Des viols répétés, avec usage de divers instruments, certains chauffés au préalable. Déchirures du rectum et de l'urètre, lésions internes des voies intestinales et urinaires. Les autopsies indiquaient que les mamelons des victimes avaient été arrachés à la pince, de leur vivant. Ensuite, après leur mort, les corps avaient été démembrés, décapités, découpés, afin sans doute de pouvoir s'en débarrasser plus facilement.

Sans bouger la caméra, Line se tourna et constata que son père marchait en queue de file. Il avait l'air âgé, ses gestes étaient lents et il serait probablement resté à la traîne sans les entraves qui ralentissaient Tom Kerr.

Le vent avait couché un arbre sur le sentier. Le détenu eut besoin d'aide pour le franchir.

« Stiller ! appela Wisting.

— Oui ?

— Je peux vous dire deux mots ? »

L'enquêteur de Kripos pria le cortège d'attendre quelques instants. Comme il avait un micro, Line entendit leur conversation à mi-voix dans son casque.

« Ça ne me plaît pas, déclarait son père. On a fait plus de cent mètres sur ce sentier. Ce n'est pas logique.

— À quoi pensez-vous ?

— Les autres lieux de découverte se trouvaient à moins de vingt mètres de l'endroit où il avait garé sa voiture. Pourquoi aurait-il porté ce corps-ci sur une telle distance ? »

Stiller lança un regard derrière lui sur le sentier, puis devant.

« C'est encore loin ? » demanda-t-il à Kerr.

Line zooma sur le détenu et l'entendit clapper de la langue, cracher.

« Non.

— Mais encore ? »

Kerr haussa les épaules, tarda à répondre :

« C'est à deux ou trois cents mètres. On va arriver à un vieux grillage sur la droite. Il y a une ouverture et là, on sera juste à côté. »

Stiller fit quelques pas dans sa direction.

« Pourquoi l'avez-vous emmenée si loin de la route ?

— Pour éviter qu'on la retrouve. Et d'ailleurs, ça a fonctionné, non ? »

Line entendit la voix de son père :

« Je vois de quelle clôture il parle. C'est au moins à trois cents mètres. »

Gram les rejoignit.

« Qu'est-ce qu'on fait ? »

Stiller n'eut pas le temps de répondre avant que

Claes Thancke s'immisce dans la conversation, d'un ton narquois.

« Je suis navré que ça vous oblige à marcher autant, mais on doit lui donner la possibilité d'indiquer l'endroit où elle se trouve, non ? »

On entendit un cliquetis plus loin sur le sentier. La chaîne obligeait Tom Kerr à baisser la tête vers ses mains pour se gratter le front.

« Continuons », décida Stiller.

Kittil Gram envoya le maître-chien en tête, avec instruction d'aller à la clôture. Le cortège suivit, au rythme de Tom Kerr. Au bout de quelques mètres à peine, il trébucha sur une racine. Il essaya de se rattraper, mais les entraves le retenaient. À demi contorsionné, il heurta le sol l'épaule droite la première.

Deux hommes durent le hisser sur ses pieds.

« Ça va ? » s'enquit Stiller.

Il ne répondit pas, se contenta de quelques mouvements pour se débarrasser de la terre et des feuilles collées à ses vêtements.

« Cette entrave n'est pas faite pour les balades en forêt, intervint Claes Thancke. Je ne pense pas qu'il soit indispensable d'exposer mon client au danger. Il est là pour assister la police, il coopère.

— Justement, le port d'entraves fait partie de sa coopération, souligna Kittil Gram en vérifiant le positionnement des menottes. Continuez. »

Ils reprirent leur marche, toujours au pas du détenu. Les feuilles mortes de l'année précédente bruissaient autour de leurs pieds. Line passa sa caméra dans son autre main, la garda à hauteur de hanche. Elle ne pesait guère plus de deux kilos, mais cela finissait par être fatigant de la tenir constamment devant son visage.

Le sentier s'élargit, tourna légèrement vers le nord. La forêt changea. Les feuillus denses cédèrent la place à de grands arbres penchés aux troncs épais et aux branches contournées.

Tom Kerr regarda derrière lui. Line entendit son souffle dans son casque. Court, saccadé.

En se retournant, il avait perdu l'équilibre, le policier le plus proche tenta de lui venir en aide, mais il tomba.

Line zooma. Lorsqu'on remit Kerr sur pied, il saignait d'une petite plaie à la joue.

« Vous avez une égratignure, commenta Gram. Vous voulez qu'on s'en occupe ou on continue ? »

Claes Thancke réitéra ses réserves concernant l'usage de menottes et d'entraves, en vain.

« Allons-y », répondit Kerr.

Deux minutes plus tard, le vieux grillage apparut sur la droite. Le pâturage était envahi par la végétation. Certains piquets étaient pourris et, par endroits, la clôture s'était effondrée dans les herbes hautes.

Le maître-chien envoyé en éclaireur attendait à côté des vestiges d'une grille, d'où une pente menait à un ruisseau.

Le cortège s'arrêta.

« On va par là, annonça Kerr avec un mouvement de la tête.

— Le terrain devient nettement plus accidenté, remarqua Claes Thancke. Il ne me paraît pas très indiqué de descendre avec des chaînes. Vous risqueriez que mon client se blesse encore. »

Kittil Gram et Adrian Stiller se rapprochèrent de

Wisting. Line redressa son casque, elle avait la peau moite dessous, mais ne voulait pas l'enlever, car elle tenait à entendre ce qu'ils disaient.

« Il n'a pas tort, remarqua son père.

— On peut l'épauler, proposa Gram. Un homme de chaque côté.

— C'est relativement difficile d'accès », glissa Stiller.

Wisting coula un regard vers le détenu, le ramena sur Gram.

« L'idée de lui ôter ses entraves vous paraît acceptable ? »

Gram acquiesça.

« Tant que nous gardons les menottes…

— Alors, on fait comme vous voulez », dit Stiller.

Gram pria Tom Kerr d'ouvrir sa ceinture, libéra l'entrave autour de ses pieds, remonta la chaîne qui passait dans la jambe de son pantalon, puis la détacha des menottes et la tendit à un policier équipé d'un sac à dos.

Kerr leva les mains devant son visage, effleura sa joue éraflée. Il contempla quelques instants ses deux doigts tachés de sang, les suça.

Le chien émit un aboiement impatient. Kittil Gram ordonna à Kerr d'avancer.

La progression du détenu devint plus sûre. Il descendit en crabe la pente de l'ancien pâturage, jusqu'au ruisseau. Une ouverture dans le grillage en bas semblait donner sur un chemin.

Les policiers en uniforme le suivirent et se déployèrent sur la rive, comme si aucun d'eux ne voulait approcher du détenu. Line chercha son père du regard. Il fermait la marche avec Nils Hammer.

L'avocat aux semelles lisses avait lui aussi ralenti le pas.

Soudain, Tom Kerr fléchit les genoux, bondit en avant. Line entendit une profonde inspiration dans son casque et il se mit à courir.

5

Wisting fut alerté par les appels à l'aide et les plaintes. Il fermait le cortège de quatorze personnes et ses pensées s'étaient envolées vers l'étape suivante de l'opération. Si Tom Kerr leur indiquait l'endroit où était enterrée Taran Norum, il devrait diriger les fouilles, organiser les examens de la police scientifique, et il faudrait notamment dégager le sentier afin de permettre le passage d'un véhicule transportant l'équipement nécessaire.

Tom Kerr se précipitait vers le chemin forestier. D'une manière ou d'une autre, il avait réussi à défaire un bracelet de ses menottes, qui pendaient désormais à son autre poignet. Il franchit l'ouverture dans la clôture avec déjà une avance de dix mètres.

Puis il y eut un puissant grondement. Wisting fut ébloui par un intense éclair et projeté au sol. Des couleurs en motifs insensés tourbillonnaient devant ses yeux, des hurlements résonnaient, la terre et le sable retombaient en pluie autour de lui.

Des sifflements dans les oreilles, obligé d'aspirer l'air à pleins poumons pour ne pas suffoquer, il se hissa sur ses coudes et resta à quatre pattes pour reprendre ses esprits, essayer de comprendre ce qui s'était passé.

Un jeune policier affolé rampait sur le sol en émettant des sons incompréhensibles. Il tenta de se mettre debout, trébucha, recommença à ramper. Un autre arriva en chancelant, les bras ballants. Les vêtements en lambeaux, le visage terreux, sanglant, il était méconnaissable. Il leva le menton, puis les yeux, avant de tomber à genoux et d'éclater en sanglots.

Une fois sur pied, Wisting ouvrit grand les mâchoires pour se déboucher les tympans. Quelqu'un poussa un cri perçant. Il se retourna : l'uniforme déchiré, plusieurs blessures au visage, le bras gauche ensanglanté et inerte contre son flanc, Maren Dokken se portait au secours d'un collègue de son âge qui se tordait de douleur dans l'herbe.

Wisting esquissa quelques pas en cherchant Line du regard. Elle était à terre. Il se précipita, mais elle tâtonnait déjà vers sa caméra.

« Ne bouge pas ! lui enjoignit-il en posant la main sur son épaule. Reste où tu es. »

Il garda la main sur son épaule pendant qu'il s'efforçait de se faire une idée de la situation. Le moindre de ses muscles était tendu, l'adrénaline coulait à flots dans ses veines, son pouls battait dans ses tempes. L'odeur d'explosifs lui piquait le nez.

Un cratère s'était formé à l'orée du bois, le grillage avait sauté. Dans les herbes hautes, deux policiers se consumaient de douleur, sous le choc.

« Reste où tu es ! » répéta-t-il à Line.

Le maître-chien cria un ordre et se lança à la poursuite de Tom Kerr, en libérant son berger allemand qui partit comme une flèche dans la direction où ce

dernier avait fui. Kittil Gram voulut lui faire rebrousser chemin.

« Le chemin pourrait être miné ! »

Au même instant, deux rapides coups de feu entre les arbres mirent fin aux jappements.

Wisting se concentra sur les policiers blessés. L'un d'eux s'était redressé en position assise, il crachait du sang. L'autre avait semblait-il le pied arraché. Il gisait désormais évanoui, le teint livide. Hammer vint vérifier qu'il respirait, trouva son pouls, tandis que Wisting surélevait son pied blessé pour limiter l'hémorragie et délaçait sa ranger. Des tendons et des muscles arrachés pendaient de la plaie ouverte.

Hammer ôta sa veste et sa chemise. Il en déchira des lanières et les tendit à Wisting qui boucha et comprima la blessure et fit un bandage autour de la jambe.

« J'ai besoin d'assistance médicale immédiate, entendit-il Gram dire sur la radio. Une grenade a explosé. Trois collègues grièvement touchés, au moins quatre avec des blessures légères. »

Le centre opérationnel était informé de la reconstitution. L'opérateur répondit sans poser de questions.

Plusieurs policiers avaient des plaies mineures au visage et saignaient du nez et des oreilles. Gram en envoya deux au minibus chercher la trousse de secours et les armes, un autre prit la relève de Wisting au chevet du blessé.

La radio se ranima. Une nouvelle voix, plus autoritaire, demanda un rapport de situation.

Kittel Gram tourna les yeux vers la forêt.

« Nous ne savons pas où est le fugitif, annonça-t-il. Il est armé et se déplace à pied en direction du sud-est.

— Il nous faut des barrages routiers. Et l'hélicoptère », lui glissa Wisting.

Démontrant sa connaissance du secteur, Gram reprit la radio et énuméra les intersections et autres lieux stratégiques auxquels il souhaitait des postes de contrôle.

« Nous demandons aussi l'assistance d'Heli 3-0 et l'embarquement de l'équipage à bord d'Uniform 3-0 », poursuivit-il.

En général, à cette saison, Uniform 3-0, la vedette de police, était à quai.

« Reçu ! »

Le visage maculé de terre et de sable, Stiller mit fin à sa conversation téléphonique et les rejoignit.

« J'ai une équipe de surveillance en civil qui couvre les routes les plus proches, expliqua-t-il. Quatre unités. »

Il y eut de la friture sur une radio.

« L'hélicoptère ambulance est en route, annonça le centre opérationnel. Et les services d'aide médicale envoient un médecin et cinq ambulances.

— Reçu ! » répondit Gram.

De nouvelles annonces suivirent. Des unités indiquaient leur position et leur horaire d'arrivée estimé, Gram répondait, dirigeait les équipes.

Autour d'eux, la situation commençait à se clarifier. Les blessés étaient pris en charge et il n'y avait pas grand-chose d'autre à faire qu'attendre les secours.

Wisting baissa les yeux sur le policier inconscient. Le tissu de la chemise autour de sa cheville était rougi mais l'hémorragie semblait arrêtée. Il avait autour de vingt-cinq ans. Son uniforme était déchiqueté, son visage, en sang.

« Ça va aller, assura Hammer. À part son pied, il n'a pas de lésions externes graves.

— Ce qui m'inquiète, surtout, c'est les lésions internes qui pourraient avoir été entraînées par le souffle de l'explosion. Les blessures pulmonaires. »

Stiller jeta un coup d'œil sur le policier qui crachait du sang.

Hammer ramassa sa veste, la remit.

« Qu'est-ce qui s'est passé, au juste ? »

Wisting fit le tour du cratère et trouva ce qu'il cherchait dans l'herbe. Du fil de pêche.

Hammer le saisit, tira. Au bout était attachée la goupille de sécurité d'une grenade à main.

« Un fil de détente. Il a déclenché la grenade en franchissant l'ouverture de la clôture. »

Le maître-chien approchait. Ses mains et son uniforme étaient souillés par le sang du chien abattu.

Au loin hurlaient les sirènes des véhicules de secours.

Le maître-chien baissa le volume de la radio fixée à sa poche de poitrine et observa les environs avant de fusiller du regard Claes Thancke, comme si tout était la faute de l'avocat.

« Il avait un pistolet, bordel ! » Il brandit en l'air ses mains ensanglantées. « Quelqu'un lui avait fourni une arme. »

On rapporta la trousse de secours et les armes, une carte fut dépliée. Bien qu'à quelque distance, Wisting parvint à trouver ses repères. Le ruisseau, la ligne en pointillé qui figurait le chemin dans les bois. Il menait à la voie privée d'un lotissement de chalets au bord de l'eau.

« Bon, fit Gram. Trois hommes. »

Il désigna le maître-chien et deux des policiers les plus âgés et les plus expérimentés.

« Je veux une fouille le long de ce chemin, jusqu'au rivage. »

Les trois hommes s'armèrent de pistolets automatiques. Le maître-chien fut désigné comme chef du groupe.

Gram s'apprêtait à parler, mais le centre opérationnel se manifesta :

« La commissaire a réuni son équipe. Voici son ordre préliminaire : Tom Kerr ne doit pas quitter le secteur. Il faut l'arrêter par tous les moyens nécessaires.

— Reçu ! »

Gram s'assura d'un regard que tout le monde avait compris le message.

Thancke était resté silencieux à l'arrière-plan. Il prit la parole, d'une voix plus ténue que d'ordinaire.

« Par tous les moyens nécessaires. Qu'est-ce qu'elle entend par là ? »

Personne ne lui répondit.

Le maître-chien arma son pistolet, les deux policiers à côté de lui l'imitèrent, et ils partirent tous trois au pas de charge.

6

La prise de vues ne s'était jamais interrompue.

Les premiers ambulanciers accoururent, leur matériel sur le dos. L'un d'eux transportait une civière. Caméra au poing, Line les suivit jusqu'au lieu de l'explosion.

La situation était revenue sous contrôle très rapidement, avec une efficacité impressionnante. Après quelques premières minutes de chaos généralisé, entre les cris déchirants du policier au pied détruit et l'apathie totale d'un homme au bras blessé, Kittil Gram avait pris sans tarder la mesure des dégâts. Il avait assigné à chacun sa mission et veillé à ce que l'on administre les premiers soins aux blessés. Après quoi, il s'était concentré sur le détenu échappé.

C'était un vaste périmètre. Dix ans auparavant, Line avait couvert pour le journal local l'opération de recherche d'un enfant de six ans qui s'était perdu. Bénévoles et personnel de la Croix-Rouge avaient fait une battue. Il y avait eu des chiens, un hélicoptère. Et cependant, il avait fallu plus de vingt-quatre heures pour le retrouver : frigorifié, marqué par les événements, mais en relative bonne forme, il était sorti de sous un chalet quand il avait entendu des voix.

Elle zooma sur son père, à une quinzaine de mètres. Son visage était sévère, empreint d'une gravité qui se dessinait dans les sillons à la base de son nez et autour de ses yeux sombres. Elle l'entendit parler de la zone dans laquelle il se trouvait grâce au micro de Stiller.

Le site comptait environ trois cents habitants à l'année, beaucoup plus en été, mais en cette fin de saison, il ne restait que peu de vacanciers. Si Tom Kerr cherchait un endroit où se cacher, des centaines de chalets étaient vides. Enfin, très probablement, il allait plutôt être en quête d'une voiture ou d'un bateau. Ce qui signifiait que toute personne présente dans les environs était en danger. Après avoir piégé la police, Kerr était en fuite, armé d'un pistolet. En le suivant, on courait le risque qu'il se livre à un vol de véhicule sous la menace, voire à une prise d'otages.

Son père se tourna vers elle et regarda fixement son objectif, comme s'il remarquait soudain qu'elle filmait. Stiller fit de même. Ils échangèrent un coup d'œil avant de la rejoindre.

Sans interrompre la prise de vues, Line baissa sa caméra.

« Tu as pu filmer ce qui s'est passé ? demanda Wisting.

— Je crois, répondit-elle. J'ai essayé de maintenir Kerr au centre du cadre en permanence, mais je ne sais pas ce qui s'est passé. Je vais être obligée de regarder la séquence pour savoir ce dont je dispose.

— Quand pourrez-vous m'envoyer le fichier ? s'enquit Stiller.

— Dès que je serai rentrée chez moi.

— D’accord. Vous pouvez reposer votre caméra maintenant.

— Ça vous ennuie si je continue de filmer ? »

Il eut l’air de réfléchir.

« Souvenez-vous simplement que tout enregistrement est la propriété de la police. Vous avez besoin de notre accord pour vous en servir.

— Très bien. »

Elle leva de nouveau sa caméra.

7

À l'est bourdonnait un hélicoptère. Wisting consulta sa montre. Il était trop tôt pour que ce soit celui de la police, et en plus, il n'arrivait pas du bon côté. Ce devait être l'ambulance. Il leva les yeux au-dessus des arbres, mais ne vit rien.

Le téléphone de Stiller sonna. Après quelques mots de son interlocuteur, il détacha son micro et tira le câble sous sa chemise.

« Il faut que vous veniez avec moi, annonça-t-il à Wisting.

— Où allez-vous ? »

Sans répondre, Stiller ôta l'émetteur de sa ceinture et le tendit à Line, avec le micro.

« Ne me suivez pas.

— Où allez-vous ? »

Ne lui répondant pas à elle non plus, il se tourna de nouveau vers Wisting.

« J'ai besoin de votre connaissance du coin. » Il montra l'endroit près de la scierie où étaient garées les voitures.

L'ambulance aérienne apparut au-dessus d'eux. Elle resta en vol stationnaire à basse altitude, puis se posa délicatement sur une zone plane au bord du ruisseau. Le rotor ralentit, une porte coulissa. Deux hommes en combinaison rouge sortirent, courbés sous les pales.

Wisting signifia à Hammer qu'il partait avec Stiller avant de demander à ce dernier de quoi il s'agissait.

« Il est par ici, murmura Stiller, sa voix à peine audible dans le vacarme de l'hélicoptère. Ce pourrait être notre occasion de le trouver. »

Il ne parlait pas de Tom Kerr, mais de l'Autre.

Croisant plusieurs ambulanciers, ils regagnèrent les voitures.

Derrière le minibus, Wisting reconnut le sous-marin, une camionnette grise qui servait pour les opérations spéciales. La dernière fois qu'il était monté dedans, elle était maquillée en camionnette d'artisan lituanien. Aujourd'hui, elle était parfaitement anonyme.

Stiller ouvrit la porte, le laissa passer. Un homme était assis devant un mur d'ordinateurs.

« Ove Hidle », se présenta-t-il en serrant la main de Wisting, sans préciser ce qu'il faisait ni pour qui il travaillait.

Stiller referma la porte derrière lui.

Hidle alla droit au but.

« Je l'ai suivi dans la forêt et ensuite sur le chemin de terre », expliqua-t-il en indiquant le plus grand écran.

Wisting n'eut pas de mal à s'orienter sur la carte qui s'y affichait. Il reconnaissait le pâturage qui descendait au ruisseau et l'endroit où la grenade avait explosé.

Hidle consulta sa montre.

« Il a été en mouvement jusqu'à il y a quatorze minutes.

— Et maintenant ?

— Ici. »

Hidle désigna un symbole d'épingle rouge sur un hameau au bout d'un chemin, presque tout au bord de l'eau.

« J'ai caché un émetteur dans ses chaussures avant qu'on quitte la prison, expliqua Stiller. Par acquit de conscience.

— Alors, Tom Kerr est là ? »

Wisting pointa l'écran.

Hidle lui tendit un paquet de lingettes désinfectantes.

« Nous surveillons ses mouvements. »

Il zooma sur une vue satellite de la zone.

Wisting examina l'image tout en frottant les restes de sang sur ses mains. Il s'agissait de six chalets avec des dépendances. Douze bâtiments au total. Le point rouge signalait le fugitif, dans l'extension d'une maison de capitaine en bois blanc. Cinquante mètres en contrebas se trouvait un ponton avec un voilier.

« Il y est depuis un quart d'heure », précisa Hidle.

Wisting s'assit sur un siège libre. Il calcula que l'explosion remontait à trente-trois minutes. Kerr en avait mis dix-huit pour gagner les chalets les plus proches. Ensuite, il n'avait plus bougé.

« Vous pensez qu'il attend quelqu'un. L'Autre…

— Il va rester là jusqu'à ce que le calme revienne, que la police se retire. Ensuite, l'Autre viendra le chercher, confirma Stiller.

— Mais la police ne va pas se retirer avant que toutes les propriétés aient été fouillées.

— Je sais. J'ai besoin de votre aide pour convaincre la commissaire et son état-major de mettre un terme à l'opération en cours. »

Wisting se mordit la lèvre inférieure d'un air dubitatif. Sur la radio de Stiller, les annonces se succédaient sans trêve. Une voix essoufflée signala la découverte d'une paire de menottes là où le sentier forestier débouchait sur le chemin menant aux chalets où se trouvait Tom Kerr.

« Nous pouvons choisir de l'arrêter maintenant, tout de suite. Ou alors nous pouvons attendre l'Autre et les arrêter tous les deux, poursuivit Stiller. Mais il faut prendre cette décision avant que les équipes le découvrent.

— Je vais appeler Kiil », déclara Wisting en sortant son téléphone.

Agnes Kiil avait été nommée commissaire du district Sud-Est, le vaste secteur de police qui, depuis la restructuration, englobait les comtés du Telemark, du Vestfold et du Buskerud. Il était content de sa nomination. C'était quelqu'un qui comprenait ce que c'était que l'enquête.

« Wisting, constata-t-elle en décrochant. Je suis en réunion avec l'état-major. Que pouvez-vous me dire ? »

Il visualisa les différents chefs de brigades chargés du conseil stratégique dans les affaires hors du commun.

« L'évasion était soigneusement planifiée. Tout porte à croire que Kerr a été aidé. Nous avons des raisons de penser que c'est l'Autre qui lui a prêté assistance.

— Je vous mets sur haut-parleur. »

La proposition qu'il s'apprêtait à faire était d'une nature sensible.

« Qui est là ? » demanda-t-il pour s'assurer qu'aucune personne non concernée n'était présente.

La commissaire énonça les noms des membres habituels de l'état-major. Il poursuivit.

« Nous avons situé Tom Kerr grâce à la géolocalisation électronique. »

Il expliqua comment la surveillance avait été mise en œuvre, nul ne fit de remarque sur la légalité de la chose.

« Certains éléments suggèrent qu'il attend de l'aide pour sortir du périmètre.

— Comment cela ?

— Il va patienter jusqu'à ce que la police quitte les lieux afin que la personne qui a préparé l'évasion puisse venir le chercher.

— Que proposez-vous, exactement ?

— Que nous transformions l'opération de recherche en opération de surveillance. Nous savons où se trouve Tom Kerr. Nous pourrions rester sans bouger en attendant qu'il ait de la visite. »

Le chef de l'opérationnel intervint :

« Où est-il précisément ?

— Dans une maison de vacances. Elle est en terrain exposé, mais les alentours et la végétation permettent une observation en position cachée. Il y a un chemin carrossable pour y accéder, mais le plus efficace serait que l'Autre arrive par la mer. Le ponton est à environ cinquante mètres. Je peux vous envoyer les coordonnées. »

Un hélicoptère survola la camionnette. Le policier le plus grièvement blessé partait à l'hôpital.

« Ce que vous proposez requerrait une opération paravent, renchérit le chef de l'opérationnel. Nous ne pouvons pas nous retirer sans autre forme de procès, il nous faut une activité dans le secteur pendant les heures qui viennent.

— Cela impliquerait aussi d'induire sciemment les médias en erreur », ajouta quelqu'un d'autre, la personne responsable de l'information et de la communication, sans doute.

La commissaire reprit la parole.

« Laissez-nous un peu de temps pour en discuter. Je vous rappelle. »

8

S'attendant que le marqueur rouge bouge d'un instant à l'autre, Wisting gardait les yeux rivés à l'écran.

« Tout cela va faire l'objet d'une enquête interne, déclara-t-il.

— C'était votre responsabilité », remarqua Stiller.

Wisting l'observa. Ça ne l'intéressait pas de jouer à trouver les coupables, mais il savait qu'il avait raison. On leur avait confié la sécurité de la reconstitution et il n'y avait rien à redire au plan de Kittil Gram, mais il n'avait pas obtenu que les policiers soient armés.

« Je n'accuse personne, poursuivit Stiller. Je dis simplement sur qui l'Inspection générale va se pencher.

— On y pensera le moment venu, mais l'évasion n'aurait pas dû être possible. Dès l'instant où on a établi que Tom Kerr allait sortir de la prison, vous auriez dû surveiller toutes ses communications. Il n'aurait jamais dû savoir quel jour vous aviez prévu de l'emmener. S'il ne l'avait pas su, il n'aurait pas eu la possibilité de planifier quoi que ce soit.

— C'était impossible. Nous devions trouver un jour qui convienne à son avocat aussi.

— Mais il aurait fallu surveiller ses communications téléphoniques et son courrier.

— Et nous l'avons fait. En revanche, nous n'avons pas pu surveiller ses visites.

— Qui est allé le voir ?

— Une femme avec qui il correspond, son frère et un visiteur de la Croix-Rouge.

— Une femme ? Une admiratrice ?

— On dirait bien à en juger par ses lettres. Ce pourrait être elle qui a fait l'intermédiaire pour les informations et les instructions.

— Qui est-elle ? »

Ove Hidle prit un dossier.

« Lone Mellberg, dit-il sans l'ouvrir. Quarante-trois ans. Elle habite dans un appartement en sous-sol à Hokksund. Divorcée, une fille de dix-huit ans qui n'est pas à sa charge. Employée dans un supermarché. Casier judiciaire vierge.

— Depuis combien de temps correspondent-ils ?

— Près de trois ans.

— Ils se connaissaient avant ?

— Non.

— Et à quand remonte la dernière visite ?

— À hier. »

Passant la main dans ses cheveux, Wisting les sentit tout terreux.

« Il aurait dû y avoir une interdiction de visites jusqu'à la reconstitution. »

Stiller haussa les épaules ; après coup, c'était toujours facile de savoir ce qu'on aurait dû faire.

« Ceci n'a pas forcément de rapport avec l'Autre, poursuivit Wisting. Il pourrait avoir obtenu que cette femme l'aide, se procure une arme et une grenade à main et pose un fil de détente.

— Peut-être », admit Stiller en faisant signe à Hidle.

Ce dernier changea l'image sur l'écran et afficha une photo satellite de Hokksund, avec une épingle rouge au milieu d'un grand parking dans une zone d'habitations et de bâtiments commerciaux au bord du Drammenselva.

« Nous la surveillons. Elle est au supermarché Kiwi, au travail. Sa voiture est garée sur le parking clients, nous l'avons pastillée.

— À quoi s'ajoute une surveillance visuelle, suppléa Stiller. Une unité de deux hommes en civil.

— Depuis combien de temps la surveillez-vous ? demanda Wisting.

— Depuis ce matin.

— Alors elle pourrait être venue ici hier ou pendant la nuit pour préparer l'évasion.

— En théorie, oui, reconnut Stiller. Nous attendons la réponse d'Autopass concernant ses franchissements du péage.

— Vous surveillez aussi le frère et le visiteur de la Croix-Rouge ? »

Stiller secoua la tête, argua d'un défaut de ressources.

« Nous avons choisi de surveiller Lone Mellberg, c'est elle qui paraît la plus malléable. Mais Tom Kerr pourrait tout à fait avoir communiqué avec quelqu'un de l'extérieur en faisant sortir son courrier par le biais des visites à un codétenu, voire par l'intermédiaire d'un employé de la prison. Ce ne serait pas la première fois que ça arrive, et il a eu tout son temps pour prévoir son coup. »

Ils entendirent approcher un gros véhicule. Des portières claquèrent, des ordres retentirent. Ils n'avaient pas de fenêtres à l'arrière de la camionnette, mais des caméras capturaient la scène : huit policiers de l'unité d'intervention déchargeaient du matériel et revêtaient leur équipement.

Le téléphone de Wisting sonna. Il le garda dans sa main sans décrocher.

« Vous vous attendiez qu'il se passe quelque chose, fit-il en vrillant son regard sur Stiller. Vous pensiez qu'il avait planifié son évasion avec une aide extérieure. Il n'a jamais été question de trouver Taran Norum. Vous vouliez attirer l'Autre. »

Stiller ne répondit pas, il fixa le téléphone qui continuait de sonner.

C'était la commissaire Kiil.

Wisting prit l'appel sans quitter Stiller des yeux.

« Faisons ce que vous avez proposé, déclara-t-elle d'un ton sec. Prenons-les tous les deux. »

9

Au-dessus d'eux, l'hélicoptère de la police tourna autour du pré.

Les arbres ployèrent, l'herbe se coucha, et Wisting, venu accueillir le pilote, se sentit frémir des pieds à la tête sous le grondement du rotor.

L'appareil atterrit au sud de la scierie, la porte du cockpit s'ouvrit. Les hommes du groupe d'intervention d'Oslo sautèrent à terre et entreprirent de préparer l'équipement tandis que leur chef reposait son casque sur son siège et descendait. Il se dirigea vers Wisting, lui serra la main.

« Stenberg. On m'a dit que vous aviez des informations.

— Suivez-moi. »

Dans la camionnette, Stiller surveillait les mouvements du fugitif, accompagné à présent de Robert Vinje, le chef du groupe d'intervention local, qui avait pris la relève de Kittil Gram à la direction des opérations. Après de rapides présentations, Wisting alla droit au but.

« Avant que Tom Kerr sorte de l'établissement pénitentiaire, un émetteur électronique a été caché dans l'une de ses chaussures. Ce qui nous permet de savoir qu'il se trouve maintenant dans un chalet à environ 1,7 kilomètre d'ici. »

Il laissa aux nouveaux arrivants quelques instants pour étudier la carte satellite.

« Il a été assisté pour son évasion. Potentiellement par le complice des meurtres pour lesquels il a été condamné.

— L'Autre, résuma Vinje.

— Oui. Nous pensons que Kerr se cache en attendant une assistance ultérieure. La personne qui l'a aidé à préparer l'évasion va venir le chercher. La commissaire et son équipe lancent une opération paravent. À l'issue de ce qui se présentera comme des recherches infructueuses, nous allons nous retirer du périmètre dans l'après-midi. »

Le chef du groupe d'intervention d'Oslo considéra l'écran et approuva le plan d'un hochement de tête.

« Trois de nos agents se sont rendus sur place, poursuivit Wisting. Ils ont reçu l'ordre de rester à distance.

— Se pourrait-il que Kerr ait découvert l'émetteur et qu'il s'agisse d'un faux signal ? »

Wisting laissa Stiller répondre et apprit ainsi une chose qu'il ignorait.

« Il a sur lui deux émetteurs. L'un dans sa chaussure droite, l'autre à l'arrière de son pantalon.

— Comment avez-vous pu le faire sans qu'il s'en aperçoive ?

— Avant le départ de la prison, je l'ai équipé des appareils de prise de son pour la reconstitution et en installant l'émetteur sur son jean, j'en ai fixé un deuxième, gros comme une tête d'épingle. »

Hidle afficha une nouvelle carte satellite, identique

à la précédente. Les émetteurs de la chaussure et du pantalon n'avaient pas bougé.

« Il faut que le sujet soit sous contrôle », souligna Vinje.

Hidle s'écarta pour laisser de la place devant les écrans aux chefs des deux groupes d'intervention, qui discutaient du terrain, des options d'avancée stratégique, des endroits où établir des postes d'observation, et des possibilités de prévenir la fuite de Tom Kerr, que ce soit en voiture ou par bateau.

Stenberg donna quelques instructions sur la radio, la réponse lui parvint dans son oreillette. Chaque geste qu'il faisait, chaque parole qu'il prononçait exsudait l'autorité.

En moins de cinq minutes, les deux officiers avaient élaboré leur plan.

« Bon, conclut Stenberg en se dirigeant vers la porte coulissante. Vinje va rester à notre poste de commandement, que nous installons ici, devant le sous-marin. Il faudra que vous restiez accessibles s'il a besoin de communiquer avec vous. » Il observa son collègue, puis se tourna vers Stiller, qui acquiesça. « L'hélicoptère va repartir faire le plein d'ici à une demi-heure. Ensuite, il reviendra pour encore deux heures. Le principal est que la vedette de la police soit prête à intervenir jusqu'à la fin de l'opération. Tout le personnel concerné sera pleinement informé, pour les autres, nous suivons le principe du "besoin d'en connaître".

— Bien, acquiesça Wisting.

— Alors c'est parti. »

Stenberg et Vinje sortirent de la camionnette. Leurs équipes étaient prêtes. Deux brigades cynophiles étaient arrivées aussi. Wisting chercha Nils Hammer du regard, mais il devait être encore dans le pré avec Line. C'était son collaborateur le plus proche, il souhaitait qu'il soit informé de tout. Il reprit son téléphone, mais attendit avant de l'appeler. Quelque chose chez Stiller suggérait que lui-même ne savait pas tout.

« Y a-t-il autre chose que je devrais savoir ? »

Stiller hésita.

« Rien qui concerne cette opération, répondit-il finalement.

— Laissez-moi donc en juger par moi-même. »

Stiller referma la porte et tergiversa encore avant d'expliquer.

« Nous pensons que l'Autre a commencé à agir pour son propre compte. Nanna Thomle. »

L'affaire, qui relevait du district de police Est, avait fait grand bruit dans les médias. Après une soirée à Oslo, un samedi de la mi-juillet, Nanna Thomle avait pris le train pour Lillestrøm. Ensuite, elle avait disparu. La dernière observation sûre était une image d'une caméra de surveillance de la gare. Elle habitait à environ cinq cents mètres de là, et c'est sur ce tronçon qu'elle avait disparu. Trois semaines plus tard, un promeneur avait découvert son bras droit à Svartskog, au sud d'Oslo. Des recherches dans les environs avaient permis de trouver le reste de son corps, dans un trou peu profond. Un ou des animaux en avaient déterré certaines parties.

Cela correspondait à la façon de procéder de Tom Kerr et de son complice. Ils enlevaient des jeunes femmes seules dehors tard le soir ou dans la nuit et ils découpaient leurs corps avant de s'en débarrasser.

« Les chairs avaient séjourné dans un bain de chlore », précisa Stiller.

Une méthode de Kerr, là encore. Le découpage permettait de faire entrer les morceaux dans un bac rempli de liquide chloré. Certaines lésions de l'intestin et des voies urinaires montraient qu'il avait également employé ce mélange pour le nettoyage interne de ses victimes, avant de les débiter, alors qu'elles étaient encore vivantes.

« C'était une méthode efficace pour éliminer les traces biologiques, nota Wisting. Un autre criminel aurait pu agir de même.

— Mais les sévices qu'a subis Nanna Thomle sont identiques. Ses mamelons ont été arrachés à la pince. Les mêmes nœuds ont été employés autour de ses poignets et de ses chevilles. »

Kerr avait torturé ses victimes chez lui, en les ligotant sur un lit, et ne les avait sans doute détachées qu'après leur mort.

« Nœud de chaise et double demi-clef », précisa Stiller.

Wisting n'avait pas souvenir d'avoir entendu mentionner ce détail de l'affaire.

« Je vois.

— L'Autre a agi une fois tout seul. Nous pensons que ce pourrait n'être qu'une question de temps avant qu'il recommence. Deux mois s'étaient écoulés entre les disparitions de Thea Polden et de Taran Norum, mais seulement quatre semaines ensuite avant celle de Salwa Haddad.

— Alors vous avez pavé la voie pour que Tom Kerr tente de s'évader ? Dans le but d'attirer l'Autre ?

— Nous avons envisagé cette possibilité.

— Cela a failli coûter la vie de trois policiers.

— Ce qui ne faisait partie d'aucun de nos scénarios. Ce que nous pensions, c'était qu'il viendrait peut-être en voiture. Et nous avions donc des unités en civil sur toutes les routes des alentours. Jamais nous n'avons envisagé une situation pareille. »

Wisting n'aurait su dire avec certitude jusqu'où Stiller était disposé à aller. Il n'était pas interdit de penser que tout s'était passé comme prévu…

« Les enjeux sont gros, poursuivit Stiller. Avec un peu d'espoir, cela donnera des résultats. »

Wisting observa un mouvement infime de l'épingle rouge sur l'écran, comme si le fugitif se déplaçait dans la maison.

Il saisit son téléphone et appela Hammer.

« Il faut que je te parle. »

10

Line avait suivi Hammer et regagné le périmètre de l'ancienne scierie, qui était devenu le point de rendez-vous des personnels de secours et des policiers. En chemin, elle avait croisé les hommes du groupe d'intervention et des brigades cynophiles.

L'hélicoptère survolait les lieux en cercles de plus en plus larges. Les policiers blessés avaient été évacués, et trois ambulances se tenaient prêtes dans le pré, avec les autres véhicules. On entendait les parasites des émetteurs radio, le murmure des conversations, les sonneries des téléphones. Elle leva sa caméra pour immortaliser l'atmosphère sombre, l'inquiétude, le trouble.

Une heure et dix-sept minutes s'étaient écoulées depuis l'explosion. Les premiers journalistes étaient arrivés, ils se tenaient en groupe sur le chemin. On les avait laissés franchir le premier barrage policier, sans quoi les plus hardis seraient sans doute passés par les bois. Elle en reconnaissait plusieurs. C'étaient ceux qui n'avaient pas trop de route à faire, des journalistes de la presse quotidienne régionale de Sandefjord et Larvik, ainsi qu'un reporter et un caméraman de l'antenne de NRK à Tønsberg, et deux photographes qu'elle supposait pigistes.

Elle prit son téléphone pour voir quelles informations étaient sorties. L'affaire faisait la une de *VG*, son ancien journal. Au moins trois policiers blessés en mission. Sans pouvoir en dire davantage sur la nature de l'opération, un gradé confirmait l'explosion, dont le site approximatif était indiqué sur une carte. *VG* était par ailleurs au courant d'une importante activité policière dans la région. Plusieurs barrages routiers avaient été établis. Toute la circulation sortante était contrôlée, et la circulation entrante, retenue.

Morten Pludowski apparut parmi les journalistes, avec sa carte de presse de *VG* autour du cou. C'était l'un de ceux avec qui elle avait le plus appris, le mieux travaillé, quand elle appartenait à cette rédaction, mais ils avaient aussi été en désaccord, parfois vif, elle avait souvent senti sa colère monter.

Pas question qu'il la voie. Il voudrait savoir ce qui s'était passé et cela la mettrait en posture délicate, car elle avait signé une clause de confidentialité et ne pouvait rien raconter.

Trop tard ! Il lui faisait signe de le rejoindre. L'éviter maintenant aurait été malvenu.

Elle alla donc le trouver, l'embrassa amicalement et salua de la tête les autres membres de la presse.

« Tu as fait vite, remarqua-t-elle.

— J'ai eu de la chance. J'étais à Tønsberg sur un autre boulot quand j'ai eu le message. »

Morten P. fit quelques pas pour s'éloigner du groupe. Line l'accompagna.

« Et toi ? Pourquoi es-tu ici ? lui demanda-t-il.

— Pour une pige. Une mission de documentation pour la police.

— Ah bon, quoi donc? Qu'est-ce qui s'est passé, au juste?

— Je ne peux rien dire, si je le fais, je n'aurai pas d'autres missions. »

Il hocha la tête d'un air compréhensif. C'était un homme de bientôt cinquante ans, maigre et dégingandé, au regard éveillé, curieux.

« D'accord. On nous a promis un briefing à 13 heures. »

Line consulta sa montre. Encore un bon quart d'heure.

« Mais donc, une explosion. » Morten P. recula pour l'observer. « Tu étais là quand ça s'est produit ? »

Elle baissa les yeux sur ses vêtements. Ils étaient maculés de terre et d'herbe. Au bras gauche, elle avait des taches de sang lui venant de son père, qui avait porté assistance à l'un des policiers blessés.

« J'ai filmé, mais les images appartiennent à la police. »

Elle avait trop parlé. Si *VG* était au courant de l'existence d'un enregistrement, le rédacteur en chef et les avocats du quotidien allaient livrer une argumentation en béton pour pouvoir le rendre public.

Line resta avec les journalistes, mais sans passer de l'autre côté des rubalises. Si elle le faisait, il lui serait probablement difficile de revenir.

Elle ne voyait ni son père ni Adrian Stiller. Nils Hammer s'était engouffré dans une camionnette grise, ils devaient y être aussi.

Le reporter de NRK décrivait en direct les barrages de police qu'il avait dû franchir pour arriver là où il se trouvait maintenant, mais n'avait rien de nouveau à raconter sur l'épisode même. *Dagbladet* et TV2 arrivèrent. Et aussitôt après, un reporter radio de P4.

L'hélicoptère de police qui était passé quelques fois au-dessus d'eux disparut vers le nord. On approchait de 13 heures. Deux autres journalistes se joignirent à eux. Line se demandait qui allait prendre la parole, Stiller sans doute. La reconstitution était son initiative.

Ce fut son père.

Il vint trouver la presse d'un pas lourd. Il s'était procuré une chemise et une veste exemptes de taches de boue et de sang, mais il lui aurait fallu une taille plus grande. Il avait l'air mal à l'aise dans la mission qui lui était échue. Line savait toutefois qu'il considérait qu'informer la presse, c'était informer le public, et que le public avait toujours le droit de savoir. En tout cas dans ce genre de situation.

Line s'éloigna du groupe et filma les journalistes. Elle pourrait toujours obtenir des images de son père plus tard. Là, elle souhaitait saisir les réactions quand il parlait de Tom Kerr.

Il était seul. Ce n'était pas une de ces conférences de presse à l'américaine, où tous les représentants des autorités se massaient derrière leur porte-parole, comme pour se ménager la preuve visuelle qu'ils étaient présents lors d'un événement important.

« Je vais être bref, commença-t-il sans l'aide de la moindre note. L'opération est en cours. »

Les journalistes se placèrent selon un ordre de préséance acquis. Ceux qui filmaient ou qui étaient en direct avaient les meilleures positions, ils étaient entourés de leurs confrères munis de divers moyens d'enregistrement audio, et plus en périphérie, des photographes aux objectifs les plus longs.

Line vérifia sa caméra : encore une demi-heure et il faudrait changer de batterie.

« Je m'appelle William Wisting. Je suis ici en ma qualité de chef de la brigade criminelle du commissariat de Larvik. »

Il marqua une courte pause avant de reprendre.

« Aujourd'hui, l'unité des *cold cases* de Kripos devait engager une nouvelle étape dans une enquête sur une disparition qui date de cinq ans. Tom Kerr, qui a été condamné pour meurtre, s'était déclaré disposé à indiquer où il a enterré Taran Norum. »

Les déclencheurs cliquetaient sans interruption.

« Au cours de cette reconstitution, Tom Kerr est parvenu à échapper à notre dispositif de sécurité. Il est armé et considéré comme dangereux. »

Un journaliste l'interrompit.

« Tom Kerr s'est évadé ?

— Il s'est enfui à 11 h 23. Il portait un T-shirt gris, un blouson Adidas sombre, un jean bleu et des baskets grises. Nous allons distribuer des photos de lui prises la semaine dernière. »

Morten P. fut celui qui parla le plus fort :

« D'après nos informations, plusieurs policiers auraient été blessés dans une explosion.

— C'est exact. Des explosifs ont été utilisés dans le cadre de l'évasion. Trois policiers ont été transportés à l'hôpital. Plusieurs autres sont soignés sur place pour des blessures moins graves. »

Il ignora la rafale de questions qui suivirent.

« Nous en viendrons aux détails plus tard, si vous permettez. Je vais simplement répéter que Tom Kerr est dangereux et qu'il est armé. La population locale serait avisée de rester chez elle, porte verrouillée. Au cas où Tom Kerr serait repéré, nous demandons de prévenir immédiatement la police et de ne pas intervenir. Merci. »

Puis il tourna les talons et repartit, caché par des véhicules de police.

11

Line maintenait son objectif braqué sur le groupe de journalistes. Elle se sentait cynique, comme si souvent sur le théâtre d'un accident ou d'une tragédie, quand elle couvrait les événements pour la presse et qu'il lui incombait seulement de raconter. Elle avait maintenant terminé sa mission pour Stiller et filmait dans l'idée de recueillir des images pour son documentaire sur Tom Kerr et l'Autre. Cette affaire singulière venait de prendre un tour spectaculaire et elle disposait d'enregistrements exceptionnels.

Elle balaya lentement les lieux.

Claes Thancke était en conversation avec Stiller et son père, hors de vue de la presse. L'avocat secoua la tête et regagna son véhicule. L'apercevant, des journalistes crièrent son nom. Il les congédia d'une main levée, monta en voiture. Son départ fut saisi par les caméras.

Line rejoignit Stiller et son père.

« Où est ta voiture ? demanda ce dernier.

— À Kripos. » Line montra Stiller. « J'étais censée y retourner une fois que Kerr serait rentré à la prison.

— Prends la mienne. On a besoin de voir les images. »

Il sortit ses clefs.

Line avait envie de rester.

« Je peux vous les montrer sur la caméra. Là, tout de suite », proposa-t-elle.

Stiller refusa.

« Nous ne sommes pas les seuls que ça intéresse. Il faut que vous les mettiez sur un serveur ou quelque chose pour permettre à la commissaire et à la direction de Kripos de les regarder aussi. »

Elle soupira. Si elle avait eu son ordinateur, elle aurait pu régler cela immédiatement.

« J'aimerais rester jusqu'à ce que tout soit terminé.

— Il ne va rien se passer ici dans les prochaines heures, affirma Stiller.

— Comment pouvez-vous le savoir ? Vous l'avez déjà arrêté ? »

Il ne répondit pas.

« Vous me prévenez dès que vos enregistrements sont prêts ? »

Line acquiesça.

« N'envoyez le lien qu'à moi, précisa-t-il. Je me charge de le faire suivre. »

Il repartit vers la camionnette.

« Il a raison, dit son père en détachant la clef de voiture de son trousseau. Ça ne servirait à rien de rester. Il ne va rien se passer avant plusieurs heures. »

Line prit la clef, son expression signifiant clairement que la situation n'était pas à son goût.

« Bon, d'accord, soupira-t-elle. Au fait, il a filé avec mon micro et mon émetteur. Préviens-moi si vous les retrouvez, ça m'a coûté cher. »

Elle se dirigea vers la voiture, éteignit sa caméra et s'assit au volant.

Une branche racla le flanc du véhicule quand elle roula sur le chemin. L'autoradio s'alluma. P2. Elle l'éteignit. Dans son rétroviseur, elle voyait son sillage sous des tourbillons de terre.

Le chemin dans les bois n'était en fin de compte que deux ornières fort accidentées. Des arbres poussaient de part et d'autre. À un moment, Line repéra un outil agricole rouillé sur le côté.

Elle ralentit, s'arrêta, prit sa caméra sur le siège passager et la ralluma pour être prête à filmer le barrage policier au niveau de la route.

Elle perçut dans son rétroviseur une ombre qui pouvait ressembler à un individu en mouvement. Elle se tourna, mais ne vit qu'un oiseau qui s'envolait d'une branche, effrayé.

Une impression désagréable l'étreignit. Il n'y avait rien, mais une peur irrationnelle l'incita à verrouiller ses portières et elle redémarra sur les chapeaux de roue.

Bientôt, le paysage s'ouvrit. Des champs labourés succédèrent aux bois. Et Line arriva à l'embranchement du chemin, où se trouvaient deux voitures de police, l'une ayant son gyrophare allumé. Les policiers inspectaient le coffre d'une vieille Ford bleue.

Elle s'arrêta, reprit la caméra. Les policiers refermèrent le coffre, la Ford repartit. Une autre voiture lui succéda, une petite Toyota, cette fois. Occupée par deux femmes, constata Line dans son viseur. Les policiers stoppèrent le véhicule, ouvrirent les portières arrière, vérifièrent le coffre, et donnèrent leur feu vert.

Remarquant Line, une policière demanda à son

collègue de se retourner, tout en resserrant sa prise autour de l'arme qu'elle portait en bandoulière. Line reposa sa caméra, avança jusqu'au barrage, s'arrêta quand on le lui indiqua, baissa sa vitre et présenta son permis de conduire. La policière s'appuya contre la voiture.

« Nous cherchons cet homme. » Elle lui montra la photo de Tom Kerr sur un téléphone. « Vous l'avez vu ?

— Tom Kerr ? Non. »

Line n'éprouvait pas le besoin de raconter les événements qu'elle venait de vivre.

« Pouvez-vous ouvrir votre coffre ? »

Son collègue s'étant assuré que le coffre était vide, la policière rendit son permis à Line.

« Ne vous arrêtez pas si vous le voyez. Bonne route ! »

Line roulait au pas en scrutant les abords du chemin. Un chien aboyait devant une maison. Quelques chevaux paissaient dans un champ. Une femme âgée ramassait son linge dans une cour de ferme.

Au niveau de la route principale apparut un autre poste de contrôle. Line posa sa caméra allumée sur le tableau de bord.

Certaines voitures avaient le droit d'entrer dans la zone, d'autres étaient retenues, leurs occupants n'étaient ni résidents ni dépêchés pour motif impérieux ; des curieux, sans doute.

La voiture qui la précédait fut examinée. Line baissa sa vitre, se prépara. Une fois encore, on lui présenta une photo du fugitif avant de lui donner instruction d'ouvrir son coffre.

Vingt-cinq minutes plus tard, elle arriva à Stavern,

chez elle. Elle descendit directement dans son bureau au sous-sol et alluma la télévision. Elle zappa de CNN à la chaîne d'information norvégienne, Nyhetskanalen. Des pubs.

Elle enleva la carte mémoire de la caméra, téléchargea ses images. Elle avait tourné quasiment en continu, n'interrompant la prise de vues que pour éviter de se retrouver avec des fichiers trop lourds.

Stiller voulait les images brutes, aucun traitement n'était requis. Elle batailla quelque peu pour mettre tous ses fichiers sur un serveur crypté, puis lui envoya un courrier électronique avec un lien et un mot de passe généré automatiquement, en signalant l'un des fichiers, qu'elle ouvrit aussitôt.

Les images commençaient au moment où le minibus se garait à côté de la scierie et duraient une bonne demi-heure après l'explosion et l'évasion.

Après bien des atermoiements, le cortège se mettait en route. Hors champ, on entendait Stiller parler avec Hammer de l'absence d'hélicoptère. En attendant la brigade cynophile, Kerr et son avocat s'entretenaient dans la voiture.

Elle leva les yeux sur le téléviseur au mur. Nyhetskanalen retransmettait en direct d'Eftang. Il ne semblait y avoir aucun nouveau développement. Elle baissa le volume et se concentra sur son ordinateur. Le cortège s'engageait dans la forêt. Elle avait vu de ses propres yeux Tom Kerr trébucher et tomber, mais elle arrêta néanmoins la lecture, revint légèrement en arrière, regarda encore la scène. Kerr gémissait en heurtant le sol, on le relevait et on lui disait de continuer de marcher, sous les protestations de son avocat.

On ne lui avait ôté ses entraves qu'à la seconde chute, mais cette première fois avait contribué à la décision.

Elle visionna la séquence au ralenti. Il n'avait aucune raison de tomber. Certes, son pied avait buté contre une racine, mais la chute paraissait factice, un élément de son plan d'évasion.

La chute suivante était plus spectaculaire. On ne voyait pas ce qui le faisait trébucher, car ses pieds étaient hors champ, mais si l'on se plaçait dans l'optique d'une stratégie pour se faire enlever ses entraves, cette chute aussi paraissait artificielle.

Avec des menottes aux poignets, les possibilités de se rattraper restaient limitées. Kerr s'était râpé la joue.

Le cortège continuait. Devant la pente, Claes Thancke réitérait ses protestations et, au terme d'une discussion, la police consentait à ôter les entraves.

Pendant qu'on lui libérait les pieds, Kerr regardait droit dans l'objectif. Il levait les mains pour essuyer le sang de sa joue, puis disait quelque chose avant de glisser ses doigts ensanglantés dans sa bouche et de les sucer.

Line revint en arrière, monta le volume et se concentra pour entendre. Ce n'était qu'un chuchotement. Elle dut écouter encore une fois, plus fort.

« À plus », semblait-il dire.

Elle se repassa encore la séquence. Kerr parlait en regardant droit dans l'objectif, comme s'il avait un message à communiquer. Cette fois, on aurait vraiment dit « À plus », une espèce d'adieu menaçant.

12

Avec tous les écrans et l'équipement informatique, il régnait une certaine touffeur dans la camionnette. Wisting ne s'était pas changé et la chemise fine d'Ove Hidle se plaquait sur son dos.

Sur le grand moniteur s'affichaient les images filmées par Line. Tom Kerr descendait le champ et, tout à coup, il se mettait à courir. Les policiers qui l'entouraient criaient.

Il respira profondément en se préparant à ce qui allait venir. L'explosion emplit l'écran d'une lumière blanche très vive, les haut-parleurs grondèrent. La caméra était renversée dans les herbes hautes, mais on entendait la pluie de terre et de cailloux.

Personne ne disait rien.

Ensuite, la caméra était redressée et balayait la zone où se trouvaient des policiers blessés, en sang. On entendait Wisting s'assurer que sa fille n'était pas touchée. Puis on voyait le sentier où Kerr avait filé. Le maître-chien envoyait son chien à sa poursuite et lui emboîtait le pas, avec un agent plus jeune. La caméra s'orientait alors vers les policiers grièvement blessés, à qui l'on administrait les premiers secours.

Sur la bande-son retentissaient deux coups de feu. La caméra pivotait vers le sentier.

Nils Hammer se détourna de l'écran, poussa un long gémissement et s'épongea le front du revers de la main.

« Un pari tellement risqué, putain ! éructa-t-il, sans chercher à dissimuler sa colère et son exaspération.

— On n'avait pas prévu que ça se passerait de cette façon, tenta Stiller.

— Vous avez facilité la situation et c'est parti en couille !

— Notre plan était qu'il nous indique l'endroit où il avait caché Taran Norum, répondit calmement Stiller, arrosé de postillons. Mais nous avions bien sûr un plan B. Nous avons essayé de tenir compte de toutes les éventualités. »

Hammer secoua la tête.

« Vous n'avez jamais cru que Taran Norum était ici, marmonna-t-il.

— Il fallait le vérifier.

— Un jeune policier a perdu une partie de la jambe, lui rappela Hammer.

— Nous n'étions pas en charge de la sécurisation de la zone », souligna Stiller en se tournant à demi vers Wisting.

Hammer bondit sur ses pieds et se cogna la tête au plafond.

« Oh, bon sang, ne tentez pas ce coup-là ! Ne reportez pas la responsabilité sur nous. Toute cette opération n'avait qu'un seul but : provoquer une tentative d'évasion. La responsabilité, c'est vous qui l'avez !

— À qui dois-je m'adresser pour parler de l'Autre ?

demanda Wisting afin de couper court au débat. Qui en sait le plus long sur lui ?

— Idar Semmelmann, répondit Stiller. C'était le directeur d'enquête. »

Wisting n'avait pas souvenir d'avoir lu son nom dans le dossier.

« Il est entré en scène après l'arrestation de Kerr, expliqua Stiller. On lui a confié la direction du groupe qui essayait de trouver l'Autre. Maintenant, il ne reste que lui.

— Vous lui avez parlé ?

— Pas des événements d'aujourd'hui, mais il a été informé que nous allions faire une reconstitution avec Kerr.

— Vous avez son numéro ? »

Après avoir tapé le numéro sous la dictée de Stiller, il se pencha en avant sur son siège et fixa le sol en attendant que son interlocuteur décroche.

« Semmelmann, j'écoute.

— William Wisting, du poste de Larvik, à l'appareil. Vous êtes au courant de ce qui est arrivé ici aujourd'hui ?

— Oui, j'ai entendu ça aux informations. Vous allez le retrouver ?

— Nous avons du monde sur le terrain. Il en faudrait beaucoup pour qu'il nous échappe.

— Surtout, ne laissez pas cela se produire. Il va recommencer. Il va tuer encore. »

Wisting se redressa légèrement.

« Où en êtes-vous dans la chasse à l'Autre ? »

Le silence se fit au bout du fil.

« Vous connaissez l'histoire de la fille Thomle ?

— Nanna Thomle ? La nouvelle disparue de cet été. Oui, Stiller m'a mis au courant.

— Quand la police a découvert son corps en morceaux, j'ai dû ressortir ce que j'avais sur l'Autre. Mais nous en savons toujours aussi peu.

— Pas de candidats ? »

Silence.

« Le plus simple serait que je vienne avec mes dossiers.

— À quelle heure pouvez-vous être là ?

— Disons 19 heures.

— Bien, le remercia Wisting. À mon bureau. »

Quelqu'un essaya d'ouvrir la porte de la camionnette. Elle était verrouillée. Étant le plus proche, Wisting la fit coulisser à peine et vit le chef du groupe d'intervention d'Oslo qui brandissait un scellé contenant une paire de menottes.

Il lui ouvrit, lui fit de la place à l'intérieur.

« Un maître-chien les a trouvées, à environ cinquante mètres de l'endroit où le chien a été abattu. »

Stenberg tendit le sachet en plastique à Wisting qui nota la présence d'une clef dans la serrure et le passa à Hammer.

« Où a-t-il pu dénicher cette clef ?

— C'est un modèle standard, remarqua Stiller. Les menottes utilisées par la police norvégienne s'ouvrent toutes avec la même clef. C'est sûrement le même fournisseur dans de nombreux autres pays aussi. Et la vente n'est pas réglementée. On doit pouvoir les commander sur Internet.

— Soit, grogna Hammer. Mais où Tom Kerr a-t-il obtenu la sienne ? Vous l'avez fouillé avant qu'il quitte la prison.

— Quelqu'un les lui avait laissées au même endroit que l'arme ? suggéra Stenberg.

— Non, ailleurs. Il avait ouvert ses menottes avant de se mettre à courir, souligna Wisting en montrant l'écran où défilaient toujours les images du site de l'explosion. Elles pendaient à son poignet.

— Il est tombé, rappela Stiller. À deux reprises. Pour que nous enlevions ses entraves, et ça faisait partie du plan. La clef était peut-être quelque part sur le sentier. Il pourrait l'avoir ramassée en tombant. »

Hammer soupira en maudissant encore une fois cette situation.

« Mouvement ! » annonça soudain Ove Hidle, devant l'enfilade d'écrans d'ordinateurs.

Le marqueur de la voiture de Lone Mellberg avait quitté le parking du Kiwi de Hokksund et se dirigeait vers l'est.

« Il est 15 h 05, nota Stiller. Elle a terminé sa journée de travail. »

Stenberg reçut un appel. Il répondit laconiquement, on lui transmit un message et il raccrocha.

« Les policiers la suivent », les informa-t-il.

Les cinq hommes se concentrèrent sur le marqueur. Au bout de six minutes, la voiture délaissa la route principale pour s'engager dans une zone résidentielle.

« Elle rentre chez elle », constata Stiller en montrant où elle habitait.

Le marqueur s'immobilisa.

« Quoi qu'il en soit, il est trop tôt, nota Stenberg. Il ne fera nuit que dans cinq heures. »

13

À trois reprises, Line avait visionné les instants précédant l'explosion de la grenade. Elle avait vu et revu Kerr prendre soudain ses jambes à son cou et acquérir sans tarder une avance de dix mètres. L'un de ses poignets était libéré et il courait en bougeant les avant-bras comme un sprinteur.

Ayant joué avec les menottes de son père dans son enfance, Line savait que, si elles n'étaient pas suffisamment serrées, on pouvait les enlever en tordant la main.

Elle revint en arrière pour essayer de voir comment les menottes étaient attachées et s'arrêta sur l'image où il levait les mains à son visage et léchait le sang sur ses doigts. Il avait de grandes mains grossières. Les menottes étaient serrées comme un bracelet-montre, seulement quelques millimètres de jeu.

« À plus », dit Line, reprenant les paroles du fugitif.

L'arrêt sur image donnait rarement des détails nets mais on identifiait là des éléments caractéristiques du portrait emblématique du criminel : le sang, les menottes, le rictus, le regard sombre.

Elle fit une capture d'écran, avança de quelques

cases, enregistra une deuxième version du portrait, puis une troisième et une quatrième, encore plus évocatrice, avec des filets de salive entre les lèvres.

On aurait dit aussi qu'il avait quelque chose sur la langue. Un objet brillant.

Elle trouva la vue où il ouvrait le plus la bouche, zooma, pencha la tête sur le côté et poussa une exclamation.

Une clef ! Une clef de menottes.

Elle s'envoya la photo sur son téléphone et la fit suivre à Stiller et à son père en expliquant ce qu'elle avait découvert.

L'évasion semblant planifiée jusqu'au moindre détail, elle n'était pas surprise que Kerr ait aussi eu une clef de menottes. Mais d'où venait-elle ?

Bien sûr, il avait pu l'apporter de la prison. On avait pu la lui passer en douce lors d'une visite, mais Stiller l'avait fouillé avant le départ, il lui avait même fait ouvrir la bouche et tirer la langue.

Elle appuya sur lecture. Les petits haut-parleurs déformèrent le bruit de l'explosion, qui était suivi d'appels et de cris de douleur. La caméra était tombée. Une policière en sang filait devant pour porter secours à un collègue blessé. Ensuite, la caméra était redressée.

On comprenait sans peine ce qui s'était passé. Un dispositif piège. Quelqu'un avait attaché un fil à la goupille de la grenade et tendu ce fil sur le sentier, afin que Tom Kerr l'entraîne dans sa course et déclenche ainsi l'explosion.

Sur Nyhetskanalen, le présentateur du journal relatait les grandes lignes des affaires pour lesquelles Kerr avait été condamné. On montrait des images de son arrestation spectaculaire.

Il s'en était fallu de peu que Freja Bengtson ne devienne sa quatrième victime. Six semaines après la disparition de Salwa Haddad à Hellerud, un homme coiffé d'un casque de motard avait tenté de l'embarquer dans une camionnette.

Freja Bengtson avait un long passé de kickboxeuse à Göteborg, avec à son actif une médaille d'argent au championnat de Suède. Une blessure avait mis un terme à sa carrière professionnelle et elle était venue s'installer à Oslo. L'épisode s'était produit à la fin de son service dans un bar, alors qu'elle rentrait chez elle, à Lambertseter. Elle s'était débattue, libérée, mais son agresseur l'avait rattrapée et traînée vers le véhicule.

Comprenant la situation, un chauffeur de taxi s'était couché sur son klaxon tout en faisant des appels de phares frénétiques, sans succès. Alors que l'agresseur s'apprêtait à balancer Freja Bengtson dans la camionnette, le taxi avait appuyé sur l'accélérateur pour emboutir le véhicule par-derrière. Freja était restée au sol. L'homme au casque avait tenté de remonter dans la camionnette, mais l'un des passagers du taxi s'était élancé pour le retenir. Un autre passager filmait la scène sur son téléphone depuis la banquette arrière. Nyhetskanalen rediffusait à présent ces vieilles images. L'homme au casque de motard était Tom Kerr.

Il s'était précipité dans un jardin, avait franchi une haie et s'était enfoncé dans le quartier. La camionnette avait pris le large, conduite par l'Autre, le complice inconnu qu'on n'avait jamais retrouvé.

Les images suivantes montraient d'importants effectifs de policiers, un hélicoptère qui survolait les lieux en les éclairant d'un projecteur, le taxi accidenté, un chiffon blanc sur le trottoir. Ce chiffon, allait révéler le procès, était imprégné d'acétone et de chlore. Les effets anesthésiques du mélange n'avaient pas eu le temps d'agir sur Freja Bengtson.

La société de production avec laquelle Line était en pourparlers possédait certaines de ces images. Tournées en HD, elles étaient de bonne qualité, condition sine qua non d'un documentaire réussi. Si Line pouvait y ajouter les plans qu'elle venait de tourner, elle disposerait d'un point de départ exceptionnel. Car elle n'était pas seule à avoir envie de réaliser un documentaire sur Tom Kerr et l'Autre.

L'élément le plus important restait toutefois l'accord des proches et de la famille, et elle l'avait. Ils avaient tous signé un contrat, y compris Freja Bengtson. Le seul qui n'avait pas souhaité apporter son concours était Johannes Norum, le père de Taran.

Un autre reportage commença. Le journaliste expliquait qu'après la tentative d'enlèvement de Freja Bengtson, Tom Kerr s'était introduit dans une maison et y avait trouvé des clefs de voiture. Il avait été repéré alors qu'il prenait le volant. S'était ensuivie une course-poursuite mouvementée. Kerr avait fait une sortie de route, roulé dans le fossé. Quand il avait voulu s'échapper, un policier avait tiré un coup de feu en l'air, il ne s'était pas arrêté pour autant, et deux policiers l'avaient visé, sans le toucher. Kerr avait disparu dans un petit bois. Finalement, un chien policier l'avait rattrapé et renversé par terre. La police avait ainsi pu se concentrer sur la recherche de l'Autre. Infructueuse d'un bout à l'autre. Tom Kerr n'avait jamais parlé et on n'avait aucun indice.

Le reportage montrait ensuite deux bâtiments

d'une exploitation agricole en proie aux flammes. La maison et la grange de Kerr, à l'est d'Oslo. C'était une petite ferme qui tombait en ruine depuis la mort de son oncle, Kerr l'avait reprise à l'issue d'une détention pour viol. L'incendie avait été signalé à peine une heure après son arrestation. À ce moment, il n'avait toujours pas livré son nom. Son identité n'avait été établie que par l'examen de ses empreintes digitales.

Dans la grange incendiée, les enquêteurs avaient découvert les restes du véhicule à bord duquel l'Autre s'était échappé. De toute évidence, le feu avait été allumé pour éliminer toute trace indiquant que Thea Polden, Salwa Haddad et Taran Norum avaient été retenues prisonnières et tuées à la ferme, ainsi que tout élément qui aurait pu permettre d'identifier l'Autre.

Une semaine plus tard, la police déterrait le premier corps. En forêt, à près de six cents mètres à l'est de l'exploitation, un chien policier avait marqué un emplacement dans une zone marécageuse, la couche supérieure de tourbe semblait avoir été enlevée puis replacée. Les morceaux dans la terre appartenaient au corps de Salwa Haddad. Le lendemain, on avait retrouvé Thea Polden de la même manière.

Le reportage télévisé présentait des images du lieu de travail de Kerr, le journaliste expliquait que son emploi dans une entreprise concevant, fabriquant et livrant des produits destinés à l'entretien de piscines lui avait offert un accès facile à de vastes quantités de chlore liquide, qu'il utilisait pour désinfecter et éliminer toute preuve biologique des corps.

Le présentateur du journal revint à l'antenne et s'adressa au reporter d'Eftang pour lui demander s'il y avait de nouveaux développements.

« La recherche du condamné pour meurtre Tom Kerr continue, avec le concours d'importants effectifs policiers », déclara ce dernier en introduction, avant de préciser qu'on avait promis aux journalistes présents un nouveau point de presse à 17 heures.

Line consulta sa montre. Il restait une heure et demie. Elle songea qu'elle devrait passer chercher une chemise propre chez son père et la lui apporter.

14

Un oiseau noir à bec jaune picorait sur le sentier. Il s'envola à l'approche de Wisting, qui ne tenait pas en place, en avait presque mal. Agité, irritable, il avait éprouvé un besoin impérieux de sortir de la camionnette étouffante.

Les techniciens de la police scientifique œuvraient sur les lieux de l'explosion depuis deux heures. Ils allaient forcément pouvoir se prononcer bientôt sur la présence de matériaux traçables, dire s'ils étaient parvenus à identifier le type de grenade utilisé, sa potentielle provenance, préciser s'ils avaient relevé d'autres indices laissés par la personne qui avait aidé Tom Kerr à s'évader.

Au cours des dernières heures, le sentier avait été abondamment piétiné. Wisting repéra l'endroit où Kerr avait trébuché la première fois. Une racine tortueuse émergeait légèrement de la terre tassée. Il donna un coup de pied dedans. On pouvait trébucher dessus accidentellement, certes, mais étant tout de même très visible, elle se prêtait fort bien au simulacre.

Il avança jusqu'au lieu de la seconde chute. Là encore, une racine.

Autour, la forêt était dense. Renversant la tête, il focalisa son attention sur un coin de ciel bleu au-dessus du feuillage. On entendait le chant des oiseaux, mais pas le moindre bruit de l'opération de police en cours.

Il remarqua qu'il manquait un rectangle d'écorce à l'un des arbres les plus proches. Trois centimètres sur dix. Cela rappelait l'écorçage pratiqué par les propriétaires de forêt pour signaler les arbres à abattre.

Il approcha. Quelques gouttes de sève fraîche perlaient à la surface du tronc. L'écorce découpée s'était recourbée dans l'herbe en formant une petite boule.

Il sortit son téléphone, photographia la découpe et l'écorce grise par terre. Deux mètres plus loin, il aperçut une pierre plate de la forme et de la taille du téléphone qu'il avait à la main. De la mousse vert pâle poussait dessus.

Il la bascula du bout du pied. Au-dessous, il n'y avait rien. Aucun insecte, aucune moisissure pour suggérer une longue présence sur le sentier.

Cela pouvait s'inscrire dans cette évasion soigneusement planifiée. Il aurait été prévu que Tom Kerr cherche un arbre marqué, trébuche, et trouve sous une pierre plate une clef de menottes qu'il pourrait facilement cacher dans sa main, à l'insu de tous.

Wisting immortalisa aussi la pierre, mais tout comme le morceau d'écorce, il fallait un technicien d'identification criminelle pour la manipuler.

Sur les lieux de l'explosion travaillaient trois hommes en combinaison blanche. Il se dirigea vers celui qu'il connaissait le mieux. Espen Mortensen avait naguère eu un bureau et un petit laboratoire au poste de Larvik, mais depuis la restructuration, tous les techniciens de la police scientifique étaient rassemblés dans un pôle mutualisé plus au nord du comté. Ils n'avaient donc plus de contacts quotidiens avec les enquêteurs. En contrepartie, l'environnement professionnel s'était amélioré, favorisant un affinement des compétences.

Mortensen baissa son masque de protection et salua Wisting de la tête.

« Qu'est-ce que tu as trouvé ? » s'enquit ce dernier.

Mortensen l'entraîna vers une table qui avait été montée sur le site. Les indices y étaient déposés dans des scellés transparents.

« Des fragments de la grenade », expliqua Mortensen.

Il leva un sachet contenant quelque chose de noir, de la taille d'un ongle d'auriculaire. D'autres abritaient des débris similaires, comportant parfois les restes d'une inscription en lettres jaunes.

« Il s'agit d'une grenade offensive hautement explosive, poursuivit-il en tendant le scellé à Wisting. Ceci est une partie de la charge contenue dans le boîtier. Les blessures sont causées par des objets qu'a projetés l'onde de choc. En l'espèce, des branches et des cailloux. En plus, la pression elle-même peut être dangereuse pour les organes internes. Mais ces grenades sont conçues surtout pour paralyser l'adversaire. »

Wisting reposa le sachet en plastique.

« D'où vient-elle ?

— Il est trop tôt pour le dire. Je n'ai pas encore identifié le modèle, mais il y a eu des vols dans des entrepôts militaires.

— Autre chose ?

— Deux douilles. Neuf millimètres.

— Le calibre le plus utilisé du monde... »

Mortensen se tourna à demi vers la lisière du bois. « Elles étaient sur le sentier. C'est aussi là qu'on a découvert les menottes, mais on a dû vous les apporter, non ?

— Oui. Des empreintes de pas ?

— Pas pour l'instant. La personne qui est venue ici a probablement arrêté sa voiture au même endroit que vous et pris le même chemin. Cela ne fait sans doute pas plus d'un jour, mais il serait vain de chercher des traces de pneus ou de pas maintenant. De toute façon, la terre n'est pas assez souple pour relever de bonnes empreintes.

— Je vois. Tu pourrais m'accompagner un peu plus loin ?

— Qu'est-ce que tu as en tête ?

— Quelqu'un a dû lui laisser le pistolet. Vous avez repéré l'endroit ? »

Mortensen ôta ses gants en latex, secoua la tête.

Ils se dirigèrent vers le sentier où le fugitif avait disparu. Ils marchaient côte à côte. Le technicien d'identification criminelle désigna l'endroit où avait été tendu le fil de la grenade.

« Il y a un retard de deux à trois secondes dans le mécanisme déclencheur. Kerr a pu s'éloigner, mais ceux qui le suivaient ont été touchés, en revanche. »

Wisting jeta un coup d'œil derrière lui, puis ils reprirent leur marche. Une cinquantaine de mètres plus loin, il trouva ce qu'il cherchait. Un tronc grisâtre écorcé.

Il mentionna l'arbre marqué de façon similaire, de l'autre côté du pâturage à moutons.

« Ça pourrait coller, estima Mortensen. Les douilles se trouvaient une centaine de mètres plus loin. »

Wisting avança jusqu'à l'arbre. Au pied du tronc, deux branches d'un arbuste touffu avaient été coupées. Elles n'étaient pas épaisses, mais de taille à recouvrir une arme de poing.

« Je vais chercher l'appareil photo », annonça Mortensen.

Wisting lui emboîta le bas. Il était de nouveau fébrile. Pendant de nombreuses heures encore, ils n'allaient rien faire d'autre qu'attendre le moment propice pour prendre Tom Kerr et son complice. Quelque chose en lui rechignait à cette approche attentiste de l'affaire. Les pistes refroidissaient déjà.

15

Line était passée chez son père et avait choisi dans sa penderie la chemise bleue qu'elle lui avait offerte pour Noël et une veste matelassée sombre.

La chemise était lavée, mais pas repassée. Line installa la planche devant le téléviseur du salon et, pendant que le fer chauffait, elle appela Sofie pour prendre des nouvelles d'Amalie.

Elle se tournait toujours vers elle quand elle avait besoin d'une garde d'enfant. Sa fille n'avait que quelques mois de plus que la sienne. Les deux petites jouaient bien ensemble et étaient inscrites au même jardin d'enfants. Aujourd'hui, il était prévu que Sofie ramène les deux fillettes chez elle.

Lorsque Line l'appela, elles étaient au supermarché.

« Aujourd'hui, c'est poisson au menu du dîner, l'informa son amie. Pâtes au saumon, à la crème et aux petits pois… J'ai trouvé la recette dans un magazine.

— Ça m'a l'air délicieux ! »

Le fer était chaud, Line s'attaqua à la chemise.

« Je ne sais pas à quelle heure je vais pouvoir venir la chercher. Tu as entendu que Tom Kerr s'était évadé ?

— Oui.

— C'est l'affaire que je suis.

— C'est pas vrai ?! Qu'est-ce qui s'est passé, exactement ?

— Je te raconterai quand je passerai prendre Amalie, mais je ne sais pas quand ce sera. Là, j'ai fait un saut à la maison pour télécharger mes images, mais je repars. Pour couronner le tout, ma voiture est à Oslo.

— Tu as filmé ?

— Je te raconterai, promit Line.

— Si jamais tu termines tard, Amalie peut dormir chez moi, assura Sofie.

— Merci, tu es trop gentille. »

Elle suspendit la chemise de son père sur un cintre et, puisque le fer était sorti, alla chercher quelques-uns de ses propres vêtements pour les repasser aussi. Nyhetskanalen avait réussi à interviewer Johannes Norum.

Line observa le père de la victime de Kerr. Il avait fait le déplacement à Larvik et se tenait les bras croisés devant le premier barrage de police. Elle l'avait rencontré deux semaines auparavant. Bien que convaincu que Kerr avait tué sa fille et très critique à l'égard de la police et de son enquête, il n'était pas disposé à participer à son documentaire. Elle soupçonnait que c'était en rapport avec son passé, notamment sa peine de prison pour viol, qui avait fait que sa fille s'était totalement éloignée de lui. Et pourtant, le voilà qui s'affichait à la télévision.

« Étiez-vous au courant que Tom Kerr avait avoué le meurtre de votre fille ? interrogeait le journaliste.

— Kripos m'a appelé pour me le dire, oui. J'ai

répondu que je voulais être présent quand on la trouverait, mais on ne m'en a pas laissé la possibilité. »

Il montra le barrage.

« Si j'avais été là aujourd'hui, ce ne serait pas arrivé. Il ne m'aurait pas échappé. »

Il ajouta quelques déclarations maladroites que toute bonne rédaction aurait coupées, mais l'interview semblait livrée brute, sans montage.

« Que pensez-vous de ce qui s'est passé ?

— C'est un scandale ! répondait Norum. Toute cette affaire n'est qu'un scandale d'un bout à l'autre !

— De quel point de vue ? »

Son regard devenait fuyant, il avait l'air incertain.

« Eh ben, il s'en est tiré la dernière fois. Ils ne l'ont jamais condamné pour ce qu'il avait fait à Taran. Et maintenant, il s'en est encore tiré, alors qu'on allait avoir des réponses. »

Le journaliste lui posait ensuite quelques questions sur la période écoulée depuis la mort de sa fille. Norum expliquait combien les temps avaient été difficiles et, à l'entendre, on aurait pu avoir l'impression qu'il était toujours en couple avec la mère de Taran. En réalité, ils s'étaient séparés quand leur fille avait deux ans et, globalement, il n'avait pas brillé par sa présence pendant son enfance.

Le reportage s'acheva. Line éteignit le téléviseur, prit les vêtements de son père et se dirigea vers la voiture. Cette histoire de chemise n'était à vrai dire qu'un prétexte pour retourner sur le site.

Une file de voitures attendaient au poste de contrôle. Deux d'entre elles durent faire demi-tour. Line prépara les papiers du véhicule et son permis de conduire.

« Mon père est William Wisting, expliqua-t-elle en présentant son permis. C'est sa voiture. Je lui apporte des vêtements propres pour le prochain point de presse. »

Le prétexte fut accepté.

« Gardez vos portières verrouillées, conseilla l'homme au barrage en lui faisant signe de passer. Ne vous arrêtez pas inutilement. »

Line verrouilla les portières et entra dans la zone.

Elle croisa une patrouille, mais le chemin resta par ailleurs désert.

L'équipe du deuxième barrage avait changé. Line montra ses papiers, s'expliqua encore.

À l'entrée du bois, elle se trouva face à un véhicule de police et dut faire marche arrière jusqu'à un décrochement à côté du chemin.

La voiture était relativement récente, quelques années seulement. Elle disposait d'un radar de recul qui détectait la végétation du bas-côté, mais Line était obligée de braver les bips, à intervalles de plus en plus courts, pour pouvoir se ranger aussi loin que possible afin de laisser la place au véhicule de police. Elle entendait le frottement des buissons sur les flancs de la voiture, auquel succéda soudain un désagréable bruit de métal contre du métal.

Line enfonça la pédale de frein. Le véhicule de police passa. Elle avança à peine et sortit pour voir ce qu'elle avait heurté. L'arrière de la voiture était rayé. Un tube en métal sortait des buissons. Cela pouvait ressembler à un vieux système d'arrosage.

Elle décocha un coup de pied dedans en proférant une rafale de jurons et le repoussa du bout de sa chaussure. Puis elle s'accroupit pour examiner les dégâts, glissa son pouce sur la peinture. La rayure était profonde, jusqu'au métal, un simple polissage ne suffirait pas et la réparation allait coûter plusieurs milliers de couronnes.

Line se releva, planta ses mains sur ses hanches et resta le dos tourné à la forêt à scruter la rayure. Elle ne pouvait pas en informer son père. Pas aujourd'hui.

Un coup de vent fit bruisser le feuillage des arbres. Elle regarda autour d'elle. L'agacement causé par cet accroc céda brusquement le pas à un malaise, un sentiment d'inquiétude. Le moteur tournait à vide. Elle se remit promptement au volant, verrouilla les portières et redémarra.

16

Le temps changeait. Le ciel se couvrait, le vent se levait.

Wisting tapa à la porte coulissante de la camionnette grise, Adrian Stiller le fit entrer.

« Du nouveau ? »

Sur le grand écran d'ordinateur rien ne semblait avoir changé.

« Nous surveillons la maison depuis quatre postes d'observation, expliqua Stenberg en montrant des photos sur son téléphone.

— Il y a du mouvement ?

— Non. Tous les rideaux sont tirés.

— Sait-on comment il y est entré ? A-t-on vu des traces d'effraction ?

— Oui. Sur la porte de la cuisine. Récentes. »

Stenberg chercha dans ses photos et en trouva une prise à l'arrière de la maison. Les marques sur l'encadrement et le vantail étaient à peine apparentes.

« C'est une vieille bâtisse. Il n'en faut pas beaucoup pour créer du jeu et pouvoir entrer. »

Sur une autre photo, on voyait une pelle appuyée

contre la façade à côté du perron. Elle aurait pu faire l'affaire pour forcer la porte.

« Les dommages sont mineurs, la serrure fonctionne normalement et il a pu verrouiller la porte.

— Vos hommes y sont allés ?

— Nous avons une patrouille qui fait du porte-à-porte. Ç'aurait été suspect pour la personne qui est à l'intérieur que nous ne vérifions pas celle-là aussi.

— À qui appartient-elle ?

— Un concessionnaire automobile de Drammen. Les barrages sont informés et chargés de ne pas le laisser entrer dans la zone si jamais il a l'idée de venir faire un tour. »

Wisting s'assit et parla des écorçages aux endroits où avaient été laissés le pistolet et la clef des menottes.

« Il pourrait aussi s'être procuré un téléphone, souligna Nils Hammer avant de s'adresser à Stiller : Vous avez la possibilité de tracer les télécommunications dans le périmètre ?

— Hidle est sur le coup.

— Nous avons des données pour les dernières soixante-douze heures, expliqua Hidle. Il pourrait se révéler intéressant de savoir qui s'est trouvé dans le coin hier soir ou dans la nuit. Pour ce qui est des données en temps réel, c'est un peu plus difficile à partir du moment où nous n'avons pas de numéro spécifique. »

Wisting reçut un message. Line lui écrivait qu'elle était revenue pour lui apporter des vêtements. Son téléphone sonna alors qu'il l'avait encore dans la main. Torunn Borg. Elle était au commissariat et s'occupait des témoignages du public sur Tom Kerr. Elle n'était pas informée de la situation réelle.

« Alors ? demanda-t-il.

— Rien qui tienne la route. Nous sommes allés voir quelques adresses et nous venons d'intervenir dans un bus sur l'E18, des gens pensaient que Tom Kerr était à bord, mais ça n'a rien donné. »

Il se passa la main dans les cheveux. Cette stratégie de temporisation n'était pas sans conséquences. Elle imposait une charge supplémentaire à leurs équipes et au public aussi.

« Il y a une seule chose que tu devrais peut-être regarder, reprit Torunn. Deux observations indépendantes d'un hors-bord qui se dirigeait à grande vitesse vers le nord. Bien sûr, il y a un peu de circulation sur l'eau, ce n'est pas extraordinaire de voir un bateau, mais le lieu et l'horaire pourraient correspondre.

— Quand était-ce ?

— Entre 12 h 15 et 12 h 45. Le seul signalement dont je dispose est celui d'un hors-bord avec une console centrale, environ seize pieds.

— Je vois. »

Il raccrocha et rendit compte de sa conversation à ses collègues.

« On pourrait s'en servir, proposa Stiller. En parler au point de presse et dire que Kerr est probablement sorti de la zone. Ça pourrait accélérer le processus.

— Ne devrions-nous pas envisager la possibilité qu'il soit effectivement sorti de la zone ? objecta Hammer. Tout dans son évasion était soigneusement planifié. Il a pu vous percer à jour et se débarrasser des émetteurs que vous lui avez collés. »

Wisting déglutit. L'idée faisait froid dans le dos.

« On a relevé des petits mouvements suggérant qu'il

se déplace d'une pièce à l'autre, le rassura Hidle. Il est à l'intérieur. C'est sous contrôle. »

On tapa à la porte. Wisting saisit la poignée.

« Je dois sortir. C'est Line. Elle m'apporte des vêtements propres. »

17

« Enlève ta chemise, dit Line en posant celle qu'elle avait repassée pour lui.

— Ce n'était pas la peine, protesta son père. J'aurais pu garder les vêtements que j'ai sur le dos. »

Son retour dans la zone semblait le mettre mal à l'aise.

« Bon, maintenant je suis là. »

Il lança un regard par les vitres avant de batailler dans l'espace exigu pour ôter sa veste.

« Il y a du nouveau ? s'enquit Line.

— Pas vraiment. Mortensen a trouvé des douilles et des restes de la grenade. Mais nous n'allons pas sortir l'information tout de suite.

— Mais de quoi parliez-vous en disant qu'il n'allait rien se passer avant plusieurs heures ? Comment pouvez-vous le savoir ? »

Il lui sourit et sa peau se plissa sur son front et autour de ses yeux.

« Je t'en parlerai plus tard. Quand tout cela sera terminé. »

Elle ne renonça pas si facilement.

« Il s'agit de l'Autre ? »

Son père était torse nu. Il était devenu vieux. Sa peau était flasque.

« En ce moment précis, il s'agit de Tom Kerr. »

Il tendit la main vers sa chemise propre, s'habilla les lèvres pincées. Inutile d'essayer d'en tirer davantage.

« Puis-je retourner sur le lieu de l'explosion ? demanda-t-elle.

— Non. Ton travail est terminé. Je ne peux pas te laisser te balader ici. Désolé, ajouta-t-il en se dirigeant vers la porte du minibus. Le mieux serait que tu rentres chez toi. »

Après lui avoir redressé légèrement son col, elle le regarda partir. Cette camionnette qu'il occupait avec Stiller l'intriguait. Elle n'était pas là à leur arrivée avec Kerr.

Line fit une recherche sur le numéro d'immatriculation, mais les informations sur le propriétaire étaient inaccessibles.

Prenant sa caméra, elle alla s'asseoir sur un élément du train de rouleaux dans l'ancienne scierie. Deux ambulanciers prêts à intervenir en cas de besoin discutaient devant leurs véhicules. Un peu plus loin, se tenaient trois policiers. Nul ne remarqua qu'elle braquait son objectif sur la porte latérale de la camionnette et zoomait. Il restait un quart d'heure avant le prochain point de presse, la porte allait forcément coulisser bientôt et elle aurait un aperçu de ce qui se passait dans ce véhicule.

La caméra tournait. Line recouvrit le voyant lumineux rouge de sa paume, pour donner l'impression non pas de filmer, mais de regarder ses images du jour.

Dix minutes plus tard, la porte s'ouvrit. Son père sortit avec Nils Hammer et Adrian Stiller. Ils bloquaient en grande partie l'ouverture, et le petit écran de sa caméra ne permettait pas de voir les détails, mais ce qu'elle vit lui rappela les cars régies des chaînes de télévision.

Puis la porte se referma. Les trois hommes s'entretinrent quelques instants à voix basse et son père partit s'adresser à la presse.

18

Pendant le deuxième point de presse, il se mit à pleuvoir. Des gouttelettes fines qui humectaient la feuille où Wisting avait jeté deux ou trois mots-clefs.

Il commença par expliquer que la traque n'était pas terminée, donna quelques chiffres sur les effectifs et unités mobilisés, rendit compte de l'état de santé des policiers blessés.

« Il semble évident que Tom Kerr a été aidé dans sa fuite. L'évasion était préparée. Des armes, notamment, avaient été disposées sur le site au préalable. Nous invitons donc toute personne ayant fait des observations dans ces environs au cours des dernières quarante-huit heures à prendre contact avec la police.

— Est-ce l'Autre que vous cherchez ? coupa un journaliste.

— C'est une question qu'il est naturel de poser, mais pour l'instant, nous ne disposons d'aucune information concrète, nous ne savons pas qui a apporté son assistance. »

Il donna le numéro de téléphone à appeler et passa promptement à la suite pour éviter d'avoir à s'étendre sur le sujet.

« Les recherches vont continuer pendant encore quelques heures, puis elles seront élargies. Tom Kerr pourrait être déjà sorti de ce périmètre. Plusieurs bateaux ont été observés et nous prions toute personne s'étant trouvée sur la côte d'Eftanglandet de nous contacter. »

Wisting répéta que si quelqu'un voyait Kerr, il ne fallait pas intervenir, mais appeler le numéro d'urgence fourni par la police.

Les mains fusèrent en l'air. On l'interrogea sur l'Autre, on lui demanda comment il avait pu être possible de planifier et de mettre en œuvre l'évasion. Il éluda les questions en soulignant qu'il n'avait pas participé à l'enquête initiale sur Tom Kerr et l'Autre et n'était en mesure de s'exprimer que sur l'opération en cours.

La pluie s'intensifia. Il conclut le point de presse et partit rejoindre ses collègues. En passant devant sa voiture, il vit Line sur le siège passager. Les vitres s'embuaient. Il ne s'arrêta pas pour lui parler.

« C'était bien, le complimenta Stiller lorsqu'il entra dans le sous-marin, où le reportage de Nyhetskanalen sur le point de presse était diffusé sur un écran.

— Vous n'auriez pas dû faire appel à Line.

— Elle est douée. Nous avons déjà travaillé avec elle. Elle sait de quoi nous avons besoin.

— Vous saviez ce qui risquait d'arriver. Vous lui avez fait prendre des risques. Ç'aurait pu être elle qui se faisait arracher le pied. »

Stiller garda le silence. La pluie tambourinait sur le toit du véhicule.

« Vous auriez dû faire appel à l'un des vôtres, pas à une pigiste civile. Ce n'est tout de même pas sorcier de filmer un gars qui montre où il a creusé une tombe, bon Dieu !

— Elle avait des raisons personnelles de le faire. Elle a besoin des images pour un documentaire.

— Allez donc la renvoyer chez elle, fit Wisting dans un soupir, en montrant la porte d'un signe de tête. Elle est dans ma voiture à attendre que quelque chose se passe. Dites-lui que sa mission est terminée. »

Stiller se leva, visiblement réticent.

« Je cherchais simplement à l'aider. »

Wisting ne répondit pas, son regard le traversa, se posa sur la carte de Hokksund. Sur l'écran, l'épingle rouge disparut une fraction de seconde avant de reparaître sur l'autoroute. Il tendit le doigt.

« Elle roule. »

Le téléphone d'Ove Hidle sonna.

« Oui, on a vu », confirma-t-il après un bref échange.

Il raccrocha, alluma un écran qui n'était pas encore utilisé, tapa son nom d'utilisateur et son mot de passe dans une boîte de dialogue.

« La caméra IP tourne », expliqua-t-il.

Une rue fréquentée apparut sur l'écran.

« La caméra est installée sur le tableau de bord de la voiture de filature, précisa Stenberg. C'est du direct.

— C'est enregistré ? s'enquit Stiller.

— Oui, c'est enregistré tant qu'il y a du mouvement sur l'image. »

Wisting se redressa sur son siège. Il n'avait jamais assisté à une retransmission de filature en direct. D'ordinaire, il suivait sur la carte les positions que les policiers annonçaient par radio. Ces dernières années, l'évolution technologique fulgurante avait bouleversé leurs méthodes de travail. À bien des égards, la police s'était améliorée, modernisée, mais en ce qui concerne l'ouverture, la transparence, le droit de savoir du public et ses outils de contrôle, les choses avaient bien peu évolué.

Stenberg montra une vieille Ford grise.

« Elle roule deux voitures devant eux. »

L'image était nette. On pouvait lire le numéro d'immatriculation de la voiture la plus proche.

Il tapa sur son clavier pour allumer un haut-parleur. Ils entendirent la musique de l'autoradio et la rumeur de la circulation.

« On a du son ? »

L'autoradio fut coupé.

« On est là, confirma une femme.

— Quelque chose à signaler ?

— Nous avons une réponse d'Autopass. La voiture n'a pas franchi de péages dans votre coin cette semaine. »

Stenberg se tourna vers Wisting.

« Elle n'a pas de voiture à elle. Celle qu'elle conduit maintenant est immatriculée au nom de son père. Nous ne savons pas si elle a d'autres véhicules à sa disposition.

— Mais rien ne suggère qu'elle est venue ici cette nuit pour tout préparer, c'est ça ?

— En effet, mais elle n'en reste pas moins la dernière personne qui ait rendu visite à Tom Kerr en prison, rappela Stiller. Elle a pu faire le trait d'union entre Kerr et l'Autre, transmettre l'information. Elle ne serait même pas obligée de savoir à quoi elle a participé. »

La voiture de filature emprunta un rond-point et entra dans la commune de Nedre Eiker.

« Si elle est en route pour Eftang, elle arrivera dans une heure et demie, estima Wisting. Quand il fera nuit. »

Ils continuèrent de suivre les images en direct, activité qui paraissait bien peu productive. De nouveau, il se sentit en ébullition. Il avait besoin d'aller au commissariat, de s'asseoir à son bureau, de faire le point et de se lancer dans le travail stratégique.

La voiture longea le Drammenselva, traversa Mjøndalen et entra dans le tunnel de Strømsås. Au bout d'un bon quart d'heure, elle prit l'E18 en direction du sud.

« Elle vient ici », affirma Stiller.

Wisting consulta sa montre. L'ancien directeur d'enquête de l'affaire Kerr serait bientôt dans son bureau, et en plus, il avait une autre chose à faire.

« Je vais au commissariat, annonça-t-il en regardant Stiller. Semmelmann ne va pas tarder. J'ai besoin de ce que vous avez sur les gens qui ont rendu visite à Kerr en prison. »

Stiller lui tendit un dossier.

« On fera le prochain point de presse au commissariat, lança Wisting dans l'ouverture de la camionnette. Ça nous permettra de sortir les journalistes d'ici.

— Je viens, annonça Hammer.

— Et Line ? » s'enquit Stiller.

Wisting sortit. Un voile de pluie atteignit son visage.

« N'y pensez plus. Je vais la reconduire chez elle. »

19

Le pare-brise mouillé rendait l'extérieur flou. Line se pencha vers le volant et tourna la clef dans le contact pour activer les essuie-glaces et le chauffage. La radio s'alluma automatiquement.

Autour, il ne se passait rien, c'était lassant.

Un quart d'heure plus tôt, un véhicule avait apporté du ravitaillement, de la nourriture et des thermos de boissons chaudes. Pour le reste, il n'y avait eu aucun mouvement.

Line employait son oisiveté à surfer sur son téléphone, mais Internet non plus ne disposait de rien qui fasse avancer l'affaire.

Ses genoux tremblaient d'impatience. La nuit allait tomber d'ici à une petite heure. Elle envisagea de faire un tour en voiture pour repérer une brigade cynophile et la filmer à l'œuvre, cherchant le fugitif. Ou alors elle pouvait se rendre au Viksfjord, *VG* venait de publier une photo de deux policiers dans un hangar à bateaux.

Elle s'apprêtait à sortir pour passer côté conducteur quand la porte de la camionnette s'ouvrit. Son père et Nils Hammer en sortirent, vinrent vers elle et montèrent dans la voiture.

« Il y a du nouveau ? » demanda-t-elle.

Son père secoua la tête.

« On repart travailler au commissariat, mais je vais d'abord te ramener chez toi. On pourra aller chercher ta voiture à Kripos demain, parce que de toute façon, je dois passer à Ila pour examiner la cellule de Kerr et parler au personnel de la prison. »

Il démarra, la voiture cahota sur quelques mottes d'herbe. Line attacha sa ceinture.

« Bien. »

Ils traversèrent le bois dans le silence général. On les laissa franchir les deux barrages sans ouvrir leur coffre.

« Vous croyez qu'il a pu s'enfuir ? » s'enquit-elle alors qu'ils approchaient de la ville.

Son père jeta un coup d'œil dans le rétroviseur, croisa le regard de Hammer.

« Tout le reste était si bien planifié, poursuivit-elle. Ce ne serait pas étonnant qu'une voiture ou un bateau l'ait attendu, si ?

— Ce ne sont que des conjectures », répondit son père.

Line bougea légèrement sur son siège.

« Si tel était le cas, où irait-il ? Où pourrait-il se cacher ?

— Je ne sais pas. Je ne sais pas encore.

— La police n'a jamais eu de suspicions sur l'identité de l'Autre ? »

Son père respira bruyamment.

« Je vais voir l'ancien directeur d'enquête tout à l'heure, mais je doute qu'il ait un nom à me proposer. »

Elle reçut un texto. Adrian Stiller.

Je suis désolé que votre mission d'aujourd'hui ait été abrégée brutalement et que nous n'ayons pas eu le temps de parler de votre projet de documentaire. On se rattrapera plus tard. Il faut que je voie si j'ai encore de la documentation qui puisse vous être utile.

Fallait-il lire quelque chose entre les lignes ? Une espèce d'invitation ?

Que se passe-t-il, exactement ? tenta-t-elle, mais elle n'obtint pas de réponse.

La voiture s'arrêta devant chez elle.

« Et Amalie ? s'enquit son père.

— Je m'en occupe. Merci de m'avoir ramenée. »

Hammer s'installa à l'avant. Line se dirigea vers sa maison, la voiture repartit. Il n'était pas trop tard pour prendre son vélo et se rendre chez Sofie pour chercher Amalie, elle aurait dû, mais elle avait besoin de faire d'abord le point, de descendre dans son bureau, de reprendre ses travaux préparatoires, et d'identifier une nouvelle structure dans sa documentation.

20

Les couloirs de l'hôpital étaient particulièrement calmes. La forte lumière des néons se reflétait sur le lino ciré des sols. Un vieillard en blouse bleu ciel piétinait laborieusement derrière son déambulateur. Devant la salle de pause était assis un homme en uniforme de police. Frank Kvastmo, le chef du département baptisé brigade d'intervention mobile lors de la dernière réforme. C'était le supérieur hiérarchique direct des policiers blessés.

Il se leva en apercevant Wisting et Hammer.

« Comment vont-ils ? s'enquit Wisting.

— Tore Bergstrand est à Ullevål. On est en train de l'opérer en ce moment même. Les médecins pensent pouvoir sauver sa jambe. Je vais à Oslo demain pour le voir.

— Et les autres ?

— Jensen, Ranvik, Otnes et Ramsland sont sortis, blessures légères. On va faire un débriefing ce soir, ils devraient pouvoir reprendre le travail demain. Emil Soffer et Maren Dokken sont ici. Soffer a la visite de sa femme. J'attends qu'elle sorte. Il a des lésions internes, les médecins vont le garder quelques jours.

— Et Maren Dokken ?

— Elle a une rupture des tendons de l'épaule. Elle a été opérée et maintenant, elle va devoir compter sur une longue rééducation.

— Où est-elle ?

— En salle de réveil. Les médecins pensent qu'elle pourra sortir dès demain.

— Je connaissais son grand-père, précisa Wisting. Ove Dokken. Il dirigeait la brigade de maintien de l'ordre à mes débuts dans la police.

— J'ai entendu son nom, oui.

— Elle a de la famille auprès d'elle ?

— Ses parents sont indiqués comme personnes à contacter. Ils ont été avertis, mais ils sont à Singapour pour encore deux jours. Ils y restent jusqu'à la fin de leurs vacances. »

Une infirmière sortit d'une chambre, passa rapidement devant eux.

« Il y a du nouveau sur Kerr ? voulut savoir Kvastmo. Ou sur l'Autre ? »

Wisting secoua la tête.

Kvastmo coula un regard vers la chambre la plus proche.

« Rien que je puisse leur raconter ?

— Pas encore. »

21

Devant le commissariat, un homme d'une petite cinquantaine d'années, moustachu, à l'épaisse chevelure grise, fumait une cigarette.

Wisting se gara à côté d'une vieille Passat à la carrosserie éraflée et légèrement cabossée en plusieurs endroits. Une voiture de police banalisée.

L'homme pinça la braise de sa cigarette entre son pouce et son index.

« Le commissariat est fermé ?

— L'accueil du public ferme à 15 heures, confirma Wisting en tendant la main pour le saluer. Semmelmann ? »

L'homme acquiesça d'un signe de tête, salua aussi Hammer, et prit dans son coffre une sacoche d'ordinateur et un carton d'où dépassait un long rouleau de papier.

Ils passèrent par l'entrée de service sur le côté du bâtiment, montèrent dans la grande salle de réunion.

Tout en préparant le café, Wisting expliqua brièvement comment Tom Kerr était parvenu à s'évader. Il s'interrompit pour jeter un œil dans le couloir, ferma la porte et reprit.

« Avant la reconstitution, Kripos avait secrètement équipé Kerr de deux émetteurs. Le premier dans sa chaussure, le second à la ceinture de son pantalon. Nous savons où il se trouve. »

Semmelmann haussa un sourcil.

« Il est dans une maison de vacances de l'autre côté de la péninsule. Il a reçu de l'aide pour s'évader et nous pensons qu'il va en avoir pour sortir du périmètre.

— L'Autre… », résuma Semmelmann.

Wisting versa du café dans une tasse et la lui tendit.

« L'attente n'est pas mon fort, précisa-t-il en montrant le carton de dossiers que Semmelmann avait posé sur la table. J'aimerais savoir qui est l'Autre, et j'aimerais le savoir tout de suite. »

L'ordinateur de la salle de réunion était connecté à un grand écran de télévision. Nils Hammer s'identifia et tapa le mot de passe qui lui donnait accès à la transmission cryptée de la voiture de filature.

« Le nom de Lone Mellberg figurait-il dans les documents de l'affaire ? » demanda-t-il.

Semmelmann plissa les paupières en lorgnant le grand écran plat.

« Non. Qui est-ce ?

— C'est la dernière personne qui ait rendu visite à Tom Kerr en prison », expliqua Wisting.

L'équipe de filature avait dépassé Tønsberg.

« Elle est en route pour ici, déclara Hammer en désignant la Ford grise de Lone Mellberg. Nous sommes derrière elle.

— Je ne reconnais pas ce nom. »

Semmelmann sortit le rouleau de papier du carton, l'étala sur la table en le lissant et en retint les coins avec des tasses à café oubliées lors d'une précédente réunion.

C'était une carte relationnelle. Autour d'une photo de Kerr gravitaient comme des astéroïdes toutes les personnes ayant un quelconque lien avec lui. Les contacts les plus proches représentés par des photos légendées, et plus en périphérie, des noms sans photo, écrits en plus petit.

« Cette carte remonte à bientôt quatre ans. Elle contient près de sept cents noms. Sa famille, tous ses anciens collègues de travail, les voisins qu'il a pu avoir, les personnes avec qui il est allé à l'école, ses amis d'enfance, des criminels avec qui il a été en détention. Tout ce que nous avons trouvé est là. » Il sortit un ordinateur. « Je vais chercher Lone Mellberg dans la base de données que nous avons créée. »

Wisting examina la carte en se demandant combien d'individus avaient croisé son chemin à lui et s'il aurait été possible d'en faire une reconstruction complète. Probablement pas.

Tout près de Tom Kerr, il y avait son frère Jon. À côté, un homme chauve, nommé Stig Skarven. Wisting posa l'index dessus.

« Qui est-ce ?

— Un collègue de Pool Partner. Nous nous sommes longuement intéressés à lui. Avant de travailler chez Pool Partner, il a été gérant de trois piscines de Bærum, mais il a dû partir pour cause de comportement inapproprié. Il avait toujours quelque chose à faire dans les vestiaires des femmes. Nous avons pu vérifier son alibi pour la nuit de l'arrestation de Tom Kerr et de l'incendie de sa ferme. L'historique de son routeur a montré qu'il était à son domicile, à Asker.

— Donc toutes ces personnes ont été mises hors de cause ?

— Non, ce n'était pas faisable, mais nous avons parlé avec chacune d'elles. Sans que ça nous rapproche de l'Autre pour autant. »

Semmelmann se concentra sur son écran.

« Pas de Lone Mellberg ici.

— Ils ont commencé à correspondre il y a environ trois ans, souligna Hammer. Après votre recensement de ses relations. »

Semmelmann inscrivit le nom dans la base de données et lui attribua une cote la situant dans la sphère intime de Kerr.

« D'autres Mellberg ? »

Il interrogea la base, le résultat fut négatif.

« Nous avons quelqu'un qui habite à Hokksund, comme elle. Rune Ness. Kerr et lui étaient dans la même classe à l'école primaire. Vous le trouverez en toute périphérie de la carte. »

Wisting chercha le dossier que lui avait confié Stiller.

« J'ai aussi un autre nom ici. Floyd Thue. Visiteur de la Croix-Rouge. En prison, Kerr n'a vu que son frère, ce visiteur et Lone Mellberg. »

Semmelmann tapa le nom.

« J'ai un Floyd, mais son nom de famille n'est pas Thue. »

Wisting s'assit. Sur l'écran de télévision, la voiture de filature dépassait la sortie de Sandefjord.

« Ils approchent », commenta Hammer.

22

Semmelmann aligna quatre dossiers sur la table. Un pour chaque victime de Kerr. Thea Polden et Salwa Haddad, qui avaient été tuées, Taran Norum, qui n'avait jamais été retrouvée, et Freja Bengtson, qui en avait réchappé, et dont la tentative d'enlèvement avait conduit à l'arrestation de Kerr. Chaque dossier portait la date du crime.

« Nous avons procédé en recensant les mouvements de Kerr avant chaque affaire afin de déterminer où il était allé et avec qui il avait pu être en contact, expliqua l'ancien directeur d'enquête. Quelque part, il devait y avoir un point d'intersection avec l'Autre. Un endroit où ils se réunissaient. Cela nous a donné beaucoup de noms, mais aucune connexion.

— Et les contacts téléphoniques ? voulut savoir Hammer.

— Nous nous sommes bien sûr penchés sur les communications téléphoniques et électroniques, par e-mail ou autre, mais nous n'avons rien pu en tirer.

— Il avait peut-être un téléphone pour cet usage particulier.

— Oui. Nous sommes partis de ce principe. Kerr

vivait dans un endroit isolé. Les appels de la ferme ne pouvaient borner que sur deux stations de base. Nous avons pris en masse tous les appels des trois jours précédant chaque enlèvement et nous avons analysé les données sans parvenir à identifier la ligne qu'il aurait utilisée.

— Pourrais-je accéder à ces données ? demanda Wisting.

— Je vais vous envoyer un identifiant et un mot de passe.

— Elle quitte l'E18 », signala Nils Hammer.

Sur l'écran du téléviseur, la Ford grise partait en direction de Larvik. Les policiers qui la filaient étaient juste derrière. Lone Mellberg conduisait comme quelqu'un qui connaissait le chemin. Deux ronds-points, puis Elveveien le long du fleuve Numedalslågen.

Hammer se tourna vers ses collègues.

« Elle va le retrouver », constata-t-il.

Wisting téléphona à Stiller.

« Vous voyez la même chose que nous ?

— Elle vient par ici, confirma Stiller.

— Comment appréhendez-vous la situation ?

— Si jamais elle se présente à un barrage, les policiers ont pour instruction de l'interroger. Ils l'informeront que la route est fermée jusqu'à 21 heures. Et d'ici là, on n'aura qu'à la suivre pour voir ce qu'elle fait. »

Ils discutèrent ensuite de certaines modalités pratiques du prochain point de presse alors que Wisting gardait les yeux sur l'écran. À l'embouchure du fleuve, Lone Mellberg traversa le pont de Gloppe, se dirigea vers l'est, en direction de Sandefjord et de la péninsule d'Eftang. Après avoir raccroché, il se tourna de nouveau vers Semmelmann.

« Et leur véhicule ? Celui dans lequel ils avaient essayé d'enlever Freja Bengtson.

— Totalement calciné. C'était une camionnette qui était restée à la ferme quand Kerr en est devenu propriétaire. Le changement de propriétaire n'avait jamais été déclaré à l'agence des immatriculations et une plaque volée avait été vissée dessus. »

Il tira un document d'un dossier.

« Nous avons des renseignements d'Autopass sur les franchissements de péages du véhicule. Ils ont probablement changé de plaque chaque fois qu'ils sont sortis. Nous avons fait tout un travail là-dessus. Il y a eu deux déclarations de vol de plaques de fourgons à proximité d'endroits où Kerr avait entretenu des piscines. »

Sur l'ancien tracé de l'E18 direction Sandefjord, les policiers de la filature s'étaient laissé doubler par une voiture qui s'était insérée entre Lone Mellberg et eux.

« Elle sera au premier barrage d'ici cinq minutes », remarqua Wisting.

Semmelmann se carra sur sa chaise. Les trois enquêteurs observaient les images sans rien dire.

La circulation se densifia. La Ford quitta la route et approcha du poste de contrôle. La vue des policiers était légèrement obstruée par la voiture devant eux. Lone Mellberg s'entretint plus longuement avec les policiers que le conducteur du véhicule qui l'avait précédée. Elle fit ensuite demi-tour. Alors qu'elle croisait la voiture de filature, ils eurent un aperçu de son visage arrondi au front barré d'une frange.

« Ils la lâchent ? demanda Semmelmann comme la voiture de filature restait dans la queue.

— Elle est sous surveillance électronique également, précisa Hammer. Ils vont la rattraper. »

Wisting se pencha de nouveau sur l'impressionnante carte relationnelle.

« Lequel est votre candidat ? »

Semmelmann dodelina de la tête.

« Il n'y en a aucun qui s'impose, mais nous avons une personne d'intérêt qui n'est pas indiquée ici.

— Comment cela ?

— Quand Tom Kerr s'est installé à la ferme, il paraît qu'un Européen de l'Est y habitait. Certes, ça remonte à un certain temps, mais nous le tenons de trois sources différentes. La dernière observation date d'environ dix-huit mois avant la disparition de Thea Polden. Lors de l'installation de nouveaux compteurs électriques dans le bâtiment principal, un étranger avait ouvert au technicien.

— Vous ne l'avez pas recherché ?

— Nous avons envisagé de le faire. On a tenté le portrait-robot, mais les descriptions étaient insuffisantes. Aucune des trois personnes qui l'avaient vu ne pensait être en mesure de le reconnaître. Nous ne connaissons même pas sa nationalité.

— Il n'y a aucun Européen de l'Est sur cette carte ?

— Il y en a vingt-deux. En grande majorité des hommes qu'il a rencontrés en prison. Tous ont fait l'objet d'une vérification. La chronologie ne correspond pour aucun d'entre eux. Soit ils étaient toujours détenus, soit ils étaient à l'étranger ou encore ils avaient un alibi. Aucun n'est jamais allé chez Kerr.

— Et lui-même, que dit-il en interrogatoire ?

— Il nie, il affirme que c'est inexact. »

Le téléphone de Wisting sonna. Stiller, encore.

« Lone Mellberg vient d'être stoppée au barrage. »

Sur l'écran, la voiture de filature roulait, mais la Ford grise n'était pas visible.

« Elle n'avait aucune explication plausible à apporter, elle disait qu'elle faisait simplement un tour en voiture, donc elle s'est fait refouler, poursuivit Stiller. Quand on lui a montré une photo de Tom Kerr et demandé si elle le connaissait ou avait eu de quelconques relations avec lui, elle a répondu par la négative.

— Alors elle a menti ?

— Disons en tout cas qu'elle s'est abstenue de mentionner qu'elle lui avait rendu visite en prison.

— Où est-elle actuellement ?

— Elle s'est arrêtée à une station-service à la frontière entre les communes de Larvik et de Sandefjord. Les policiers du poste de contrôle lui ont annoncé que la circulation rouvrirait à 21 heures. »

Wisting revint aux classeurs de Semmelmann. Dans un dossier étaient réunis les renseignements concernant la ferme de Kerr dans l'Østmarka. Il y avait une carte, des plans et des photos de l'incendie.

Les flammes avaient eu tout le temps de faire des ravages et de consumer la grange et la maison. Alertés tardivement, les pompiers avaient dû en outre faire face à la disparition de la barrière canadienne qui recouvrait habituellement le fossé sur le chemin d'accès à la ferme. Il leur avait fallu fabriquer une passerelle de fortune avec des planches pour pouvoir passer. Les photos suggéraient que la barrière canadienne avait été traînée par une chaîne derrière la camionnette jusqu'à la grange, à deux bonnes centaines de mètres de distance.

« Ça semble réfléchi, commenta Wisting. Soigneusement planifié. Comme l'évasion d'aujourd'hui.

— On a trouvé les débris de douze jerrycans d'essence dans les décombres de l'incendie. En plus, il y avait des stocks de dynamite en plusieurs endroits de la maison et dans la grange. L'incendiaire avait manifestement anticipé une situation où il serait nécessaire d'éliminer toutes les traces. »

Le dossier présentait une pièce calcinée au sous-sol de la maison, une laverie, peut-être, mais sur les photos elle croulait sous les tuiles et autres gravats. Un poêle à bois en fonte s'était effondré de l'étage supérieur.

« Nous pensons que c'est ici qu'elles étaient retenues. »

Sur les photos suivantes, on voyait la pièce rangée, où ne restaient qu'un lave-linge dans le coin et l'ossature d'un lit en fer, et puis des fragments noircis de menottes, de chaînes, de cadenas. On avait aussi découvert des scies, des couteaux et autres instruments de découpe.

« Tout a été détruit dans l'incendie ? Il n'y avait aucune trace ?

— On a relevé du sang des victimes. »

Semmelmann présenta l'image d'une bonde dans le sol de la cave.

« Mais rien qui pointe dans la direction de l'Autre ?

— Il se pourrait qu'il soit reparti à moto. On a identifié des ornières sur un sentier qu'il a dû emprunter pour contourner la barrière canadienne manquante. »

Il ne put retrouver les photos.

« Tout est répertorié dans la base de données. Vous pouvez les voir ici », dit-il en indiquant l'ordinateur.

Ils abordèrent divers aspects de l'affaire. Les théories, possibilités, analyses et hypothèses qui avaient été testées.

« Vous avez fait appel à un psychiatre pour établir un profil du coupable ? demanda Nils Hammer.

— Oui, cela aussi. Il n'en est ressorti que des évidences. Que c'était un homme avec une conscience très élevée de sa propre valeur et dépourvu d'empathie. Des choses comme ça.

— Un psychopathe ?

— Au contraire. Un psychopathe est impulsif. Ses actes sont motivés par l'inspiration du moment. Il ne voit que l'utilité et la satisfaction immédiates. D'après les psychiatres, l'Autre est stratège, créatif, doté d'une intelligence élevée, qui le rend à même d'évaluer les conséquences à long terme.

— Et personne ici ne correspond à cela ? demanda Wisting en promenant son regard sur la carte relationnelle.

— Certains, si. Le plus notable étant quelqu'un avec qui Kerr a grandi. Reino Lystad. Il a été champion de Norvège d'échecs. Leur relation n'a pas toujours été positive. À douze ans, Kerr a torturé et tué son chat. »

Au bout de quelques instants, Wisting repéra enfin le nom. Reino Lystad était devenu adulte, il avait des golfes temporaux dégagés, une chevelure clairsemée. La photo semblait prise lors d'un tournoi d'échecs.

Wisting se leva en consultant sa montre.

« Il faut que j'appelle la commissaire », s'excusa-t-il.

Il se rendit dans son bureau pour donner les dernières nouvelles à Agnes Kiil.

« Nous venons de recevoir un compte rendu de Stenberg, du groupe d'intervention, annonça-t-elle. S'il n'y a aucun développement dans la nuit, ses hommes interviendront au lever du soleil.

— Vers 6 heures, donc.

— Il se passera probablement quelque chose bien avant, mais nous sommes obligés d'établir un cadre temporel pour la conclusion de l'opération. Il faut changer les équipes, les personnels doivent se reposer.

— Et Lone Mellberg ?

— Nous l'interpellerons en même temps. »

Ils convinrent des points sur lesquels insister lors du point de presse, qui était dévolu cette fois encore à Wisting. Une question de continuité, prétendait la commissaire. Une question d'attribution des torts et des responsabilités, oui. Une erreur avait été commise. Kerr avait réussi à fuir. Aucun membre du ministère public ne souhaitait venir en parler. Si Kerr était pris, en revanche, on verrait sans doute un procureur devant les caméras, et s'ils parvenaient à arrêter l'Autre, ce serait la commissaire en personne.

À 21 h 30, Wisting descendit dans le hall du commissariat pour s'adresser aux journalistes. Il y avait certains visages d'Eftang, mais aussi deux ou trois nouveaux.

Dix heures s'étaient écoulées depuis l'évasion de Kerr. Il commença par préciser que le fugitif n'était toujours pas appréhendé.

« Nous achevons actuellement nos investigations dans ce qui était notre zone de recherche primaire. C'est une zone naturellement limitée par la mer au nord, au sud et à l'ouest, et par la route à l'est. Nous avons examiné tous les garages, toutes les dépendances, tous les hangars à bateaux et autres bâtiments, nous avons parlé avec tous les riverains, nous avons employé des caméras thermiques. Ce travail n'a porté aucun fruit. Nous avons toute raison de croire que Tom Kerr pourrait être sorti de la zone avant même la mise en place de cette vaste opération de police. Les postes de contrôle et les barrages sont maintenant levés et nous entrons dans une nouvelle étape, moins opérationnelle. »

Jamais auparavant, il n'avait été obligé d'induire ainsi la presse en erreur. Cela le tracassait, mais il resta sur la ligne convenue, expliquant que la police suivait désormais une piste de renseignement et d'enquête, racontant que l'évasion s'était produite à la faveur de l'explosion d'une grenade et rappelant une fois de plus que le fugitif était armé et dangereux.

Les journalistes demandèrent d'abord où l'on allait chercher Kerr. Wisting les pria de bien vouloir comprendre que la police ne souhaitait pas forcément divulguer certaines informations aux médias. Il fournit des précisions sur l'explosion et expliqua qu'ils étaient désormais aidés par le groupe d'enquête qui avait autrefois traqué l'Autre. Puis il remercia les journalistes d'être venus et quitta la pièce.

Il ne restait désormais plus qu'à attendre.

23

Minuit passa. Officiellement, la police s'était retirée du périmètre depuis près de trois heures. La camionnette de surveillance était garée dans la cour du commissariat et Adrian Stiller et Ove Hidle les avaient rejoints dans la salle de réunion.

Ils avaient passé l'heure écoulée à suivre les mouvements de Lone Mellberg. Sur l'écran, le marqueur en constant mouvement effectuait des trajets qui consistaient exclusivement en allées et venues sur un même tronçon. C'était suspect.

Agité, fébrile, Wisting arpentait la pièce. Son corps avait éliminé l'adrénaline et son cerveau était émoussé. Il avait besoin de quelques heures de repos. La journée du lendemain allait être longue et difficile, quelle que soit l'issue de la nuit.

Une heure de plus s'égrena. Rien. Semmelmann avait pris une chambre d'hôtel. Hammer somnolait dans un fauteuil. À 2 heures du matin, Wisting annonça qu'il allait essayer de dormir un peu. Il se dirigea vers le bureau du substitut du procureur, Christine Thiis, plus spacieux que celui d'un enquêteur et doté d'un coin salon. Il avait utilisé le modeste canapé par le passé et savait l'exploiter au mieux.

Le sommeil ne venait pas. Il restait l'oreille tendue, à l'affût d'un bruit dans la salle de réunion. Il dut néanmoins s'endormir à un moment ou un autre, car il se réveilla ensuite tout ankylosé et mit du temps pour se relever.

Il était un peu plus de 6 heures du matin, l'obscurité n'avait pas encore lâché prise. Il entendit des voix et rejoignit ses collègues.

Stiller se retourna vers lui et lui montra l'écran.

« Elle est entrée dans le périmètre. »

Trois marqueurs rouges apparaissaient sur la carte. Un double, qui signalait les émetteurs de Tom Kerr, et un simple, celui de sa visiteuse, qui longeait une ligne mince : le chemin de terre aboutissant au petit groupe de maisons de vacances au sud de la péninsule d'Eftang.

« Les hommes de Stenberg sont prêts ? s'enquit Wisting.

— Oui, confirma Stiller. Nous aurons bientôt des images. »

La voiture de Lone Mellberg n'allait pas tarder à passer devant la scierie. Ensuite, le chemin bifurquait, la voie de droite menait à Kerr.

Tout le monde se tenait coi dans la pièce. À la fourche, le marqueur s'arrêta près de trente secondes avant de prendre à droite.

Stiller contacta Stenberg.

« Vous allez bientôt avoir un contact visuel, l'informa-t-il.

— *Reçu* », lui répondit le chef du groupe d'intervention, après quoi suivit un ordre de silence radio.

Hidle ouvrit un nouveau logiciel et partagea l'écran en une mosaïque. À gauche la carte, à droite, les images indistinctes de deux caméras. On ne voyait que des ombres et des nuances de gris et de noir.

« Bodycam », expliqua Hidle en se touchant la poitrine pour indiquer leur positionnement.

Sur l'autre image, se dessinèrent bientôt les phares d'une voiture. La végétation occultait partiellement l'objectif, mais tout le reste se précisa à mesure que le véhicule approchait. Des fourrés d'églantiers se révélèrent au bord du chemin. L'homme à la caméra se déplaça. On vit mieux. Une clôture basse en bois blanc, quelques constructions.

Hidle grossit la carte, Wisting se repéra. La voiture de Lone Mellberg dépassa la maison de vacances où se cachait Kerr. À l'intérieur, les points rouges se déplacèrent légèrement. La voiture descendit au ponton, fit demi-tour, puis resta quelque temps à l'arrêt, moteur allumé, phares illuminant le chemin.

« Quand vont-ils intervenir ?

— Dès qu'il y aura un contact entre Mellberg et Kerr, répondit Stiller.

— Et s'ils parviennent à s'échapper en voiture ?

— On a un véhicule sur le chemin qui mène à la route. Ils ne pourront pas le croiser sans se faire arrêter. »

Wisting dégagea une poussière au coin de son œil. Il fixa l'écran et sentit sa bouche s'assécher.

La lumière s'alluma dans l'habitacle de la voiture alors que la portière s'ouvrait. La distance permettait tout juste de deviner un visage. La conductrice sortit et fut englobée par l'obscurité.

« Que se passe-t-il ? » demanda Hammer à la cantonade.

Une petite étincelle brilla dans le noir.

« Il semblerait qu'elle fume une cigarette », commenta Hidle.

Près de deux minutes s'écoulèrent, puis la portière fut de nouveau ouverte, refermée, et la vieille Ford grise redémarra lentement.

Le silence radio s'interrompit. « *Sujet Bravo en mouvement.* »

Le marqueur de la voiture bougea, tandis que ceux de la maison restaient statiques.

« *Seul ?* »

« *Affirmatif.* »

La voiture dépassa la maison et continua son chemin. Ils virent un nouveau mouvement léger à l'intérieur, rien de plus.

Stiller contacta la voiture de filature. Les policiers se tenaient prêts à suivre Lone Mellberg quand elle regagnerait le chemin de terre, mais à la bifurcation, elle fit un virage serré à droite et prit l'autre chemin.

Elle roula jusqu'au bout, fit demi-tour, revint, prit un autre chemin de traverse, et continua ainsi, parcourant les chemins et sentiers du périmètre où la police avait essayé de trouver le fugitif.

« Elle le cherche », suggéra Hammer.

Wisting alla à la fenêtre.

« Il va bientôt faire jour. Allons-y. »

24

Hammer prit le volant de la camionnette, Wisting, Stiller et Hidle s'installèrent à l'arrière, devant la batterie d'écrans. S'éloignant de plus en plus de la cachette de Tom Kerr, Lone Mellberg regagna finalement le chemin de terre.

« Nous allons la croiser, affirma Hidle. Elle rentre chez elle. »

Stiller but de l'eau à une bouteille.

« Je ne comprends pas, dit-il. Si elle était censée venir le chercher, c'est qu'ils ont dû avoir un problème de communication.

— Avons-nous des informations sur les communications dans le périmètre ? demanda Wisting.

— Nous en aurons une analyse dans quelques heures, répondit Hidle, mais nous n'avons pas pu écouter les appels en temps réel. »

Une fenêtre entre l'espace de chargement et la cabine leur permettait de voir la route. La circulation était faible. Ils croisèrent un camion, un taxi, puis la petite Ford grise et, deux cents mètres plus loin, la voiture de filature. Stiller appela les policiers pour leur donner instruction de continuer de suivre Lone Mellberg.

« Il faudra la faire venir au commissariat dès que Kerr sera arrêté », conclut-il.

La camionnette s'engagea sur le chemin de terre en ballottant. Autour, l'aube cendrait le paysage. Le temps couvert était sec, mais les averses de la nuit avaient rempli les nids-de-poule d'eau boueuse.

Ils s'arrêtèrent au dernier virage, hors de vue de la maison où se trouvait Tom Kerr. Le chef du groupe d'intervention déboucha de l'arrière d'une autre résidence secondaire. Stiller lui ouvrit la porte coulissante, il resta dans l'ouverture.

« Quel est le plan ? s'enquit Wisting.

— Nous voudrions l'appréhender dehors, en terrain dégagé, répondit Stenberg.

— Comment comptez-vous procéder ?

— De la manière habituelle. On l'appelle. Si ça ne marche pas, on le force à sortir en tirant du gaz lacrymogène.

— Quand cela va-t-il se produire ? demanda Stiller.

— Nous sommes prêts. Nous lancerons l'opération dès que le véhicule de commandement sera là.

— Où pouvons-nous nous installer ? voulut savoir Wisting.

— Vous n'avez qu'à reprendre le poste d'observation côté nord », suggéra Stenberg.

Au bruit d'un véhicule lourd, ils se retournèrent vers le chemin. Le véhicule blindé du groupe d'intervention approchait, suivi de la brigade cynophile et d'une ambulance.

Stenberg ordonna aux équipes de se positionner. Ove Hidle resta dans la camionnette. Wisting, Stiller et Hammer rejoignirent la butte surmontée d'un mât de pavoisement que Stenberg leur avait indiquée. Ils s'aplatirent sur le rocher poli par les siècles.

Une brise légère apporta l'odeur salée de la mer. Wisting la respira à pleins poumons en contemplant les flots gris, émaillés de nuances plus foncées à l'ombre des nuages. De l'écume se formait sur les rochers de granit du rivage.

À environ quarante mètres en contrebas, la maison était entourée d'un grand jardin et d'une clôture à claire-voie blanche longeant le chemin qui descendait au petit port. C'était une propriété luxueuse. Jacuzzi sur l'une des terrasses, cuisine d'extérieur équipée d'un four à pizza, espace prévu pour accueillir de nombreux convives. Le jardin était équipé d'un trampoline et d'une balançoire accrochée dans l'un des vieux arbres fruitiers. Malgré quelques branches gênantes, ils voyaient la porte d'entrée et la porte latérale par laquelle Kerr s'était introduit à l'intérieur.

Le véhicule blindé avança. Trois agents lourdement armés se positionnèrent sur son flanc, trois autres, munis de boucliers, se postèrent près de l'entrée de service de la maison.

Adrian Stiller tira de sa poche de blouson l'une de ces petites caméras prisées des amateurs de sports extrêmes. Il lança l'enregistrement et la posa sur le socle du mât de pavoisement.

Un faible sifflement résonna dans le haut-parleur extérieur du véhicule blindé. Une voix autoritaire appela Kerr, l'informa que la propriété était encerclée par des policiers armés et lui ordonna de sortir. Les mots furent renvoyés par les rochers environnants, mais n'entraînèrent aucune réaction immédiate.

Trente secondes s'écoulèrent.

« Tom Kerr ! »

L'ordre fut répété, et assorti de l'avertissement que s'il n'obtempérait pas, on ferait usage de gaz lacrymogène.

La radio s'anima. Stenberg voulait savoir s'il y avait de l'activité aux fenêtres de la maison. Les différents postes d'observation répondirent par la négative.

« *Avons-nous du mouvement digital ?* demanda-t-il ensuite.

— *Un petit déplacement à l'intérieur* », répondit Ove Hidle.

Kerr fut appelé une troisième fois, on lui signala que du gaz lacrymogène serait tiré deux minutes plus tard.

Un goéland moucheté de gris arriva en planant, battit deux ou trois fois de ses larges ailes et atterrit sur le faîte du toit.

L'avertissement fut réitéré à une minute du tir de gaz lacrymogène, puis une dernière fois à trente secondes.

Le goéland s'envola.

Un ordre bref sur la radio :

« *Feu !* »

Trois détonations sourdes, un bruit de verre brisé. Parties de trois endroits différents, des grenades de gaz lacrymogène avaient été lancées à l'intérieur.

Quinze secondes. Stiller s'assura que sa caméra tournait toujours.

« *Aucun mouvement* », annonça Hidle.

Stiller s'agita. Quinze autres secondes. Stenberg répéta son ordre. Trois grenades supplémentaires furent tirées. Derrière la barrière de boucliers, les policiers ajustèrent leurs masques à gaz. Aussitôt Wisting sentit ses yeux et son nez irrités.

« Certaines personnes sont insensibles au gaz lacrymogène », commenta Hammer.

Après presque cinq minutes où il ne se passa rien, des ordres fusèrent devant la maison et six policiers spécialement entraînés avancèrent jusqu'à la porte. Ils étaient équipés de gilets pare-balles, de masques à gaz, de casques à visière, et armés de pistolets automatiques. L'un d'eux força la porte à l'aide d'un pied-de-biche, un autre lança une grenade incapacitante à l'intérieur, puis tous entrèrent.

Des ordres retentirent dans la maison. Des agents embusqués à l'extérieur vinrent se plaquer contre la façade, près des fenêtres.

« Ça ne va pas, déclara Hammer. Quelque chose cloche. »

Wisting cligna des yeux pour chasser ses larmes tout en gardant le regard braqué sur la maison.

« *La voie est libre* », annonça-t-on sur la radio.

Deux policiers sortirent, retirèrent leurs masques.

« *Sait-on où est le sujet ?* demanda Stenberg.

— *Négatif. Il n'est pas ici. La maison est vide.* »

Wisting se leva, épousseta son pantalon et resta debout, immobile. Stiller voyait son plan se lézarder, il resta couché sur le rocher lisse, comme s'il avait besoin de temps pour intégrer ces paroles.

25

Dans un changement perceptible, l'air était devenu plus mordant, plus pesant, la température avait chuté. La mer déversait un brouillard gris, froid et humide.

Wisting descendit du rocher, talonné par Stiller et Hammer.

Ove Hidle avança la camionnette de surveillance.

« Ça ne colle pas, déclara-t-il. On continue de recevoir des signaux de l'intérieur. »

Stenberg ordonna à ses hommes autour de la maison de maintenir leurs positions et envoya une nouvelle équipe à l'intérieur pour un autre examen.

« Dans les placards et sous les lits ! »

On ouvrit grand les portes et les fenêtres pour assainir l'atmosphère. Un maître-chien arriva avec un berger allemand, mais on lui demanda d'attendre la fin des recherches.

Hammer cracha et jura avant de s'adresser à Stiller.

« Vous vous êtes fait avoir ! Depuis le début ! Vous lui avez mis ses émetteurs en pensant qu'il n'avait rien remarqué… Mais il n'est pas ici. Pendant tout ce temps où nous attendions pour intervenir, il n'a fait que nous distancer. »

Stiller ne releva pas. Il entra dans la maison.

« Le plan de Kerr était meilleur que le vôtre ! » lui lança Hammer avant de se tourner vers Hidle. « Vous avez laissé filer un homme mortellement dangereux dans la nature. »

Wisting fit quelques pas vers la terrasse devant l'entrée, pencha la tête sur le côté.

« On dirait qu'il y a un soubassement. Un vide sanitaire. »

Il se tourna vers Stenberg.

« Vous êtes allés voir ? »

Stenberg fit suivre la question. Deux réponses se télescopèrent, mais Wisting comprit que personne n'avait visité l'espace sous la maison.

« Le bâtiment repose sur une semelle de béton, commenta Stenberg, mais il n'y a aucune rampe qui mène en bas. Ce n'est pas certain qu'il y ait quoi que ce soit. »

Hammer entreprit de faire le tour.

« Il y a toujours une trappe. Ces vides sanitaires doivent être ventilés. En plus, il y a des canalisations, des conduites d'eau et d'égouts, auxquelles il faut pouvoir accéder. »

La trappe était côté est. Peinte de la même couleur que la maçonnerie, elle se cachait derrière un rosier grimpant ; les mauvaises herbes, l'absence d'empreintes dans la terre humide, tout portait à croire qu'elle n'avait pas servi depuis longtemps.

Sans attendre, Hammer l'ouvrit d'un coup de pied, dans une bouffée de remugle. Un homme lui apporta une torche puissante et pointa son arme sur l'ouverture.

À travers la poussière en suspens dans le faisceau

lumineux, ils constatèrent que la hauteur du vide sanitaire était d'environ cinquante centimètres. On apercevait de l'isolant fixé entre les sections de solives, un feston de câble électrique qui pendait dans le vide, des canalisations qui couraient en tous sens. Divers murs porteurs rendaient impossible la moindre vue d'ensemble.

Stenberg appela un maître-chien. Le grand berger allemand se coucha dans l'herbe devant la trappe en battant de la queue dans l'attente d'un ordre.

L'homme qui braquait son arme sur l'ouverture cria une mise en garde à l'intention de Kerr et l'invita à se présenter.

Wisting secoua doucement la tête. Il ne croyait pas une seconde que le fugitif se cachait là.

« En tout cas, il n'est pas entré par ici », affirma-t-il, constatant l'épais tapis de poussière et de saleté qui s'était formé au fil des années.

Envoyé à l'intérieur, le chien laissa des traces distinctes sur le sol. Faisant le tour des lieux dans le sens des aiguilles d'une montre, il disparut derrière un mur, reparut aussitôt de l'autre côté.

Adrian Stiller les avait rejoints, il assista à la recherche infructueuse.

Wisting emprunta la lampe torche de Hammer et dirigea le faisceau sur le mur blanc, à peu près au milieu de l'espace exigu. De la matière s'effrita des solives desséchées et le plancher de la pièce du dessus craqua sous le poids de quelqu'un qui s'y déplaçait.

« Dans ces anciennes maisons de capitaine, on avait souvent un cellier sous la cuisine. »

Il se redressa, promena son regard sur ses collègues, avant de partir vers l'entrée de service à l'arrière de la maison. Les autres le suivirent. Les reliquats de gaz lacrymogène le firent tousser lorsqu'il entra dans la cuisine bleue.

Un vaste plan de travail, des présentoirs à assiettes, une cheminée d'angle, une table au bois blanchi à la soude caustique, entourée d'une banquette et de chaises munies de coussins. Deux tapis en coton multicolores, l'un avec un pli au milieu, recouvraient le sol.

Wisting traversa la pièce, les lattes du plancher ployèrent légèrement. Du bout de sa chaussure, il écarta légèrement le tapis. Il masquait un rectangle dans le sol, une trappe.

Stenberg retira entièrement le tapis, découvrant l'anneau en métal qui faisait office de poignée.

D'en bas, il n'était pas totalement impossible de tenir le tapis pour qu'il recouvre la trappe quand elle se refermait.

Stenberg fit signe aux hommes armés et munis d'équipements de protection. Wisting recula de quelques pas, à l'instar de Hammer. Stiller ralluma sa caméra.

Couvert par deux collègues, l'un des policiers bascula la trappe. On l'entendit claquer sur le plancher de la cuisine, mais aucun bruit ne résonna dans la pièce en contrebas.

À l'aide d'un miroir d'inspection, le policier examina le cellier sans s'exposer. Il le pivota en tous sens et finit par replier le manche télescopique en secouant la tête.

« Vide », déclara-t-il.

Tenant toujours la torche, Wisting avança jusqu'à l'ouverture. Une échelle menait à un local en pierre froid, d'environ trois mètres sur trois. Les murs étaient tapissés de bocaux vides et de bouteilles poussiéreuses. Au centre de la pièce avaient été lancés un tas de vêtements et une paire de chaussures.

Il tendit la torche à Stiller et s'écarta pour permettre aux autres de voir aussi.

« Ce sont ses vêtements, affirma Hammer en se tournant vers Stiller. Vos émetteurs sont en bas. Depuis le début. Kerr s'est simplement changé et puis il est reparti. »

L'un des membres du groupe d'intervention ôta son casque, posa son pistolet et se libéra de son équipement de protection avant de descendre ramasser les vêtements dans le cellier et de les placer dans des sacs en plastique.

Stiller téléphona à Ove Hidle, qui était resté dans la camionnette de surveillance, pour le prier de venir. Puis il s'adressa au chef du groupe d'intervention.

« A-t-il pu repartir dans la voiture de Lone Mellberg ? Quand elle est venue pendant la nuit ? Dans le noir ? »

Stenberg secoua la tête.

« Nous avons établi nos postes d'observation à 12 h 45. Kerr a dû quitter les lieux avant. »

Hidle arriva, on lui fit un compte rendu de la situation. L'homme qui était descendu dans le cellier remonta et posa les scellés sur la table. L'un d'eux contenait le micro et l'émetteur de Line.

Stiller vérifia la chaussure. L'émetteur sans fil y était.

« Pourtant, ces émetteurs se déplaçaient dans la maison, protesta Wisting. Je l'ai vu de mes propres yeux.

— C'étaient de petits mouvements, rappela Hidle. Nous les avons interprétés comme des déplacements dans la maison, mais il a pu s'agir de changements de satellite ou de perturbations causées par d'autres signaux électroniques. Il y avait beaucoup de radios en utilisation dans les environs. »

Hammer quitta la pièce en pestant. Wisting ferma les yeux pour rassembler ses pensées.

« Où est Lone Mellberg actuellement ?

— Toujours dans sa voiture, en route pour chez elle, répondit Hidle. Elle a dépassé Drammen.

— Faites-la venir au commissariat. »

Stiller appela les policiers qui assuraient la filature et leur donna ses instructions.

Hammer revint du salon avec un cadre qu'il posa violemment sur la table. Un quadragénaire et un adolescent à bord d'une vedette, la photo était prise du ponton.

« Il a pris le bateau. C'est comme ça qu'il s'est enfui. Il a trouvé les clefs ici.

— Ce n'est pas forcément… », commença Stiller.

Hammer lui coupa la parole.

« Il n'y a pas de bateau, là ! fit-il avec un geste en direction du ponton. Des gens ont appelé la police en parlant d'un hors-bord. Nous avons même annoncé que nous en cherchions deux. Et pourtant on est restés plantés là sans rien faire. »

Le téléphone de Wisting vibra dans sa poche. La commissaire. Il sortit de la maison et se plaça face à la mer pour répondre. C'était lui qui lui avait suggéré d'attendre, il devait maintenant lui expliquer que le plan n'avait pas fonctionné.

26

Line avait été réveillée par un bruit, mais ne savait pas s'il venait de l'extérieur ou de quelque part à l'intérieur.

Elle tendit l'oreille. Elle s'était accoutumée aux grincements et craquements de cette maison qui bougeait sans cesse, mais ce n'était pas ça. Et, comme souvent, même quand elle sortait, elle avait oublié de brancher l'alarme qu'elle avait fait installer l'année précédente.

Une mauvaise conscience croissante la gagnait. Elle aurait dû aller chercher Amalie la veille au lieu de se laisser happer par son travail en ne faisant de pause que pour regarder les informations.

Elle attrapa son téléphone sur sa table de chevet, constata qu'il était presque 7 heures et demie. Cela l'incita à se lever. Elle voulait regarder le journal télévisé et voir s'il y avait du nouveau dans les recherches.

Ses vêtements de la veille étaient en tas à côté de son lit. Elle enfila son T-shirt et se rendit pieds nus dans le salon, où elle alluma le téléviseur, avant de poursuivre vers la cuisine pour mettre une capsule dans la machine à café. De la fenêtre, elle voyait la maison de son père. Sa voiture n'était pas là. Si jamais il était passé chez lui, il était déjà reparti.

Elle rangea vaguement le plan de travail, ramassa quelques jouets par terre.

Ce n'était pas la première fois qu'Amalie ne dormait pas dans son propre lit. De temps à autre, Maja et elle passaient la nuit l'une chez l'autre. La dernière fois, c'était Maja chez Amalie et Line les avait emmenées toutes les deux au jardin d'enfants le lendemain, comme Sofie devait le faire aujourd'hui.

Sofie et elle étaient toutes deux mères célibataires, avaient vécu à Oslo et ensuite perdu de vue leurs amis et collègues, tout cela créait des liens. À présent, Line considérait Sofie comme sa meilleure amie. Celle avec qui elle partageait tout.

La machine livra ses dernières gouttes de café. Line emporta sa tasse dans le salon et resta debout devant le téléviseur. Le visage de Kerr apparut en ouverture du journal.

> La police aurait effectué une importante intervention au petit matin dans le périmètre des recherches du détenu évadé, mais elle a déclaré que Tom Kerr n'avait toujours pas été arrêté.

Le reportage était du réchauffé de la veille, NRK non plus ne disposait d'aucune image récente. La chaîne relayait l'exhortation renouvelée de la police à prendre contact si l'on apercevait le fugitif.

Line trempa ses lèvres dans la tasse. Elle devait s'assurer d'être présente au moment de son arrestation. Elle voulait des images de lui menotté.

27

Hammer s'affala sur une chaise dans la salle de réunion.

« Et l'hélicoptère ? Il a pourtant survolé les lieux avec une caméra thermique. Ils auraient dû voir que la maison était vide.

— La thermographie ne traverse pas les toits et les murs, expliqua Hidle. On n'avait aucune raison de croire qu'il n'y était pas. »

Torunn Borg entra dans la pièce, classa quelques papiers. Elle ne décolérait pas d'avoir été tenue à l'écart de l'opération secrète.

« J'ai informé le propriétaire de la maison de notre intervention, précisa-t-elle. C'est un avocat d'affaires dans une société d'investissement. Il va venir constater les dommages. »

Elle prit place à la table de conférence.

« Sa famille possède un Yamarin de seize pieds qui en temps normal est amarré au ponton. La clef est sur un crochet dans l'entrée.

— Cela correspond à l'observation faite à Kjerringvik, nota Hammer. Un hors-bord avec une console centrale.

— Ce n'est pas tout. Il m'a aussi parlé d'une histoire qui avait suscité beaucoup d'émoi dans sa famille.

— Quoi donc ? »

Elle émit un petit soupir excédé.

« Il y a bientôt cinq ans, la famille s'est fait installer un bain bouillonnant d'extérieur. Il était fourni par Pool Partner.

— L'employeur de Tom Kerr, l'interrompit Hammer. Il y était déjà allé… Il connaissait le coin.

— Il s'y était rendu une semaine avant son arrestation, confirma-t-elle. Ils l'ont reconnu en voyant les reportages. Et ensuite, ils ont lu dans la presse qu'il travaillait chez Pool Partner et éliminait les traces sur les cadavres avec du chlore liquide pris sur son lieu de travail.

— Comment s'appelle cet homme ? s'enquit Idar Semmelmann.

— Frank Lewy. »

Semmelmann consulta la base de données.

« Oui, son nom est bien ici. Kerr a travaillé chez lui avec Stig Skarven. Ça a été l'une de ses dernières missions avant d'être arrêté. »

Il se leva, se pencha sur la carte relationnelle et pointa l'index sur un homme aux cheveux courts, avec une cravate.

« Voilà. »

Wisting regarda la photo, dans le cinquième cercle autour de Kerr.

« Pourquoi si près du centre ? Leurs relations dépassent les simples relations de clientèle ? »

Semmelmann retourna à son ordinateur.

« Nous avons systématiquement attribué une cote plus élevée à toute personne ayant présenté une quelconque forme de comportement sexuel déviant et Lewy a été poursuivi pour harcèlement sexuel à deux reprises.

— Donc cet homme pourrait être l'Autre ? demanda Hammer.

— Rien ne le suggère. Ils n'ont pas eu de rapports au-delà de l'installation du jacuzzi. »

Torunn Borg reprit la parole.

« Je me suis renseignée sur le bateau. Il y a un moteur de quarante chevaux, le réservoir de vingt-cinq litres était presque plein. Kerr pourrait être allé loin dans le fjord d'Oslo ou avoir traversé jusqu'à l'Østfold.

— Il n'a sûrement pas traversé le fjord, répondit Semmelmann. Ce n'est pas quelqu'un de très amariné.

— La vedette de la police part le chercher, avec l'assistance de deux navires de sauvetage, mais la zone côtière est longue à explorer. »

Le téléphone de Stiller sonna. Il échangea quelques mots avec son interlocuteur, le remercia et raccrocha.

« C'était la filature. Nous avons le frère sous contrôle. Jon Kerr. Il habite à Jessheim, travaille dans une entreprise de béton à Skedsmo.

— Quel genre de surveillance effectuez-vous ? voulut savoir Hammer.

— Nous le plaçons sous surveillance secrète, expliqua Stiller. Nous contactons les autres membres de sa famille.

— Auprès de qui d'autre Tom Kerr pourrait-il se tourner pour demander de l'aide ? se renseigna Wisting.

— Stig Skarven, suggéra Semmelmann. Son collègue de l'entreprise d'entretien de piscines.

— Il figure sur la liste des gens avec qui nous prenons contact, confirma Hidle. De même que son visiteur de la Croix-Rouge. Floyd Thue. »

On frappa à la porte. Un jeune policier en uniforme passa la tête à l'intérieur et trouva le regard de Wisting.

« Lone Mellberg arrive. »

28

La nouvelle salle d'interrogatoire était aménagée simplement : deux fauteuils autour d'une petite table, une caméra sur le mur.

Wisting se rapprocha légèrement de la table.

« Parlez-moi de Tom Kerr.

— Je ne sais pas où il est. »

Lone Mellberg, femme en surpoids, au visage pâteux et au teint pâle, avait l'air perdue, effrayée. Son regard papillotait.

« Comment le connaissez-vous ?

— Je ne le connais pas. Pas vraiment. »

Il chercha la formulation adéquate pour lancer la conversation.

« Comment êtes-vous entrés en contact ? » tenta-t-il.

Elle hésita.

« Je lui ai écrit.

— En prison ?

— Oui. On a tous besoin de quelqu'un qui ne nous condamne pas pour ce qu'on a fait. Je lui ai proposé d'être là pour lui, en amie.

— Mais vous ne le connaissiez pas auparavant ?

— Non. »

Ne souhaitant pas la contrarier, Wisting s'abstint de l'interroger sur ses motivations. Kerr n'était pas le premier condamné pour meurtre à attirer la sollicitude d'une inconnue. Les raisons en étaient parfois complexes. On avait des croyantes qui voulaient réhabiliter ou convertir, des femmes qui jouaient un rôle de mère, d'autres qui envoyaient des lettres d'amour en bonne et due forme. En règle générale, la signataire de la missive avait une vie affective perturbée. L'attention totale que lui vouait le détenu au long cours, convenablement enfermé, lui apportait le sentiment de contrôle auquel elle aspirait tant.

« Vous lui avez aussi rendu visite. »

Elle hocha la tête.

« À quand remonte la dernière ? demanda-t-il, bien qu'il connût la réponse.

— À lundi.

— Il y a deux jours ? »

Elle hocha encore la tête.

« Racontez-moi. »

Elle haussa les épaules.

« C'était comme d'habitude.

— À savoir ?

— Il m'a demandé comment j'allais, ce que j'avais fait depuis qu'on s'était vus. »

Wisting garda le silence pour l'encourager à développer.

« Il avait ce genre d'attentions. Il prenait toujours des nouvelles de mon père, de ma fille. Mon père a fait un AVC cet été, maintenant il est en maison de retraite.

— Vous lui avez parlé de votre fille ? s'étonna-t-il, légèrement outré.

— Elle est en terminale. Ça n'a pas toujours été facile pour elle de se faire des amis et tout. Il s'inquiétait pour elle. Moi aussi, d'ailleurs, et c'est bien de pouvoir en discuter avec quelqu'un en sachant qu'on peut compter sur sa discrétion. »

Il abandonna le sujet.

« Vous a-t-il fait des confidences le concernant ?

— Non, il s'en tenait à des sujets du quotidien. Une série télé qu'on regardait tous les deux, un livre qu'il avait lu.

— Vous a-t-il dit qu'il avait avoué aussi le meurtre de Taran Norum ? »

Déglutissant, Lone Mellberg entoura le verre d'eau sur la table de sa main, mais ne but pas.

« Non.

— Vous saviez qu'il allait sortir de prison hier, pour une reconstitution ?

— On n'évoquait jamais ces choses-là. »

Wisting posa encore quelques questions, obtint d'autres détails sur les conversations et les visites en prison, mais rien d'important pour l'affaire, il décida de passer à la suite.

« Que faisiez-vous à Larvik cette nuit ? » Son ton était un peu plus sec.

« Comment ça ?

— Vous êtes partie de chez vous à 17 h 23 hier. À 18 h 56, vous avez tenté d'entrer dans le périmètre où Tom Kerr avait été vu pour la dernière fois, mais vous vous êtes fait refouler au barrage. Pendant toute la nuit, vous avez exploré la zone où nous avions toute raison de penser qu'il se trouvait. »

Il indiquait les horaires exacts pour donner l'impression que la police était très informée et rendre plus difficile de livrer des réponses évasives.

« Je le cherchais, admit-elle.

— Oui ?

— J'ai entendu aux informations qu'il s'était évadé. Alors je suis allée là où ça s'était produit.

— Pourquoi ?

— Eh bien, pour voir si je le trouvais. La police… Vous lui aviez tiré dessus par le passé. Je ne sais pas… Je me disais que si je le trouvais et que j'avais la possibilité de lui parler, ça pourrait se résoudre. Ça pourrait bien se passer.

— Vous êtes déjà venue par ici ?

— Non. Je me suis repérée à l'aide de mon téléphone. »

Il lui fit tout répéter encore une fois : elle avait appris l'évasion de Kerr en écoutant la radio, décidé d'essayer de l'aider et quadrillé les environs en voiture pendant toute la nuit. Son témoignage était d'une naïveté telle qu'il en paraissait crédible. Il l'avait acculée au pied du mur, là où il voulait qu'elle soit pour lui poser les questions déterminantes.

« Est-il déjà arrivé que Tom Kerr vous demande un service ?

— Quel genre de service ?

— Avez-vous fait office de coursière ? En lui apportant des lettres ou des messages sous une forme ou une autre ? Ou en en transmettant de sa part ? »

Lone Mellberg resta muette. Wisting y vit une confirmation.

« Quel genre de message ?

— Seulement une fois.

— De quoi s'agissait-il ?
— D'une lettre.
— Quand ? »
Elle ne répondit pas à sa question.
« C'était une lettre personnelle. Il ne voulait pas qu'un gardien ou quelqu'un d'autre la lise.
— À qui était-elle destinée ?
— Un ami. » Elle déglutit. « Quelqu'un qui était un de ses bons amis il y a longtemps. Il espérait qu'il pourrait venir le voir. L'enveloppe était épaisse, Tom avait beaucoup écrit.
— Vous vous souvenez de son nom ? »
Elle acquiesça.
« Ça s'est produit deux fois, dit-elle à mi-voix. La première il y a un mois et la seconde la semaine dernière.
— Et vous vous souvenez de son nom ?
— Oui. Il s'appelait Theo. J'ai recopié ses coordonnées avant de poster la lettre. Je les ai à la maison. Je pensais prendre contact avec lui pour lui donner des nouvelles de Tom, lui expliquer qu'il pourrait avoir besoin d'une visite.
— Theo. Theo comment ?
— Ce n'était pas un nom norvégien. Ça sonnait allemand. Mais il habite à Oslo. J'ai tout sur un papier dans ma cuisine. »

29

Il y avait du monde autour de la table de conférence. Tous avaient suivi la retransmission de l'audition de Lone Mellberg. Wisting présidait. L'affaire chevauchait plusieurs districts de police, mais il était chargé de la direction et de la coordination des recherches, car Tom Kerr s'était évadé sous sa surveillance.

« Il n'y a aucun Theo dans la base. J'ai essayé plusieurs orthographes, précisa Semmelmann.

— Elle parlait d'un patronyme germanique, souligna Hammer. Ça pourrait être lui, l'Européen de l'Est que vous n'avez jamais réussi à dépister.

— Nous n'allons pas tarder à obtenir son nom complet et son adresse, rappela Wisting en contemplant la carte relationnelle. Nous devrions nous préparer. »

Il se tourna vers Christine Thiis.

« Nous allons avoir besoin d'une autorisation. »

La substitut du procureur hocha la tête.

« Pas de problème. »

Wisting prit son téléphone.

« Où en est l'équipe affectée à la filature ? » s'enquit-il tout en faisant défiler les numéros de son répertoire.

Les policiers qui avaient suivi les mouvements de Lone Mellberg au cours des dernières vingt-quatre heures étaient repartis chez elle, à Hokksund, pour chercher le papier sur lequel elle avait inscrit le nom du correspondant de Kerr.

« Ils ne doivent plus être très loin. » Stiller gardait son téléphone à la main, comme s'il attendait une réponse imminente. « Hidle et moi allons nous rendre à l'adresse dès que nous aurons de leurs nouvelles. »

Wisting écarta sa chaise de la table pour passer son coup de fil au centre opérationnel d'Oslo. Il se présenta en deux mots, expliqua la situation à son interlocuteur et obtint le numéro du commandant des opérations qui les assisterait lors de l'entrée dans l'appartement.

Torunn Borg entra dans la salle de réunion, referma la porte derrière elle.

« On a retrouvé le bateau. Il est sous l'eau, au niveau de Ringshaugstranda, la plage près de Tønsberg.

— Il l'a coulé, affirma Hammer.

— C'est un bateau de sauvetage qui l'a repéré, poursuivit-elle. La vedette de la police est en route. J'ai la position géographique. »

Ove Hidle était devant l'ordinateur relié au grand écran, il tapa les coordonnées, qui situaient le hors-bord à l'ouest du fjord d'Oslo, entre Tønsberg et Åsgårdstrand. La carte n'étant pas très parlante, il opta pour une vue satellite de la plage de galets bordée de forêts.

« Pas d'habitations, nota Stiller.

— Il a dû avancer tout au bord et crever la coque sur les galets », remarqua Hammer.

Ove Hidle agita le curseur sur l'écran, indiquant un trait dans la forêt.

« On voit un chemin qui descend presque jusqu'à l'eau.

— Il a pu avoir une voiture, ou se faire prendre par quelqu'un, renchérit Stiller. Nous pouvons nous procurer les données de franchissement de péages. »

Wisting pria Hidle de dézoomer.

Les sauveteurs avaient découvert le hors-bord à quelques kilomètres au sud de la raffinerie de pétrole de Slagentangen, à environ trente milles marins d'Eftang, d'après les estimations de Hammer.

« Ça lui a pris environ une heure et demie », calcula-t-il.

Une notification de message tinta sur le téléphone d'Adrian Stiller.

« Theo Dermann », lut-il à haute voix.

Il leva l'appareil pour montrer la photo du Post-it :

Theo Dermann
Anton Brekkes vei 72
0041 OSLO

Sur le grand écran, l'affichage changea. Hidle ouvrait le casier judiciaire. Il tapa le nom. Aucun résultat. Rien non plus dans le fichier de l'état civil.

« Un étranger, résuma Hammer. Casier vierge en Norvège. »

Hidle tenta ensuite, et sans succès, le fichier de renseignement, tandis que Semmelmann cherchait dans sa base de données.

« Pas de Dermann.

— Essayez l'adresse pour voir si quelqu'un d'autre y habite, proposa Wisting.

— 0041, ça doit être à Sagene, non ? Il y a beaucoup d'immeubles là-bas, souligna Semmelmann.

— Le code postal 0041 n'est pas en usage, les informa Hidle en continuant de taper. Le seul endroit de Norvège où on trouve une Anton Brekkes vei est Fredrikstad et les numéros ne montent pas si haut.

— Quel bordel ! s'écria Hammer. Et sur Google ou Facebook ? »

Sur Google, le premier résultat était un livre pour enfants intitulé *Theo und der Mann im Ohr*. Theo et l'homme dans son oreille…

Hammer poussa un gémissement.

« Mais qu'est-ce que c'est que ça, bon sang ?! Il n'y a personne dans le monde entier qui s'appelle Theo Dermann ?!

— Renseigne-toi auprès des services postaux, suggéra Wisting. Ils doivent bien avoir une inscription puisqu'ils lui ont remis deux lettres.

— Si l'on en croit Lone Mellberg… »

Après un récapitulatif des tâches à accomplir, Wisting leva la réunion.

Les pieds des chaises raclèrent le sol, chacun partit faire ce qu'il avait à faire. Adrian Stiller rangea ses papiers et son ordinateur, mit sa sacoche en bandoulière et vint le trouver.

« Je vous accompagne à la prison.

— Très bien. Je dois simplement passer prendre Line, pour l'emmener chez vous où elle doit récupérer sa voiture. »

30

Il s'était remis à pleuvoir. Line entendait l'eau gargouiller dans les descentes de gouttières.

Elle songea qu'Amalie avait besoin de nouvelles bottes. Les siennes étaient trop petites, et ses vêtements imperméables n'allaient pas tarder à l'être également.

Un klaxon retentit devant la maison. Son père, sûrement. Il lui avait envoyé un message un quart d'heure plus tôt pour lui demander de se préparer.

Elle se déconnecta, monta au rez-de-chaussée, vérifia par la fenêtre de la cuisine qu'elle ne s'était pas trompée et constata qu'Adrian Stiller était lui aussi dans la voiture.

Son père klaxonna encore.

Elle enfila sa veste, sortit, monta à bord et s'installa sur la banquette arrière.

« Bonjour ! » lança-t-elle.

Stiller se tourna vers elle en souriant. Son père l'observa dans le rétroviseur.

« Tu as tes clefs de voiture ? »

Elle acquiesça, mais vérifia dans son sac par acquit de conscience.

« Il y a du nouveau ?

— Non.

— Et cette opération, ce matin, c'était quoi ?

— Nous sommes entrés dans une maison de vacances au sud de la péninsule d'Eftanglandet, mais il n'y était pas, expliqua-t-il.

— On a récupéré votre matériel audio, précisa Stiller. Le micro et l'émetteur. Vous les aurez bientôt.

— Il s'est caché dans une maison… Pendant combien de temps ?

— Pas longtemps.

— C'est-à-dire ?

— Il est reparti dans un hors-bord volé, probablement avant les recherches par hélicoptère, répondit Stiller. Le bateau a été retrouvé près de Tønsberg et toutes les pistes s'arrêtent là. »

Au moins, Stiller était un peu plus loquace, Line n'avait pas l'impression d'être exclue.

« Alors que faites-vous maintenant ?

— On examine les témoignages du public. »

Elle regarda par la fenêtre. Les réponses lapidaires de son père l'agaçaient. Elles étaient insignifiantes, du genre qu'obtenaient les journalistes du premier rang aux conférences de presse.

« Vous avez regardé quels contacts il avait eus en prison ? reprit-elle après une pause. Les listes de visiteurs, tout ça.

— C'est l'une des choses sur lesquelles nous travaillons », répondit-il.

Elle déplaça le poids de son corps.

« Tu as pu parler au directeur d'enquête hier ?

— Oui.

— Qu'est-ce qu'il a dit ? »

Wisting s'engagea sur l'E18 et accéléra.

« Il a rendu compte du travail effectué pour dépister l'Autre.

— Ils ont des suspects ? »

Il croisa encore son regard dans le rétroviseur.

« On est en pleine enquête, Line. Il faut que tu calmes un peu le jeu et que tu attendes la conclusion de l'affaire. »

Line soupira, porta la main à son front d'un geste démonstratif.

« Je ne suis plus journaliste ! Je pose la question parce que ça me concerne. J'étais présente quand Kerr s'est évadé. J'ai encore mal à la tête après l'explosion. J'ai hâte que tout cela se termine. Je ne me calmerai pas avant qu'il soit de retour en prison. »

À l'avant de la voiture, personne ne souffla mot. Son père monta le volume de l'autoradio. Les essuie-glaces raclaient le pare-brise. Line secoua la tête et s'enfonça brusquement dans la banquette.

« Et où est la maison que vous avez inspectée ? insista-t-elle. Ça ne doit quand même pas être secret, ça, si ? Comment s'appelle le propriétaire ? »

Adrian Stiller se tourna à demi vers elle.

« Nous avons des images de l'opération. J'essaierai de les rendre disponibles. »

Il sourit.

« Quand tout cela sera terminé », ajouta-t-il.

31

Le dispositif d'ouverture bourdonna, Wisting poussa la grille et ils traversèrent la cour vers l'édifice en brique.

À une fenêtre du deuxième étage, quelqu'un éructait des propos confus sur la justice et sur ses droits.

Le chef d'établissement les attendait au sommet d'un perron abrupt. Ils gravirent les marches de pierre, s'inscrivirent à l'accueil, troquèrent leurs badges de service contre des badges de visiteurs, puis se rendirent dans son bureau.

« Quand nous avons su que Kerr s'était évadé, nous avons fermé la section entière, expliqua le directeur. Les détenus l'ont bien sûr appris par les journaux télévisés et la radio, mais ils n'ont pas eu le loisir d'en discuter entre eux.

— Y a-t-il quelqu'un qui pourrait savoir quelque chose ?

— Tommy Hornland est toujours ici. C'est lui qui a lancé tout ça.

— L'informateur ?

— Oui. C'est probablement lui qui pourrait avoir le plus à dire. Vous lui avez déjà parlé ? »

Wisting secoua la tête. Stiller ne l'avait jamais rencontré, lui non plus, il avait simplement lu les rapports dans lesquels il relatait les confessions de Kerr au sujet du meurtre de Taran Norum.

« Ne faites pas attention à son œil. Les choses vont plus mal à l'intérieur de sa tête qu'à l'extérieur.

— Qu'est-ce qui ne va pas avec son œil ?

— Hornland est né avec une orbite vide. Avant, il avait un œil de verre, mais plus maintenant.

— Nous devons aussi parler au gardien référent de Kerr.

— Molander. Il a eu quelques jours d'arrêt maladie, mais il est de retour. Il est ici aujourd'hui. »

Wisting déposa les documents officiels leur permettant de perquisitionner la cellule de Tom Kerr sur le bureau du directeur, qui se pencha vers l'interphone pour demander qu'on fasse venir Fredrik Molander.

« Il va vous accompagner. »

Un trentenaire à la chemise d'uniforme chiffonnée se présenta. Le directeur lui expliqua qui étaient les policiers et le pria de répondre aux questions qu'ils pourraient avoir.

« Ils souhaiteraient voir la cellule de Kerr, conclut-il. Vous pouvez les emmener ?

— Bien sûr. »

Le gardien prit un trousseau de clefs et les précéda vers la section des peines de sûreté.

Les portes en métal qui s'ouvraient et se verrouillaient derrière eux, les néons blafards, les longs corridors ternes, à mesure qu'ils avançaient dans la prison Wisting était gagné par un sentiment croissant de privation de liberté.

« Depuis combien de temps êtes-vous le gardien référent de Tom Kerr ? »

Molander se tourna vers lui.

« Depuis son arrivée ici. Il y a plus de quatre ans.

— Vous vous connaissez bien ?

— C'est le but. Les bonnes relations entre détenus et surveillants exercent un effet positif sur la sécurité. L'ambiance est moins conflictuelle. »

Ils traversèrent une salle commune meublée de canapés et de fauteuils et équipée d'un coin cuisine, avant de s'engager dans un nouveau couloir.

« Il s'agit d'être un contact stable pour le détenu pendant tout son séjour. Un soutien, un interlocuteur. »

Son discours avait quelque chose de pontifiant. Wisting ne s'en laissa pas affecter.

« De quoi parliez-vous ?

— De questions pratiques, souvent. Guider et orienter. Aider à remplir des demandes. Lui proposer des cours, des activités. Planifier l'avenir.

— Et quels étaient donc ses plans ? »

Fredrik Molander s'arrêta devant une porte sans plaque.

« Quelle que soit la raison de leur condamnation, si éloignée que puisse être leur libération, il faut travailler à la réinsertion des détenus, au changement », déclara-t-il en enfonçant la clef dans la serrure.

Plus loin, un détenu beuglait quelque chose d'inintelligible.

« Ma mission principale est d'être présent, poursuivit Molander en tournant lentement la clef. Je m'efforce d'être un facteur positif dans son quotidien. »

Le verrou claqua, l'épaisse porte en métal s'ouvrit sur la cellule.

Environ deux mètres sur cinq. Un lit, un bureau, des étagères de classeurs, une penderie, un lavabo, un téléviseur, un pense-bête en liège, sur lequel Stiller lut une citation :

Les lois, c'est comme les poteaux télégraphiques, on ne peut pas sauter par-dessus, mais on peut les contourner.

Wisting avança jusqu'à la fenêtre, regarda entre les barreaux. La cour déserte était ceinte d'un mur de sept mètres de haut. Derrière, une forêt luxuriante se déployait sous un ciel de plomb.

Il se dirigea vers le bureau de Kerr, où s'élevait une pile de livres. De la philo, de la psycho, un ouvrage expliquant le Code pénal, deux ou trois opuscules de développement personnel.

Il s'assit en enfilant une paire de gants en latex. Le tiroir du dessus contenait quelques CD, de quoi écrire, des enveloppes et des timbres. Un classeur abritait les courriers de l'administration pénitentiaire relatifs à l'exécution de sa peine, un autre, sa correspondance avec diverses instances publiques. Il les reposa, prit le bloc-notes, vierge, mais on devinait l'empreinte des mots consignés sur la feuille qui avait été arrachée. Il leva le bloc en biais à la lumière. La mise en page semblait assez formelle. Adresses de l'expéditeur, du destinataire. Il déchiffra le nom de Tom Kerr. Le destinataire semblait être la prison d'Ila. La missive était précédée d'un titre souligné d'un trait dur.

Il mit le bloc de côté pour l'emporter.

Dans le tiroir suivant il découvrit des lettres

entourées d'un élastique. La première était de Lone Mellberg et datait de trois semaines. Elle le remerciait pour le moment passé ensemble et écrivait qu'elle comprenait sa difficulté à s'épancher.

> Pendant la majeure partie de ma vie, j'ai été émotionnellement absente, écrivait-elle en lettres rondes. Alors je te comprends. Moi non plus, je n'ai pas été élevée pour montrer mes sentiments. Mais quand on retient les choses suffisamment longtemps, ça finit par déborder. J'espère pouvoir être celle qui fera céder ton barrage...

Et ainsi de suite. Rien dans la correspondance entre Kerr et Lone Mellberg ne pouvait être interprété comme des préparatifs d'évasion.

« Tenez ! » s'exclama Adrian Stiller, qui avait déniché un papier dans la penderie. « *Theo Dermann* », lut-il en le présentant à Wisting.

Le nom et l'adresse des courriers qu'avait mentionnés Lone Mellberg.

Wisting s'adressa au surveillant, qui était appuyé contre le montant de la porte.

« Ça vous dit quelque chose, ce nom ? Theo Dermann ? »

Fredrik Molander secoua la tête.

« C'est tout ? demanda Wisting en jetant un coup d'œil dans la penderie.

— Oui. » Stiller glissa le papier dans un scellé.

Wisting revint au bureau, rangea la liasse de lettres de Lone Mellberg dans un autre sachet.

Le troisième tiroir renfermait des denrées du magasin pénitentiaire. Des paquets de bonbons, de biscuits, de chips, du chocolat, des cacahuètes, du cacao.

Sur l'étagère au-dessus du bureau s'alignaient des

classeurs de documents juridiques et de courriers de son avocat, dont le dernier était le fac-similé d'une mise en demeure d'indemnisation adressée à la compagnie d'assurances à la suite du sinistre de l'exploitation agricole de Kerr.

Ils continuèrent de chercher des éléments susceptibles d'être reliés à l'évasion. Des notes d'élaboration d'un plan, des communications avec un complice à l'extérieur.

La poubelle était vide. Rien ne se cachait derrière le pense-bête ni derrière le miroir du lavabo. Ils retournèrent le matelas, feuilletèrent les magazines, les livres. En vain.

« A-t-il dit ou fait quelque chose que vous puissiez voir après coup comme pertinent pour l'évasion ?

— Pas vraiment. On a discuté de la possibilité qu'il ait des permissions, voire une libération conditionnelle, à l'issue de sa peine minimale, j'ai été honnête avec lui, je lui ai donné mon avis en lui expliquant que s'il n'apportait pas de preuve qu'il avait changé, sa peine serait probablement prolongée. Je crois que ça l'a incité à avouer le troisième meurtre, qu'il s'est dit que c'était important pour avancer. »

Wisting se baissa, s'assura que rien n'était dissimulé dans la paire de pantoufles sous le lit, puis il se redressa et observa Molander.

« Parlez-moi des procédures téléphoniques.

— C'est-à-dire ?

— Si Tom Kerr souhaite téléphoner à quelqu'un à l'extérieur, comment ça se passe ?

— Il peut appeler n'importe qui, mais il n'a que vingt minutes de communication par semaine, du lundi au vendredi. Il doit utiliser un appareil mural à côté de la salle des gardiens. Tous les appels personnels sont écoutés. Et puis vous surveilliez son courrier, non ?

— Oui. Le personnel de l'établissement était au courant ?

— Évidemment, répondit Molander avec assurance, d'un ton presque hautain.

— Et ce régime téléphonique est strict ? » s'enquit Stiller.

Molander éluda la question.

« Ses conversations avec la police ou avec son avocat ne comptent pas dans son temps de communication, se contenta-t-il d'expliquer. Et elles ne sont pas écoutées.

— Mais les détenus ont-ils la possibilité de se procurer du temps de communication supplémentaire, par exemple lors de leurs rendez-vous avec les assistants sociaux ? Kerr aurait-il alors eu l'autorisation d'utiliser leur téléphone de bureau ?

— Pas pour des appels personnels.

— L'évasion était soigneusement préparée. Il a bien dû communiquer avec quelqu'un, insista Stiller.

— Des visiteurs. Soit directement ou par le biais de messages. »

Wisting retourna à la fenêtre. La pluie formait des flaques dans la cour.

Lone Mellberg avait transmis deux lettres, certes, mais le niveau de détail du plan d'évasion requérait une communication à double sens, et jusqu'ici, elle avait nié avoir apporté quoi que ce soit à Kerr.

« Celui que vous devriez regarder de plus près, c'est son avocat.

— Claes Thancke ?

— Ce ne serait pas la première fois qu'il outrepasserait son rôle. »

Wisting s'abstint de tout commentaire. Si l'avocat avait été messager, Kerr n'aurait pas eu besoin de se servir de Lone Mellberg pour qu'elle poste des lettres.

« Nous avons terminé, déclara-t-il en balayant une dernière fois la cellule du regard. Pouvons-nous parler avec l'informateur ?

— Tommy Hornland. Oui, mais il traverse une mauvaise passe en ce moment. »

Les deux policiers sortirent de la cellule.

« Ah bon ?

— Il n'est pas très loin d'être psychotique, mais le médecin n'a pas envie d'augmenter ses doses de médicaments. Pas tout de suite. » Il referma la porte, la verrouilla. « Vous n'avez qu'à attendre dans la salle de visite. »

32

Line aurait perdu son temps si elle avait fait tout le chemin jusqu'à Oslo simplement pour récupérer sa voiture et rentrer chez elle. En sortant de la cour de Kripos, elle appela Ingar Holm, chargé de production chez Septemberfilm, son contact pour le projet de documentaire. Bien qu'ils se soient déjà parlé à plusieurs reprises et qu'il ait pu accéder aux images qu'elle avait tournées, il se montra très enclin à la voir. Il allait annuler un autre rendez-vous et libérer une salle de montage pour qu'ils puissent regarder les enregistrements ensemble.

Un quart d'heure plus tard, elle arrivait à Nydalen. Holm l'attendait à la réception. D'environ dix ans son aîné, il avait participé à d'innombrables productions télévisées, de l'émission de téléréalité aux grandes séries de fiction.

« Nina Gullow se joint à nous, annonça-t-il en la précédant dans un couloir. Elle n'a pas encore vu ce que vous avez tourné. »

Line l'avait entraperçue une fois. C'était elle qui aurait la responsabilité administrative de la production du documentaire une fois le feu vert donné. Elle bondit sur ses pieds lorsqu'ils entrèrent dans la salle de montage.

« Quel retournement de situation ! » s'exclama-t-elle en serrant la main de Line. Sa voix rauque respirait l'autorité. « Quand aurons-nous officiellement accès aux images ? »

Line s'assit.

« Ça pourrait être long. Le marché est que nous devons attendre le jugement définitif. Mais pour ce faire, il faudrait d'abord qu'on retrouve Tom Kerr ! »

Nina Gullow fit la moue.

« J'ai un bon contact avec le directeur d'enquête de Kripos, poursuivit Line. Adrian Stiller. Il m'a promis des images de l'opération ratée de cette nuit. »

Ingar Holm lança la lecture. C'était la sixième fois que Line visionnait l'arrivée à Eftang.

« Risque-t-il d'y avoir un problème de conflit d'intérêts avec votre père ? s'enquit Gullow. Il est lourdement impliqué dans l'affaire. »

Line secoua la tête avec détermination.

« Le problème, ce serait plutôt qu'il ne me raconte rien, parce que je crois que ce qui nous est donné à voir dans les médias ne dit pas tout. Il se passe autre chose.

— Quoi donc ?

— Quelque chose qui a un rapport avec l'Autre. Ce doit être lui qui orchestre tout cela, qui a préparé l'évasion. »

Gullow hocha pensivement la tête.

« J'ignore si c'était un calcul de la police, mais Kerr a fait office d'appât, poursuivit Line, le sortir de sa prison pourrait avoir attiré l'Autre. En tout cas, il se passe des choses en coulisse. »

Sur l'écran, Kerr faisait sa première chute. Nul ne fit de commentaire alors qu'il se relevait et reprenait sa marche. Lorsqu'il tomba de nouveau, Line demanda qu'on repasse les images au ralenti. Ils virent Kerr essuyer une plaie sur son visage et lécher ensuite le sang sur ses doigts.

« Là ! s'exclama-t-elle, l'index dirigé vers la clef de menottes dans sa bouche.

— Oh putain ! C'est génial ! commenta Gullow. Que fait la police aujourd'hui ? Il y a du nouveau ?

— Les policiers ont fait venir le directeur d'enquête des deux affaires pour lesquelles Kerr a été condamné. En ce moment précis, ils sont à la prison pour parler avec le personnel et les autres détenus.

— C'est important que vous les colliez de près. Que vous documentiez tout cela au maximum, que vous recueilliez le plus possible d'informations.

— C'est maintenant ! » avertit Ingar Holm.

Kerr s'était mis à courir. Nina Gullow se concentra sur l'écran, attendit l'explosion. Une fois encore, elle s'exclama admirativement devant le flash lumineux.

La caméra partait au sol. De la terre et du sable retombaient en pluie. La policière blonde apparaissait à l'image. On entendait le père de Line demander si elle était blessée, avant de lui ordonner de rester là où elle était, tandis qu'à l'image la policière manifestement touchée aidait son collègue.

« Qui est cette fille ? voulut savoir Nina Gullow.

— Je ne sais pas. Ça ne fait pas très longtemps qu'elle a été embauchée. Je lui ai parlé un peu dans le minibus en allant de la prison à Eftang. »

Sur l'écran, le chien policier partait à la poursuite de Kerr dans les bois.

« Reviens en arrière ! demanda Nina Gullow. Sur la fille. »

Ingar Holm suivit ses instructions, figea l'image quand la policière était au plus près de l'objectif. Ses longs cheveux étaient rassemblés en une natte épaisse sur son épaule. Son visage terreux était sillonné de coupures.

« Elle est jolie, constata Nina Gullow. Trouvez qui c'est. Si quelqu'un doit raconter ce qui s'est passé face à la caméra, il faudrait que ce soit elle. »

33

À la fenêtre du parloir, Wisting contemplait la pluie. Une corneille sautillait dans la cour déserte et picorait le sol. Ils attendaient le détenu depuis dix minutes. Leurs téléphones étant restés à l'accueil, ils ne seraient informés d'éventuels nouveaux développements qu'à la sortie.

La porte s'ouvrit. Hornland était un homme grand et maigre, au nez pointu, à la chevelure inculte. Il avait été condamné pour le meurtre de sa mère, qu'il avait poignardée, et pour la tentative de meurtre sur son père et sur sa sœur.

Il se laissa choir sur le canapé, les observa par en dessous de son unique œil, l'air suspicieux, mais en même temps absent. Là où aurait dû se trouver son autre œil pendait une paupière flasque, le pourtour de l'orbite vide était fripé.

« C'est bon. Vous pouvez attendre devant », proposa Wisting à Molander, qui s'était assis sur une chaise à barreaux à côté de la porte. Le gardien ravala ses protestations et quitta la pièce.

Wisting expliqua qui ils étaient, Hornland se tortilla en faisant grincer le cuir du canapé.

« J’avais compris. »

Il se mit à se balancer d’avant en arrière.

Wisting lança un regard vers Stiller, qui haussa légèrement les épaules. Manifestement, l’état mental du détenu n’était pas le même que lors de son entretien avec les enquêteurs de l’unité des *cold cases* de Kripos.

« J’avais compris depuis le début.

— Vous aviez compris quoi ? » demanda Stiller.

Hornland souffla par le nez.

« Vous auriez dû comprendre qu’il allait filer. Tout le monde l’avait compris.

— Nous avons pris nos précautions.

— Tout le monde sait qu’un lion affamé attaque. Tout le monde avait compris que Tom Kerr allait s’évader.

— L’évasion était bien planifiée. Il a dû avoir de l’aide. »

Hornland croisa les bras sur sa poitrine.

« L’Autre, affirma-t-il. Celui qui l’a toujours aidé.

— Vous l’avez déjà entendu parler de l’Autre ? glissa Wisting.

— Personne ne sait qui c’est », dit Hornland, sans réellement répondre à sa question.

Il croisa les jambes, se pencha sur le côté, agita le pied.

« Il s’est servi de vous, il s’est servi de moi. J’aurais dû le comprendre plus tôt. Ses aveux étaient faux. Pas vraiment faux, parce qu’il a bel et bien tué cette fille, mais la raison pour laquelle il m’a parlé, c’était qu’il voulait sortir. »

Il tapota son index contre sa tempe pour signifier

qu'il avait saisi tous les tenants et aboutissants de l'histoire.

« Je ne suis pas le seul à qui il ait parlé, il est allé voir d'autres gens ici. Tout le monde. Il partait du principe que quelqu'un finirait bien par approcher un gardien. C'est moi qui l'ai fait. Si, d'un seul coup, comme ça, sans prévenir, il s'était adressé à vous pour avouer, vous n'auriez pas marché, alors il s'est servi de moi. Et vous avez mordu à l'hameçon. Vous l'avez sorti d'ici. »

Son débit était précipité, mais son raisonnement n'était pas entièrement dépourvu de justesse et de logique. Stiller évoqua le biais rétrospectif, souligna que, après coup, il était facile de savoir ce qu'on aurait dû faire ou ne pas faire, répéta que l'évasion était bien planifiée.

« Il y a consacré du temps, répondit Hornland. Des années.

— Comment a-t-il pu faire, de l'intérieur de la prison ? demanda Wisting. Il a dû parler à quelqu'un à l'extérieur, être aidé.

— L'Autre. » Hornland regarda la porte. « Celui qui l'a toujours aidé. Pour tout.

— Comment vous y seriez-vous pris, vous, si vous aviez voulu communiquer avec quelqu'un à l'extérieur ? s'enquit Stiller. Sans que les surveillants s'en aperçoivent ?

— J'aurais fait passer des messages. » Hornland regarda encore la porte, comme s'il voulait sortir. « Pour certains, c'est plus facile que pour d'autres. Nettement plus facile.

— Pour qui ?

— Beaucoup de gens.

— Qui ça ? » s'enquit Wisting.

Tommy Hornland s'étira la nuque d'une rotation de la tête, plongea son regard borgne dans le sien.

« C'est plus facile pour ceux qui ont un avocat. Les avocats vont et viennent. Ils entrent et sortent sans arrêt. Moi, je n'en ai pas. Ça fait douze ans que je n'en ai pas eu. Je n'ai pas non plus de petite copine, ni de frère. J'ai une sœur, mais elle ne vient pas ici. »

Wisting adopta une mine pensive. Il hocha la tête d'un air compréhensif et essaya d'aiguiller la conversation pour obtenir des informations pertinentes, mais les réponses du détenu devenaient de plus en plus imprécises et il se leva pour taper à la porte et signaler que l'entretien était terminé.

Hornland resta au parloir pendant qu'on les reconduisait à l'accueil, où ils récupérèrent leurs téléphones et leurs badges professionnels.

Wisting avait onze appels en absence. Deux de Semmelmann, deux de la commissaire. Les autres numéros ne figuraient pas dans son répertoire. Sans doute des journalistes.

Il appela la commissaire Kiil pendant qu'ils marchaient sous la pluie vers la voiture.

« Du nouveau ? s'enquit-elle.

— Non, répondit-il en précisant qu'ils venaient de quitter la prison.

— L'Inspection générale envoie un enquêteur à Larvik pour vous parler. Il faut vous rendre disponible. »

34

« Nous devrions nous entretenir avec Floyd Thue, suggéra Stiller lorsqu'ils montèrent en voiture. Le visiteur de la Croix-Rouge. Il habite tout près, à Bekkestua. »

Wisting leva les yeux sur l'établissement pénitentiaire, roula hors du parking.

« Vous pensez qu'il est chez lui ?

— D'après le dossier, il est investisseur et travaille à domicile. Il fait des analyses financières, achète et revend des actions en ligne. On peut toujours essayer. »

Stiller trouva l'adresse, la tapa sur le GPS. C'était quasiment sur le chemin du retour dans le Vestfold.

Ils partirent vers le sud, longèrent un golf. La campagne s'urbanisa peu à peu. Bientôt, ils arrivèrent dans un quartier d'habitations avec de grands jardins et suivirent les instructions de la navigation satellitaire jusqu'à une impasse. Stiller montra une maison individuelle blanche au toit en tuiles vernissées.

« Numéro 32. »

Le portail en fer forgé était ouvert. Ils ne virent pas de voiture dans la cour pavée où ils se garèrent, mais il pouvait y en avoir une dans ce qui semblait être un grand garage sous la villa.

« Il vit seul, précisa Stiller, n'a jamais été marié, n'a pas d'enfants. »

Wisting observa la demeure luxueuse, à l'entrée dominée de part et d'autre par de hautes colonnes.

« Pourquoi quelqu'un qui habite dans une maison pareille rend-il visite à un tueur en prison ?

— Posons-lui la question. »

La porte noire à double battant était impressionnante ; lorsque la sonnerie carillonna, on se serait presque attendu à voir apparaître un majordome.

Ce fut un trentenaire dont la tenue et le physique ne correspondaient pas vraiment aux lieux. Des cheveux filasse plats, un teint pâle, un menton pointu légèrement de travers, et trois verrues sur la joue gauche, une grosse et deux moyennes.

« Floyd Thue ? s'enquit Wisting, qui avait imaginé un homme en costume-cravate et voyait un individu dépenaillé, en jogging usé et T-shirt maculé de café.

— Oui, c'est moi.

— Nous sommes de la police, expliqua Stiller. C'est à propos de Tom Kerr.

— D'accord, répondit Thue. Je vous ai vu au journal télévisé. En fait, je vous attendais. »

Il les guida vers son étude, à l'autre bout de la maison. L'imposant bureau en fer à cheval était colonisé par des moniteurs d'ordinateur. Sur deux d'entre eux défilaient les cours de la Bourse. Un filet de lumière s'immisçait par un jour entre les rideaux.

N'ayant pas de fauteuils pour ses visiteurs, Thue dut chercher deux chaises dans la salle à manger adjacente.

« Vous figurez sur la liste des visiteurs de Tom Kerr. À quelle fréquence le voyez-vous ? demanda Wisting.

— Une à deux fois par mois.

— Depuis combien de temps ?

— Bientôt cinq ans. Je rends visite à trois détenus. Je suis à un quart d'heure de voiture de la prison. »

Stiller s'avança légèrement.

« Puis-je vous demander ce qui vous motive ? »

Thue recula sur sa chaise, tritura machinalement la plus grosse de ses verrues.

« C'est dans l'idée de faire quelque chose d'utile à la société. Mon activité ne tourne qu'autour des chiffres, de l'argent. Les gens que je fréquente sont dans le même secteur, on tient tous les mêmes discours. Être visiteur de prison m'expose à d'autres idées, à une tout autre perspective sur la vie.

— De quoi parlez-vous avec les détenus ?

— Ça dépend, mais souvent de questions philosophiques et éthiques. De la liberté, par exemple.

— De la liberté ? »

Il sourit.

« Au départ, l'homme est libre de choisir. Nous pouvons même choisir de commettre des actes illégaux, en rupture avec les normes et règles de la société, cependant il faut alors en assumer les inévitables conséquences. De nombreux individus sont détenus à Ila parce qu'ils ont fait de mauvais choix. Mais l'homme a-t-il réellement un libre arbitre ? »

Il laissa planer la question, comme s'il souhaitait entendre l'opinion des deux policiers, puis il secoua la tête et leur fit connaître la sienne.

« Ce que nous prenons pour des choix indépendants est en fait l'inéluctable résultat d'événements antérieurs. Tout comme on peut prédire qu'un lion affamé va chasser sa proie, on peut prédire ce qu'un individu va décider d'après son histoire, son passé. »

Wisting reconnut le discours sur le lion.

« Vous êtes aussi visiteur de Tommy Hornland ? »

Thue sourit.

« Vous lui avez parlé ?

— Nous arrivons d'Ila.

— La liberté peut s'envisager de plusieurs façons. En général, la liberté d'action est perçue comme la possibilité de faire ce que nous voulons. Mais plus elle est grande, plus nous avons de responsabilités à endosser. On pourrait donc renverser cette proposition en disant que la liberté absolue est d'être totalement irresponsable, en situation d'incapacité. Ainsi, la liberté peut se vivre aussi dans les sangles d'un lit de contention à la prison d'Ila. On n'a aucune possibilité de choisir, aucune responsabilité à prendre. On ne peut que rester enserré, totalement soumis. Pour Tommy Hornland, c'est la liberté optimale. »

Wisting songea à Kerr et à l'Autre, qui avaient attaché leurs victimes, mais s'abstint de tout commentaire.

« Les détenus n'auront jamais ma liberté financière, ma liberté d'action, mais leur expérience de la liberté sera différente et dépassera largement toutes les miennes. C'est une liberté que ne peuvent vivre que les gens qui ont connu la captivité. À cet égard, ils sont enviables. »

Se rendant compte qu'il s'était mal exprimé, il sourit, tenta de rectifier ses propos.

« Plus on réfléchit à la notion de liberté, plus ça devient difficile. Intellectuellement, on peut aller loin, puisque la pensée est libre, n'est-ce pas ? Même si toutes les religions disent qu'il ne faut pas avoir de pensées impies, ce qui encourage à brider sa liberté. Nous créons nos propres prisons. Moi, j'essaie de laisser cours à mes pensées, d'être un libre-penseur. Ça peut souvent donner lieu à des déclarations maladroites de ma part.

— Avez-vous discuté avec Kerr de ce qu'il avait fait ? demanda Stiller.

— Non, mais ce n'est pas non plus comme si je n'étais pas au courant. J'ai suivi son procès. »

Il promena son regard entre les deux policiers.

« C'est un hasard si j'ai été choisi comme visiteur de Kerr. Ça ne répondait pas à un souhait de ma part, que ce soit bien clair. Pour être visiteur de prison, il faut un casier judiciaire vierge. Vous avez sûrement pu vérifier que c'est mon cas. Et je suppose que vous êtes au courant pour mon père. »

Wisting secoua la tête.

« Il était incarcéré à Ila. Je n'ai jamais pu lui rendre visite quand j'étais petit. Alors, oui, on pourra trouver particulier qu'aujourd'hui, j'aille voir d'autres détenus dans cette prison, je le vois bien, mais c'est comme ça. »

Il se redressa légèrement, accorda un coup d'œil rapide à quelques chiffres rouges sur un écran.

« Ce que je peux dire, c'est que Kerr et moi avons eu des conversations intéressantes, mais qu'il n'a jamais évoqué l'évasion.

— À quand remonte votre dernière visite ?

— À la semaine dernière.

— De quoi avez-vous parlé ?

— Entre autres choses de la détention, de la paix intérieure, mais rien dans ce qu'il disait ne laissait supposer qu'il allait faire ce qu'il a fait.

— Lui est-il arrivé de vous demander des services ?

— Pas Kerr, non. D'autres m'ont demandé de leur apporter de la nourriture. Du McDo ou une pizza de chez Peppes Pizza, c'est à peu près tout ce qui est autorisé. Kerr, jamais rien.

— Il ne vous a jamais prié de sortir quelque chose de la prison ?

— Non.

— Le nom de Theo Dermann a-t-il été mentionné ? »

Thue gratta ses verrues, sans que son geste ne permette de déterminer s'il connaissait le nom. Il finit par secouer la tête.

« Qui est-ce ?

— Ce nom est apparu dans notre enquête.

— Ah bon… Personne que je connaisse. »

Ils posèrent quelques questions supplémentaires, Thue rendit compte de ses mouvements des derniers jours. Dans l'ensemble, il était resté chez lui. Une entreprise de nettoyage était venue faire le ménage, il s'était fait livrer quelques repas, à part cela, il n'avait que ses ordinateurs pour lui fournir un alibi.

« Je suis navré de ne pas pouvoir apporter de contribution, conclut-il en se levant. J'espère que vous le trouverez. »

Il les raccompagna à la porte. Il pleuvait toujours. La buée s'était déposée sur la face interne du pare-brise. Wisting s'assit, alluma le ventilateur à fond et ôta sa veste.

« Qu'en pensez-vous ? demanda-t-il à Stiller en observant l'homme sur le perron.

— Ce que j'en pense, c'est que nous devrions le faire surveiller. »

35

Le téléphone sonna. Wisting répondit avec son kit mains libres. Après quelques formules contournées, son interlocuteur se présenta comme Terje Nordbø, enquêteur à l'Inspection générale de la police.

Wisting savait parfaitement bien qui c'était. Il se souvenait de leur rencontre malheureuse quelques années plus tôt, quand il était accusé d'avoir présenté de fausses preuves dans une affaire criminelle. Il en était sorti la tête haute, malgré ce Nordbø qui semblait avoir décidé d'avance de sa culpabilité.

« Il s'agit de l'évasion de Tom Kerr et d'une potentielle négligence professionnelle, poursuivit d'un ton sentencieux l'enquêteur des affaires internes. J'ai cru comprendre en parlant avec votre commissaire divisionnaire que vous seriez disponible pour un interrogatoire. »

Wisting coula un regard vers Stiller, mais omit d'informer son interlocuteur qu'il n'était pas seul dans la voiture.

« Très bien. Je pourrai sans doute me libérer en fin de semaine.

— Nous sommes à Larvik et nous aimerions que

l'interrogatoire ait lieu aujourd'hui. Je pensais que la commissaire vous en avait informé.

— Je vois. »

Il pouvait y être en une heure et demie, mais n'avait pas envie de se précipiter. Il avait d'autres priorités.

« Je suis pris, là, à Bærum, mais je devrais pouvoir vous retrouver à 16 heures.

— Entendu. Nous sommes au Farris Bad. »

Cela lui laissait quelques heures de battement.

Après avoir raccroché, il s'adressa à son passager.

« Et vous, vous avez eu de leurs nouvelles ?

— Non, fit Stiller, mais c'est moi qu'ils vont accuser au final. Ils recueillent les dépositions des autres d'abord pour me prendre en défaut après. Stratégie policière standard. »

Le téléphone sonna encore. Semmelmann.

« Je suis en route pour une réunion avec le groupe qui enquête sur le meurtre de Nanna Thomle. Votre participation serait sans doute profitable à tout le monde, vous comme eux et moi.

— Quand et où ?

— Au commissariat de Lillestrøm. À 14 heures. »

Interrogé du regard, Stiller confirma d'un signe de tête qu'il souhaitait venir, lui aussi.

« On se voit là-bas. »

Ils roulaient à l'ouest d'Oslo, Lillestrøm se situait au nord-est, ils subirent les ralentissements du périphérique et arrivèrent avec un quart d'heure de retard. Un policier de l'accueil monta les étages avec eux et les conduisit à la salle de réunion, où les attendaient six enquêteurs. Une femme quadragénaire présidait, elle se leva :

« Reidun Koksvik, responsable d'enquête. »

Wisting s'installa à côté de Semmelmann, Stiller, en face. Après un tour de table, où chacun se présenta en deux mots, Wisting rendit compte de son dossier. Passant sous silence la localisation erronée de Kerr, il se contenta d'informer l'assistance de la découverte d'une maison de vacances dans laquelle le fugitif s'était changé et avait volé la clef d'un bateau.

« Avez-vous une quelconque indication concernant la personne qui aurait pu l'aider ? » s'enquit Koksvik.

Wisting parla des lettres que Lone Mellberg avait fait sortir de la prison.

« Theo Dermann, répéta l'un des enquêteurs. Ça a un air de faux nom.

— Que dites-vous ? »

Ce n'était pas qu'il avait du mal à comprendre le dialecte du Vestland du jeune enquêteur, mais ses propos éveillaient en lui des résonances à explorer.

« C'est sans doute un pseudonyme ou quelque chose dans ce genre. Même si le nom ne figure pas dans le fichier de l'état civil, il peut y avoir une boîte aux lettres quelque part.

— L'adresse ne correspond pas non plus. Il n'y a pas d'Anton Brekkes vei à Oslo. »

Wisting prit note mentalement de demander à Hammer où en étaient ses recherches auprès de la Poste.

Reidun Koksvik le remercia pour son compte rendu et commença le sien.

« Des dénominateurs communs évidents avec les meurtres pour lesquels Kerr a été condamné, et aussi avec la disparition de Taran Norum, nous ont conduits à envisager la possibilité que l'Autre soit l'auteur du meurtre de Nanna Thomle. »

Elle cliqua sur une photo de la victime, qui s'afficha sur le grand écran mural. L'affaire ayant été amplement médiatisée, Wisting reconnut aussitôt la jeune femme. Des cheveux blonds encadrant un visage rond, des yeux bleus, des taches de rousseur, des lèvres pleines.

« Nanna Thomle, vingt-deux ans. Elle travaillait dans un café-bar d'Universitetsgata à Oslo. Célibataire, n'ayant jamais eu de relations sentimentales durables. Elle vivait chez sa mère. »

La photo suivante était une capture d'image de caméra de surveillance de la gare. L'indication horaire dans l'angle prouvait qu'elle avait été prise le 14 juillet à 1 h 47.

« C'est la dernière image que nous ayons d'elle. »

Elle s'attarda sur la photo quelques instants avant de passer à une vue satellite, sur laquelle on avait marqué l'appartement de Nanna Thomle et, en pointillé, le tracé qui paraissait le plus naturel pour s'y rendre depuis la gare. La distance était de sept cent trente-deux mètres, moins à vol d'oiseau.

« Ensuite, nous n'avons aucune observation. »

Koksvik promena son regard autour de la table. Les enquêteurs n'avaient rien à ajouter.

« Il y a six semaines, un bras droit arraché a été découvert dans une zone boisée d'Oppegård, entre le lac Gjersjøen et le Bunnefjord. »

Une carte s'afficha.

« Des recherches supplémentaires ont révélé d'autres fragments et, finalement, l'endroit où était enseveli le corps démembré. Certaines parties avaient été déterrées par des animaux et étaient dégradées. »

Des photos suivirent. Des restes de cordage autour

des chevilles et des poignets. Un même nœud qui se répétait sur plusieurs gros plans.

« Il y avait des nœuds semblables sur les deux corps dans la forêt derrière la propriété de Tom Kerr. On n'a pas relevé de traces biologiques. Les corps démembrés avaient été nettoyés avec du chlore liquide. Intérieurement et extérieurement. »

Tout cela n'était qu'une redite des informations que Stiller lui avait communiquées, mais il n'avait jamais vu les photos.

« Qu'est-ce que c'est que ces marques ? »

Sur une cuisse s'esquissaient deux lignes obliques d'un ton plus sombre que le reste de la peau.

Reidun Koksvik salua son sens de l'observation d'un signe de tête appréciateur.

« Elles se répètent ailleurs aussi. Les techniciens d'identification criminelle pensent que, après la découpe, les parties du corps ont été placées dans des boîtes en plastique comportant des rainures au fond, puis recouvertes de chlore. Les rainures se sont imprimées durablement sur les chairs.

— Avez-vous réussi à identifier les boîtes ?

— C'est probablement une marque suédoise qui s'appelle SmartStore. En Norvège, elles sont vendues notamment dans les supermarchés Europris. La distance entre les rainures suggère que c'étaient les modèles de soixante-dix litres.

— Il a dû en utiliser au moins deux ou trois, glissa l'enquêteur au dialecte de l'ouest. L'une des opérations que nous menons actuellement est le recensement de toutes les personnes qui ont acheté ces boîtes au cours des douze derniers mois, mais nous sommes limités aux clients qui ont la carte du magasin ou qui ont payé par carte bancaire. »

Wisting feuilleta ses notes.

« Thea Polden et Salwa Haddad étaient enfouies en profondeur, sous près d'un mètre de terre marécageuse, rappela Semmelmann. Ici, le corps était tellement en surface que des bêtes ont pu le déterrer sans difficulté. »

Un enquêteur qui ne s'était pas exprimé jusqu'alors lui répondit.

« La terre est bien plus dure à Svartskog, elle est sillonnée de racines, ce n'est pas évident de creuser profond, et il était seul. Qui plus est, il ne courait pas de très grands risques en cas de découverte de Nanna Thomle. Il savait que le traitement au chlore était performant. Il n'avait aucune raison de craindre que la police trouve de l'ADN.

— A-t-on cherché s'il y avait d'autres corps dans cette zone ? Je pense à Taran Norum, précisa-t-il comme Reidun Koksvik lui lançait un regard interrogateur. On ne l'a jamais retrouvée. S'il s'agit du même tueur, il pourrait l'avoir cachée au même endroit.

— La brigade cynophile a cherché des traces, sans succès. »

La conversation se poursuivit autour de la table, quelques suggestions furent mollement lancées de-ci, de-là, mais l'engagement était modéré. Wisting gardait un œil sur sa montre. Il devait déposer Stiller à Kripos avant de rentrer à Larvik.

On convint de s'informer mutuellement de tout progrès, de tout nouveau renseignement, et la réunion se termina.

Il avait cessé de pleuvoir, mais les nuages restaient bas.

« Vous allez arriver en retard à votre rendez-vous, souligna Stiller lorsqu'ils montèrent en voiture.

— L'Inspection générale peut attendre. »

36

Tom Kerr était toujours en fuite, c'était le premier titre du journal radiophonique. L'un des policiers blessés restait hospitalisé, les autres étaient sortis.

Line ralentit. Une voiture la dépassa alors qu'elle s'engageait sur une aire de repos.

Elle n'aurait pas dédaigné une source dans la police. Quelqu'un qui ne soit ni Stiller ni son père, qui puisse parler un peu plus ouvertement. Quelqu'un comme la policière blessée.

Elle ne connaissait pas son nom. Quand Stiller avait fait les présentations, il avait expliqué aux policiers qui était Line et quel était son rôle, mais eux ne s'étaient pas présentés à elle et elle n'avait pas souvenir d'avoir entendu prononcer le nom de la policière dans le minibus. Elle pouvait toujours regarder les enregistrements depuis le début pour vérifier, mais elle avait une autre idée.

Cette policière avait évoqué son stage d'études à Larvik et, après deux ans dans le nord du pays à la suite de l'obtention de son diplôme, son retour à ce commissariat, où elle effectuait actuellement un remplacement.

Line prit son téléphone et fit une recherche sur le site d'*Østlands-Posten*. Chaque automne, un article du quotidien régional présentait la nouvelle promotion d'étudiants policiers ; en général, il était illustré d'une photo de groupe devant le commissariat.

Elle trouva celle qu'elle cherchait, agrandit les visages un à un, et là, au troisième rang, en quatrième position en partant de la gauche, la policière. Le cliché datait de quelques années, mais la méprise était impossible. La légende indiquait qu'elle s'appelait Maren Dokken.

L'annuaire donnait une Maren Dokken dans le quartier de Hammerdalen. Line connaissait cette adresse, un immeuble, à quelques centaines de mètres du commissariat.

Elle écrivit un texto à Maren, expliquant qui elle était, disant qu'elle espérait qu'elle allait bien, et ajoutant qu'elle disposait d'images des événements et pouvait passer chez elle pour les lui montrer si elle le souhaitait.

Aucune réponse ne venant, elle redémarra et s'inséra dans la circulation, sous une pluie battante. L'eau qui giclait sur le pare-brise brouillait toute visibilité.

Elle prenait la sortie de Larvik quand une notification sonna sur son téléphone. Elle jeta un coup d'œil. Maren Dokken. Un message bref et concis. *En congé maladie. N'hésitez pas à passer*. Et son adresse.

Dans dix minutes, répondit Line.

C'était un immeuble de cinq étages. D'après la disposition des sonnettes d'interphone, Maren Dokken habitait au troisième. La porte bourdonna, Line entra, monta l'escalier. Maren l'attendait sur le seuil. Elle semblait éprouvée, son visage pâle était barré de deux pansements et de plusieurs écorchures. Elle avait le bras gauche plaqué contre le corps.

« Comment allez-vous ? s'enquit Line.

— Je me suis déchiré des tendons de l'épaule, mais les médecins m'ont rafistolée, je suis sortie de l'hôpital ce matin, répondit la jeune policière. J'ai eu de la chance.

— J'en ai eu encore plus. Je me suis seulement fait quelques bleus. »

Line coula un regard vers l'intérieur de l'appartement. Petit, mais fonctionnel.

« Vous êtes seule ?

— Pour le moment, oui. »

Maren lui fit signe d'entrer.

Des fleurs fraîches dans un vase, un bouquet non déballé sur le plan de travail de la cuisine, à côté d'une plaque de chocolat. Line regrettait d'être venue les mains vides.

« Mes parents sont à l'étranger, ils vont rentrer dans deux jours. Je viens d'avoir la visite de collègues.

— Vous ont-ils parlé de Kerr ?

— Ils m'ont seulement informée que les recherches continuaient.

— Il s'est enfui par la mer. On a retrouvé le bateau près de Tønsberg.

— Il paraît, oui. William Wisting est votre père, c'est ça ?

— Exact. » Line sourit. « J'aurais dû vous le dire quand on était dans le minibus.

— Je vous sers quelque chose ? Thé ? Café ?

— Non, merci. Ne vous donnez surtout pas de mal. »

Elles s'assirent sur le canapé. Line sortit son ordinateur.

« Vous avez vu ce que j'ai tourné ? J'ai envoyé les fichiers à la police.

— Non. On va avoir un nouveau débriefing vendredi. Ils ont peut-être l'intention de nous en montrer des passages à ce moment-là. »

Line posa l'ordinateur sur la table basse en exposant son projet de documentaire.

« Je suis censée pouvoir utiliser les images quand l'affaire sera terminée, précisa-t-elle.

— Celles de moi aussi ?

— On floutera et on coupera tous ceux qui ne souhaitent pas y figurer. »

Maren ne semblait pas avoir ce genre de préventions.

« Nous souhaitons interviewer certaines des personnes impliquées », ajouta Line, mais sans aller jusqu'à lui demander si elle envisagerait de participer. Il était trop tôt.

« Vous êtes prête ? »

Elle déplaça son curseur vers le bouton de lecture.

La policière attrapa un coussin du canapé, le posa sur ses genoux et acquiesça d'un signe de tête.

Les images commençaient quand Kerr sortait du minibus loué pour l'occasion, menottes aux mains, entraves aux pieds.

« J'ai écrit mon mémoire de licence sur les gens comme lui, commenta Maren. Les criminels mus par le mal. Les sadiques qui se réjouissent de la douleur qu'ils infligent à autrui. »

Elle tira un rideau pour éviter les reflets sur l'écran. Kerr levait le menton et plissait les yeux vers le ciel.

« On ne voit pas souvent de tels individus, dépourvus de toute mauvaise conscience, sans le moindre sens moral.

— Vous connaissez le dossier ?

— J'ai suivi son procès. Quand j'écrivais mon mémoire, j'ai pris contact avec les psychiatres judiciaires qui l'avaient examiné. »

« *Il faut qu'on parle* », disait Kerr à son avocat. S'ensuivait une discussion au terme de laquelle ils montaient tous deux à l'arrière de la voiture de Claes Thancke.

« J'ai pu lire leur rapport. C'est un document très fourni, beaucoup plus qu'il n'y paraissait lors du procès. Quand il avait dix ou douze ans, il a ligoté une petite voisine du même âge que lui, l'a déshabillée et lui a passé un sac sur la tête avant de lui faire subir toutes sortes de perversités. »

Line savait qu'il avait torturé des animaux, mais ne connaissait pas cette histoire.

« Il y a eu d'autres signes avant-coureurs montrant qu'il avait un sérieux problème, mais personne n'a agi.

— Quoi, par exemple ?

— Au collège, il a envoyé des photos de lui, nu, à plusieurs filles de sa classe, des photos où son visage n'apparaissait pas.

— Des *dick pics*…

— Voilà. Mais c'était avant l'ère du téléphone portable, il s'agissait donc de tirages. Des photos où il se coupait la peau du prépuce avec un couteau tranchant ou se brûlait avec un briquet. Il les envoyait avec les clichés des filles pris à leur insu. »

Line grimaça.

« C'est glauque !

— Il aurait dû être examiné quand il était petit, traité par les services de pédopsychiatrie. Diagnostic précoce et intervention. Ça fait partie des choses dont je parlais dans mon mémoire.

— Quel psychiatre judiciaire vous a aidée?

— Elias Wallberg, il est à Tønsberg. »

Line mémorisa le nom. Maren suivait ce qui se passait sur l'écran.

« Je me demande de quoi ils parlaient. »

Les images montraient la Mercedes de Claes Thancke, où le détenu et son avocat s'entretenaient derrière des vitres teintées. Les policiers en tenue s'étaient positionnés autour du véhicule, Maren Dokken, devant, pour observer l'intérieur par le pare-brise.

« Qu'avez-vous vu?

— Pas grand-chose. Ils étaient sur la banquette arrière. Kerr a regardé quelques pages sorties d'une enveloppe, l'avocat a détourné la tête, comme si c'était une affaire privée, avant de montrer quelque chose sur son téléphone.

— Kerr a pu utiliser le téléphone de son avocat?

— Non, non. Je serais intervenue. Ils ont simplement regardé quelque chose. »

Sur l'écran, les portières s'ouvraient, Kerr sortait, on raccrochait l'émetteur de son micro. Son souffle traînant se faisait entendre alors qu'il se remettait à marcher.

Il trébuchait. Une fois, deux fois. La deuxième, Line arrêta l'image pour expliquer qu'il avait caché la clef des menottes dans sa bouche.

« Revenez un peu en arrière. »

Line repassa le segment. L'image avait quelque peu vacillé quand elle avait changé sa caméra d'épaule.

« Là ! »

Elle fit un nouvel arrêt sur image.

« Regardez, l'arbre. On dirait qu'un bout de l'écorce a été découpé. »

Line avait vu et revu l'enregistrement sans rien remarquer, mais la policière avait bel et bien raison.

« Ça pourrait être un signe. Une marque.

— Pour qu'il sache où tomber pour ramasser la clef », compléta Maren.

Line la dévisagea. C'était bien pensé, et vite. Se demandant si Adrian Stiller et son père avaient vu la même chose, elle nota l'heure de l'enregistrement pour leur envoyer une capture d'écran, puis relança le film. Avec l'angle de prise de vues, il était impossible de voir si Kerr ramassait un objet.

La respiration de Maren s'accéléra alors que le cortège approchait du pâturage. Elle continua de regarder sans bouger un muscle, sursauta simplement au moment de l'explosion, mais ne fit aucun commentaire en se voyant.

L'enregistrement dura encore vingt-trois minutes. Line avait d'autres fichiers, des images du chaos après l'explosion, l'évacuation de Maren Dokken sur une civière, notamment, mais elle ne proposa pas de lui montrer. Elle devait bientôt récupérer Amalie au jardin d'enfants et voulait faire des courses d'abord.

« Merci, dit Maren. Je suis contente de l'avoir vu. J'avais tellement d'images imprécises dans ma tête. Maintenant, je sais ce qui s'est passé. »

Line rangea son ordinateur et se prépara à partir. Elle ne se résolut pas à demander à Maren si elle voulait participer au documentaire. Ce n'était pas le moment. Comme pour une interview, ou un interrogatoire, il y avait un temps pour tout.

« Pourrais-je lire votre mémoire ? » s'enquit-elle à la place.

Le visage de Maren s'éclaira.

« Je peux vous l'envoyer. J'ai eu un A. »

Line se leva, lui tendit sa carte.

« J'espère qu'ils vont l'attraper, conclut-elle. Aussi vite que possible. »

Maren Dokken se dirigea vers le plan de travail et secoua un flacon pour en extraire un comprimé antalgique. Une rafale projeta la pluie sur la fenêtre.

« Moi aussi, j'espère, répondit-elle en approchant de la vitre. Je n'aime pas le savoir dehors. »

37

Le téléphone de Wisting sonna alors qu'il se garait devant l'hôtel. Numéro inconnu, sans doute l'Inspection générale. Il avait près d'une heure de retard pour son rendez-vous.

« Wisting, j'écoute, répondit-il, restant assis dans la voiture, à l'abri de la pluie.

— Oui, bonjour. Je suis Tim Skage, Enquête, Oslo Ouest. Vous avez cinq minutes ? »

Il devait s'agir du dossier Kerr.

« Que pouvez-vous me dire ?

— J'ai une mort suspecte. Chris Paust Backe, trente-sept ans, découvert dans un appartement incendié il y a trois semaines.

— Meurtre ?

— Nous n'avons élucidé ni l'origine de l'incendie ni la cause de la mort. Au départ, nous avions relevé la présence de suie dans les voies aériennes et établi qu'il était mort par intoxication aux fumées, mais le rapport toxicologique qui vient de nous parvenir fait état de traces d'acétone et de solvants divers dans son sang.

— Toxicomane ?

— Oui. Depuis des années, et un casier judiciaire bien rempli. Il a pu sniffer les solvants pour se droguer, bien sûr. Quoi qu'il en soit, certains éléments laissent penser qu'il était inconscient quand l'incendie a démarré. »

Il marqua une pause. Wisting lança un regard sur l'entrée de l'hôtel.

« Au départ, nous considérions l'affaire comme un incendie classique. L'expertise a montré qu'un des boutons de sa cuisinière était tourné à fond. Il y avait une poêle à frire sur la plaque. Le feu s'est rapidement propagé. Les techniciens ont maintenant démontré la présence de liquides inflammables à plusieurs endroits et ils vont conclure que l'incendie était volontaire. Si on additionne deux plus deux, on peut voir un meurtre.

— Mais pourquoi m'appelez-vous moi ?

— Puisque nous ne pouvions pas classer l'affaire comme un accident, nous avons commencé à parler aux gens qui connaissaient la victime. Deux témoignages sont intéressants. Et convergents : dans les jours précédant sa mort, Chris Paust Backe a essayé de se procurer une arme et une grenade. »

Wisting fronça les sourcils et croisa son propre regard dans le rétroviseur.

« Ce qui est arrivé chez vous hier a totalement bousculé notre approche, dit Skage. Notre tueur pourrait être la personne qui a aidé Tom Kerr à s'évader. Et vous et moi pourrions avoir des intérêts communs.

— Que savez-vous d'autre ? Quelqu'un vous a-t-il expliqué ce qu'il voulait faire d'une grenade ? En a-t-il déniché une ?

— On n'est pas très bavard dans le milieu où il

traînait, mais il n'allait pas s'en servir lui-même. Ni de la grenade ni du pistolet. C'était pour un tiers.

— Vous ne savez pas qui ?

— Non. En revanche, nous savons qu'il a trouvé ce qu'il cherchait. L'une de ses copines a vu la grenade chez lui et nous disposons de renseignements sur son origine.

— À savoir ?

— Nous avons un nom. Tallak Gleich. Un criminel connu de nos services. Il habite à Billingstad. Nous préparons une intervention pour l'interpeller ce soir. Ça pourrait peut-être vous intéresser de venir ? »

Wisting ferma les yeux, sentit un nerf palpiter dans sa tempe.

Il avait dépassé Billingstad en voiture une heure plus tôt et mettrait le même temps pour y retourner. Le rendez-vous avec l'Inspection générale n'allait probablement pas durer plus d'une heure.

« Je peux être chez vous dans deux heures, répondit-il en ouvrant la portière.

— Alors on se voit à ce moment-là. »

38

L'Inspection générale avait établi ses quartiers dans une salle de réunion au sous-sol de l'hôtel. À l'entrée de la pièce, Wisting terminait une conversation téléphonique avec Nils Hammer, qu'il mettait au courant de l'existence de l'homme à la grenade. Hammer lui ayant confirmé qu'il pouvait être prêt une heure plus tard pour l'accompagner à Billingstad, il raccrocha et referma la porte.

Terje Nordbø leva les yeux d'un ordinateur portable doté d'un grand écran.

« Désolé », s'excusa Wisting en désignant son téléphone avant de le remettre dans sa poche.

Nordbø se leva. Son costume était mieux coupé, mais il n'avait pas tellement changé depuis leur dernière entrevue cinq ans auparavant. Lorsqu'on l'avait accusé d'avoir glissé de fausses preuves dans le dossier d'une affaire criminelle, Wisting avait eu le sentiment que Nordbø avait décidé de sa culpabilité avant même de l'interroger et que toute son enquête ne visait qu'à confirmer cette hypothèse[1]. L'équipe de

1. Voir., du même auteur, *Les chiens de chasse*, Gallimard, 2018. *(N.d.É.)*

l'Inspection générale s'était comportée comme une meute de chiens de chasse, avec un seul objectif : lui faire la peau. Suspendu pendant l'enquête, il avait dû se battre de l'extérieur pour prouver son innocence. Et Nordbø avait mal digéré le résultat final.

Ils se serrèrent la main.

Une caméra vidéo était tournée vers une chaise vide. Nordbø invita Wisting à prendre place.

« Je m'apprêtais à appeler votre commissaire divisionnaire. »

Wisting rapprocha sa chaise de la table. L'hostilité de son vis-à-vis était palpable.

« Pourquoi cela ? »

Nordbø vérifia le cadrage.

« C'est regrettable que vous cherchiez à retarder votre rendez-vous avec nous. Il est important de faire la lumière sur ce qui s'est passé hier. »

Wisting secoua la tête pour signaler qu'il ne cherchait nullement à faire obstruction.

« J'ai eu un imprévu, expliqua-t-il alors que le voyant de la caméra s'allumait. Et j'ai bien peur de devoir repartir bientôt. »

Nordbø le toisa et énonça longuement la procédure d'une audition par l'Inspection générale avant de lui demander de rendre compte des événements de la veille. Wisting s'exécuta, sans entrer dans les détails. Nordbø ne prenait pas de notes, mais vérifiait de temps à autre que la caméra tournait.

« Tout a été filmé, conclut Wisting. Les images permettent de se faire une bonne idée de la situation. Vous les avez vues ? »

Nordbø ne répondit pas.

« Qui dirigeait la reconstitution ?

— La responsabilité était partagée. Le but était que Tom Kerr révèle où était enseveli le corps de Taran Norum. Formellement, cela reste une affaire de disparition qui dépend du district policier d'Oslo, mais la responsabilité de l'enquête judiciaire a été transférée à Adrian Stiller, de l'unité des *cold cases* de Kripos. Il s'est occupé des contacts avec Kerr. Comme la reconstitution se déroulait dans le district Sud-Est, j'étais responsable localement et j'avais désigné le capitaine Kittil Gram comme commandant des opérations.

— Vous aviez désigné un commandant des opérations... Vous aviez donc délégué cette mission.

— Je l'ai confiée à quelqu'un de plus qualifié que moi, en effet.

— Mais si vous êtes en position de déléguer, cela signifie que vous détenez la responsabilité première, non ?

— C'est exact. J'avais la responsabilité locale.

— Qu'est-ce que cela impliquait ?

— Entre autres choses, il m'incombait de préparer la reconstitution.

— Et concrètement ?

— Eh bien, comme je le disais, désigner un commandant des opérations en lui fournissant les équipes qu'il jugeait nécessaires, assurer la liaison avec Kripos, effectuer une reconnaissance de la zone concernée. »

Étirant une seule commissure, Nordbø produisit un petit sourire en coin : il lui avait tendu un piège.

« Quand avez-vous effectué cette reconnaissance ?

— Vendredi dernier. »

Nordbø consulta ses notes.

« Le vendredi 11 septembre. Quatre jours avant la reconstitution. »

Wisting comprit où il voulait en venir.

« C'est exact.

— N'aurait-il pas été plus approprié de faire cette reconnaissance la veille ? Quatre jours, c'est long. Ça laisse largement le temps de venir déposer un pistolet et une grenade.

— Le but était de nous familiariser avec les lieux, pas de repérer les possibilités d'évasion. En principe, personne n'était censé savoir où et quand allait se dérouler la reconstitution, personne n'était censé être en mesure de planifier une évasion.

— Les faits parlent d'eux-mêmes. »

Wisting ne le contredit pas. Nordbø se concentra sur une page de notes.

« Quelles mesures avaient été mises en place pour prévenir une évasion ?

— Nous avions la supériorité du nombre. Et puis la mobilité de Kerr était réduite. Il avait des menottes et des entraves aux pieds.

— Donc l'évasion n'était pas une simple possibilité hypothétique ? Même si personne n'était au courant de l'opération, vous aviez pris des précautions ?

— Bien entendu. Mais ce n'est pas parce que vous souscrivez une assurance que vous croyez que votre maison va brûler.

— Pourquoi n'étiez-vous pas armés ?

— C'était une condition posée par Kerr et son avocat. La question était remontée jusqu'à la Direction générale de la police.

— Mais vous aviez validé ce non-armement ?

— Après consultation avec Stiller et le commandant des opérations, oui.

— Le dernier mot vous appartenait-il ?

— Oui, mais les consignes de la Direction générale étaient claires. Lors de son arrestation, la police a tiré sur Kerr. Si nous avions insisté pour être armés, il n'y aurait pas eu de reconstitution.

— Donc c'est un risque que vous avez pris ? »

Wisting se redressa sur sa chaise.

« Je m'expliquerai volontiers sur le déroulé des faits et sur les rapports de responsabilités et je suis parfaitement ouvert à ce qu'on évalue mes décisions. J'ai l'habitude. Je vais moi-même regarder tous les aspects de la reconstitution, mais plus tard. Maintenant, ma priorité doit être de trouver le fugitif. »

Une crispation de sa bouche suggéra que Terje Nordbø n'appréciait pas cette réponse.

« Qui a pris la décision d'ôter les entraves ? »

Wisting ne répondit pas tout de suite. C'était une décision prise collectivement, mais *in fine*, elle appartenait à Kittil Gram.

« Le terrain était accidenté, expliqua-t-il. Kerr est tombé deux fois. Nous avons jugé nécessaire de les lui enlever.

— Mais qui a pris la décision ?

— Kittil Gram.

— N'était-ce pas votre suggestion ? »

Wisting hésita encore. Il n'était plus sûr des paroles qui avaient été échangées, de qui avait dit quoi.

« C'est l'avocat qui l'a demandé, conclut-il. Il voulait que nous enlevions à la fois les entraves et les menottes. J'ai proposé que nous ôtions les entraves pour permettre à Kerr de marcher plus facilement, mais Kittil Gram était le commandant des opérations. La décision finale lui appartenait.

— Mais c'est vous qui l'aviez désigné. Vous étiez son supérieur hiérarchique. Vous aurait-il contredit ?

— Oui.

— Vous avez dix ans de plus que lui. Vous avez de l'ancienneté, de l'autorité.

— Mais il a les connaissances et l'expérience opérationnelles. De toute façon, je pense que c'était une bonne décision, cela ne me pose pas de problème d'en endosser la responsabilité. »

Ils passèrent à la suite. Nordbø avait des questions sur la manière dont Wisting avait réagi et agi après l'explosion.

« Parlez-moi de la localisation électronique.

— Ça m'est difficile d'entrer dans les détails. Je n'ai su que le détenu avait été pastillé qu'après son évasion. C'est Stiller qui avait demandé les autorisations nécessaires et s'était occupé des modalités pratiques.

— Mais cet émetteur vous a induits à croire que Tom Kerr se trouvait dans le périmètre pendant tout le temps ?

— Il a été localisé dans une maison de vacances. Des postes d'observation ont été mis en place, une intervention a été préparée.

— Une intervention immédiate a-t-elle été envisagée ?

— Oui, mais nous avons jugé stratégique d'attendre. Il était manifeste que Kerr avait été assisté dans sa fuite et qu'il avait encore besoin d'aide pour poursuivre son chemin, alors nous avons décidé d'attendre afin de l'arrêter avec son complice.

— Afin d'arrêter le dénommé "Autre" ?

— C'était la possibilité que nous envisagions. »

Nordbø égalisa sa pile de papiers.

« L'Autre est recherché depuis cinq ans. La possibilité de son arrestation a-t-elle pu peser sur votre décision ?

— Que voulez-vous dire ?

— La possibilité d'arrêter l'Autre aurait-elle pu vous aveugler et être déterminante dans votre erreur d'appréciation ?

— Quelle erreur d'appréciation ?

— Eh bien, Tom Kerr n'était pas dans la maison de vacances. Il est reparti tout de suite. L'Autre ne s'est jamais présenté. Le fait que vous ayez jugé qu'il fallait l'attendre n'a fait que creuser l'avance de Kerr.

— D'après les informations dont nous disposions sur le moment, ce n'était pas une erreur d'appréciation. D'ailleurs, ce n'était pas ma décision.

— Qui l'a prise ?

— La commissaire divisionnaire.

— Mais c'est vous qui lui avez présenté cette proposition ? »

Wisting acquiesça. Attendre l'Autre était une initiative de Stiller et l'évasion à laquelle avait donné lieu la reconstitution se dessinait de plus en plus comme une option qu'il avait envisagée, prévue. Si quelqu'un s'était laissé aveugler par la possibilité d'arrêter l'Autre, c'était Stiller.

« Agnes Kiil est ma commissaire divisionnaire, répondit-il sans évoquer le rôle de Stiller. Il était naturel que je sois celui qui lui présentait cette possibilité. Elle l'a évaluée avec son état-major et ils ont décidé de la mettre en œuvre. »

Nordbø resta silencieux, le regard sur ses notes. Wisting ne put résister à son besoin impérieux de consulter sa montre. Il était près de 18 heures.

« J'ai un rendez-vous à Asker dans trois quarts d'heure… »

Nordbø leva les yeux.

« Pensez-vous que vous auriez pu faire certaines choses autrement ? »

Wisting secoua la tête. Récrire le passé, très peu pour lui.

« Comme je le disais, nous allons évaluer le dossier dans sa globalité », répondit-il.

L'enquêteur de l'Inspection générale hocha la tête, revint sur des circonstances au sujet desquelles il s'était déjà expliqué, lui reposa les mêmes questions sous une autre forme, et une demi-heure plus tard, il déclara le rendez-vous terminé.

Wisting repoussa sa chaise de la table. Bien des choses s'étaient mal passées pendant la reconstitution. Ce n'était pas obligatoirement synonyme de négligence professionnelle. Personne n'avait eu de comportement condamnable ni agi contre le bon sens. L'enquête interne ne se justifiait pas, mais il comprenait le tableau. C'était une revanche. Terje Nordbø avait orienté l'affaire de façon à pouvoir l'incriminer.

« Vous savez, vous n'avez pas besoin de fabriquer un bouc émissaire.

— Vous avez raison, répondit Nordbø en éteignant la caméra. Vous y êtes arrivé tout seul. »

39

Ils avaient rendez-vous sur le parking de l'école primaire de Billingstad et se garèrent à côté de cinq véhicules de police, trois sérigraphiés, deux banalisés.

Wisting regarda son téléphone. Line lui avait envoyé une capture d'écran des images qu'elle avait tournées. On ne discernait pas très bien de quoi il s'agissait, mais il reconnaissait l'arbre et son rectangle écorcé.

Vous avez vu ça ? écrivait-elle. *Sur le sentier, à l'endroit où Kerr a trébuché.*

Il descendit de sa voiture, sans répondre au message : un homme en jean et sweat à capuche gris venait vers eux.

On se présenta. Tim Skage, William Wisting, Nils Hammer. Wisting s'excusa de leur arrivée tardive.

« Aucun souci, affirma Skage. Nina et son équipe aussi ont été retardés, mais maintenant, ils sont prêts. »

Une femme aux cheveux courts, en uniforme, les salua d'un signe de tête, sortit un iPad et leur montra une photo tirée des fichiers de la police. Un homme chauve avec un bouc, aux yeux sombres.

« Tallak Gleich. Il a été condamné par le passé,

notamment pour violence aggravée et pour infraction à la loi sur les armes. »

Elle s'assura que tout le monde avait vu le portrait avant de le remplacer par une photo satellite d'une maison au bout d'un chemin, dans un environnement plutôt dégagé, entourée de vastes champs.

« Le sujet vit seul. Nous le connaissons et nous nous sommes presque tous déjà rendus chez lui. Peu avant la mort considérée comme suspecte de Chris Paust Backe, Gleich lui a fourni un pistolet et une grenade qui pourraient avoir servi dans l'évasion de Tom Kerr. Nous avons l'autorisation de porter une arme, mais on va faire simple : on y va avec le fourgon, deux hommes sonnent à la porte, les autres attendent dans le véhicule. Des questions ? »

Les policiers de son équipe secouèrent la tête.

« Vous autres, vous attendez hors de vue, là, derrière le virage. »

Elle montra à Skage l'endroit sur la carte.

Cinq minutes plus tard, ils se mirent en route. Wisting et Hammer roulaient en bout de file. La nuit était tombée. Lorsqu'ils s'arrêtèrent à l'endroit indiqué, Wisting coupa le contact pour éviter que les phares ne révèlent leur présence. Hammer fouilla dans la console centrale, trouva une paire de mini-jumelles et ils rejoignirent Skage.

Environ deux cents mètres plus loin, au bout d'un champ, à la lisière d'un bosquet, les phares du fourgon éclairèrent une maison à la façade maçonnée au rez-de-chaussée et en bois à l'étage.

« Vous savez qu'il est chez lui ? » demanda Hammer en portant les jumelles à ses yeux.

Skage secoua la tête.

« Non, mais nous allons entrer de toute façon. »

Le fourgon avança devant la maison, ses feux de freinage s'allumèrent et il se gara en bloquant la vue, entraînant un grognement mécontent de Hammer. Le conducteur descendit, contourna le véhicule et disparut.

La radio de police de Skage se manifesta.

« *Je sonne à la porte.* »

Wisting observait les fenêtres. Plusieurs étaient éclairées, mais il n'y avait pas de mouvement.

Trente secondes s'écoulèrent.

« *Je réessaie.* »

Un coup de vent produisit des parasites sur la radio.

« Il s'enfuit ! » s'écria soudain Hammer en s'élançant à la poursuite du fuyard.

Wisting perçut un mouvement à gauche de la maison, à la lisière du bois, hors de vue des policiers à l'entrée. Il prit les jumelles que Hammer lui avait fourrées dans les mains et vit un homme en pull bleu s'engouffrer entre les arbres.

Skage appela la commandante des opérations.

« Il y a du mouvement à l'ouest de la maison », annonça-t-il.

Il n'obtint pas de réponse, mais la porte latérale du fourgon de police coulissa. Quatre policiers en dégringolèrent.

Tim Skage jura.

« Elle aurait dû avoir quelqu'un à la porte arrière. »

Le véhicule de police le plus proche démarra sur les chapeaux de roue. Skage monta en voiture, accompagné de Wisting. À leur arrivée à la maison, la majeure partie des policiers étaient partis à la recherche du fuyard.

La porte d'entrée s'ouvrit brusquement, de l'intérieur : un policier expliqua qu'il avait pu entrer par la porte arrière, qui était béante.

Wisting attendit que les lieux soient inspectés et déclarés vides avant d'y pénétrer avec Skage.

Le rez-de-chaussée partiellement enterré comprenait cinq pièces. L'une aménagée en bar, une autre accueillant deux matelas par terre, les trois dernières abritant des cartons et des caisses d'objets en vrac.

On entendait des voix au premier : le téléviseur du salon était allumé. Une émission sur les chercheurs d'or en Alaska. Sur la table basse se trouvaient une cannette de Coca et la moitié d'une pizza. On sentait encore l'odeur du four où elle avait été réchauffée.

Un aspirateur était sorti, mais n'avait pas dû servir depuis un certain temps. Le salon était jonché de linge sale, de cadavres de bouteilles, d'assiettes où se desséchaient des restes de nourriture.

Sur les radios résonnaient les voix des policiers qui organisaient la chasse au trafiquant d'armes. Ils avaient emprunté un sentier dans le bois et débouché sur un lotissement, où ils demandaient qu'on envoie des voitures de police et des chiens.

Hammer revint.

« C'est peine perdue », déclara-t-il.

Ils constituèrent des équipes et fouillèrent la maison à la recherche d'armes, de grenades, de tout élément qui puisse rattacher cet homme au défunt Chris Paust Backe.

Dans un placard de cuisine, on tomba sur plus de cent grammes d'amphétamines et des équipements de pesée et d'emballage. On fit aussi des saisies mineures de haschich et de divers cachets. Et puis Hammer découvrit ce qu'ils cherchaient réellement. Une caisse en bois contenant trois grenades, au fond d'une penderie, dans la plus grande chambre à coucher. Hammer la posa sur le lit.

« Bien, conclut Skage. On a trouvé ce qu'on cherchait. Je vais demander aux démineurs de les neutraliser. »

Wisting prit une photo avec son téléphone. Les explosifs semblaient correspondre aux fragments découverts à Eftang. Il s'agissait de grenades vertes avec un marquage jaune. *Grenade Hand-Offensive MK3A2 – TNT*. Et, au-dessous, un numéro de lot qui permettait de déterminer le lieu de production.

Il envoya la photo à Mortensen en lui demandant s'il pouvait confirmer que c'était le même type de grenade. Trente secondes plus tard, le technicien d'identification criminelle le rappelait.

« C'est le même modèle ?

— Oui, confirma Mortensen. Production américaine. Il y a des parties du numéro de lot sur certains fragments. Ça correspond à ce que je vois sur ta photo. Auquel cas les grenades proviendraient sans doute du cambriolage d'un entrepôt de l'OTAN dans le Trøndelag il y a près de quatre ans. »

Wisting le remercia, mit fin à l'appel et fit face à Skage. Ils avaient potentiellement un fil à suivre.

« Du nouveau sur le fuyard ?

— Non, mais on va le trouver.

— Je veux être informé immédiatement. »

40

Malveillance. Du mal comme mobile.

À la table de la cuisine, Line guettait le retour de son père tout en lisant le mémoire de licence de Maren Dokken, un travail théorique intéressant, articulé autour de connaissances et de théories existantes, mais offrant aussi des réflexions personnelles et de bonnes analyses, servies par une présentation structurée et une écriture limpide.

Certains criminels commettaient des actes si impitoyables, si effroyables, qu'ils relevaient de la pure cruauté, mais ce n'était pas le sujet. Ce dont il était question ici, c'était de la malveillance — du désir de méchanceté, de gens qui prenaient plaisir à infliger douleur et souffrances à leurs victimes.

Line trouvait des éléments à utiliser dans son documentaire. Dans la conclusion, la question était posée de savoir si la malveillance était une disposition animale latente chez tous, celle-là même qui incitait les chats à jouer avec les souris avant de les tuer, si c'était elle qui avait pu susciter jadis tant d'engouement pour les combats de gladiateurs.

Elle se leva, débarrassa le couvert de la collation du soir qu'elle avait prise avec Amalie.

La lumière de deux phares de voiture entra par la fenêtre. C'était son père. Il se gara, fit quelques pas vers sa maison, mais se ravisa et vint chez elle.

Elle l'attendit à la porte pour éviter qu'il n'utilise la sonnette.

« Je t'ai vu arriver, expliqua-t-elle en le faisant entrer.

— Comment ça va ?

— Bien, répondit-elle furtivement. Tu as vu la photo que je t'ai envoyée ? L'écorçage ?

— Oui. Il y en avait un autre plus loin sur le sentier. Probablement là où était le pistolet.

— Vous en savez davantage ? demanda Line, sans réel espoir d'être renseignée.

— Rien de concret. »

Elle l'accompagna dans le salon.

« Je te sers quelque chose ?

— Non merci. Je me demandais si je pourrais voir le film.

— Alors, il faut qu'on descende. »

Elle indiqua la porte du sous-sol.

« Tu cherches quelque chose en particulier ?

— Je voudrais surtout écouter. Savoir qui a dit quoi. »

Elle s'arrêta au pied de l'escalier, l'interrogea du regard.

« J'ai eu un rendez-vous avec l'Inspection générale, qui voulait notamment savoir qui avait pris la décision d'enlever les entraves. »

Ayant vu les images à de multiples reprises, Line se souvenait qu'il y avait eu une discussion entre son père, Adrian Stiller et le commandant des opérations, mais elle ne savait plus exactement ce qui avait été discuté ni quelles phrases avaient été prononcées.

« Les enquêteurs ne peuvent pas regarder les images eux-mêmes ?

— C'est probablement fait. Ils pensent que j'ai pris la décision, mais je ne m'en souviens pas comme ça. »

Ils s'assirent au bureau de Line, qui se connecta sur l'ordinateur. Elle avait noté le moment où Kerr essuyait le sang de son égratignure et léchait le sang sur ses doigts. Il n'avait alors plus ses entraves. Elle revint deux minutes en arrière.

Kerr et le cortège longeaient l'ancienne clôture du pâturage. À la grille, ils s'arrêtaient.

« *On va par là* », disait-il.

La caméra pivotait légèrement dans la direction qu'il indiquait. Le terrain descendait en pente vers un ruisseau, on voyait l'ouverture par laquelle il s'était enfui dans la forêt. L'endroit où était placée la grenade.

« *Le terrain devient nettement plus accidenté* », remarquait Claes Thancke.

Kerr revenait au centre de l'image, avec son avocat.

« *Il ne me paraît pas très indiqué de descendre avec des chaînes*, poursuivait ce dernier. *Vous risqueriez que mon client se blesse encore.* »

Wisting se pencha, approcha l'oreille gauche des haut-parleurs. Line monta le volume.

« *Il n'a pas tort*, remarquait son père.

— *On peut l'épauler*, proposait Gram. *Un homme de chaque côté.*

— *C'est relativement difficile d'accès* », glissait Stiller.

Wisting s'adressait à Gram.

« *L'idée de lui ôter ses entraves vous paraît acceptable ?* »

Gram hochait la tête.

« *Tant que nous gardons les menottes…*

— *Alors, on fait comme vous voulez* », concluait Stiller.

Gram prenait ses clefs, demandait à Kerr de défaire sa ceinture, ouvrait l'entrave autour de son pied, remontait la chaîne dans son pantalon et la détachait des menottes.

« *Continuez !* » ordonnait-il ensuite.

Kerr se remettait en route.

Line arrêta le film, observa son père.

« C'est conforme à tes souvenirs ?

— Oui. J'ai proposé, Kittil Gram a décidé.

— Je pense que Stiller prévoyait ce qui allait se passer.

— Que Kerr s'évaderait ?

— En tout cas qu'il y aurait une enquête si jamais cela se produisait. Il a fait en sorte d'assurer ses arrières. »

Elle repassa le segment. Lorsque Stiller soulignait que les lieux étaient relativement difficiles d'accès, on ne pouvait déterminer s'il soutenait la proposition de Gram de fournir au détenu de l'assistance pour descendre ou s'il jugeait plus approprié d'enlever les entraves.

Line échangea un regard avec son père, il avait relevé aussi.

« *Tant que nous gardons les menottes…* », répondait Gram à la question de savoir si l'idée d'ôter les entraves lui paressait acceptable.

La main droite à demi dressée devant lui, Stiller esquissait un geste de mise en garde prudente.

« *Alors, on fait comme vous voulez.* » Il regardait droit dans l'objectif, comme pour s'assurer que sa non-responsabilité était bien notée.

Line arrêta de nouveau le film. Elle n'aimait pas ce qu'elle avait entendu. Cela venait confirmer que Stiller n'était pas fiable, or elle dépendait de lui pour son projet de documentaire.

Son père se passa la main dans les cheveux. Elle scruta son visage soucieux.

« De toute façon, ils ne peuvent pas faire porter la responsabilité de l'évasion sur toi, si ?

— Terje Nordbø est en charge du dossier. »

Elle soupira.

« Mais qu'est-ce qu'il a contre toi ?

— De la vieille rancœur. »

Elle connaissait l'histoire, bien sûr. Son père s'était retrouvé placardé en une de *VG*, accusé d'avoir fabriqué des preuves dans une affaire de meurtre classée. Dans son traitement du dossier, Nordbø avait laissé son aspiration à la victoire prendre le pas sur tout sens de la justice et de l'honnêteté, il n'était mû que par son seul désir de faire condamner son père.

« Ça ne devrait pas être quelqu'un d'autre qui s'en occupe ? »

Il haussa les épaules.

« Je n'ai pas de temps à perdre à penser à ça. J'ai d'autres chats à fouetter. »

Line revint à son écran. L'image était figée sur Maren Dokken, la personne qui se tenait le plus près de Kerr.

« Tu veux continuer à regarder ? »

Il déclina, fit mine de partir.

« Je suis allée chez Maren Dokken aujourd'hui, déclara Line.

— Ah bon ?

— J'avais pas mal discuté avec elle dans le minibus. Je voulais prendre de ses nouvelles.

— J'aurais dû y aller. »

Line sourit.

« Plusieurs collègues lui ont rendu visite. Tu ne peux pas tout faire.

— Comment allait-elle ?

— Elle a eu des tendons abîmés, elle ne peut pas se servir de son bras, et j'ai l'impression qu'elle souffrait, mais je crois qu'elle était surtout taraudée par l'idée qu'elle avait contribué à laisser Tom Kerr s'évader.

— Elle n'a aucun reproche à se faire. Personne n'aurait pu prévoir ce qui s'est passé.

— Je crois qu'elle ressassait beaucoup, en tout cas. Je lui ai montré les images et je pense que ça lui a fait du bien. »

Quelque chose lui revint soudain à l'esprit.

« Attends un peu ! Je vais te montrer un truc. »

Elle revint au passage où Kerr et Thancke s'installaient sur la banquette arrière de la voiture de l'avocat.

« Maren dit que l'avocat a montré quelque chose à Kerr sur son téléphone. Elle l'a vu à travers le pare-brise.

— Tu as des images ? »

Line secoua la tête et s'empressa d'ajouter qu'aucune parole n'avait été échangée à ce moment-là.

« Thancke a sorti des papiers d'une enveloppe et lui a montré son téléphone. »

Wisting devint songeur, il réfléchissait sans doute à ce que tout cela pouvait signifier.

« Tu crois que l'avocat pourrait être complice ? Qu'il aurait pu transmettre des informations à Kerr ?

— Je vais demander à Maren un rapport sur le sujet. »

Line eut besoin de quelques instants pour prendre la mesure de la possibilité qui surgissait ainsi.

« Ça répondrait à beaucoup de questions. Les communications entre la prison et l'extérieur.

— Ce qui s'est passé dans cette voiture pourrait aussi avoir été parfaitement légitime. En tout cas, merci de m'avoir montré les images. »

Il lâcha le dossier de la chaise et se dirigea vers l'escalier. Elle voyait qu'il avait trouvé matière à réflexion, il n'allait sans doute pas s'endormir de sitôt.

41

Ils étaient cinq à la réunion du matin. Nils Hammer, Torunn Borg, Christine Thiis et Espen Mortensen occupant leurs places habituelles, Wisting en bout de table.

« Tore Bergstrand a été opéré hier, commença-t-il. Un muscle de la cuisse arraché. C'est une blessure compliquée. Il doit subir encore plusieurs interventions et le risque d'amputation n'est pas écarté. Maren Dokken a quinze jours d'arrêt maladie. Les autres seront de retour demain, il y aura un débriefing auquel Hammer et moi allons participer. »

Hammer tourna la tête vers la fenêtre, plissa les yeux, se leva pour baisser le store.

« Le soleil », grogna-t-il.

Wisting rendit brièvement compte des éléments apparus la veille.

« Ça bouge, résuma-t-il, mais nous n'avons rien de concret. »

On frappa à la porte, qui s'ouvrit avant que quiconque réponde. Adrian Stiller passa la tête à l'intérieur, comme pour vérifier qu'il était bien au bon endroit, puis il entra et referma derrière lui.

« Je peux me joindre à vous ? s'enquit-il en désignant une chaise libre.

— Nous ne vous attendions pas aujourd'hui, commenta Wisting.

— J'ai rendez-vous avec l'Inspection générale à midi. À bien des égards, c'est nous, à l'unité des *cold cases*, qui avons lancé toute cette histoire, qui en sommes responsables, alors si nous pouvons apporter notre contribution, ce sera avec plaisir.

— Vous avez des nouvelles de la filature ? demanda Hammer.

— Lone Mellberg a eu la visite d'une amie hier soir, elle prend son service plus tard ce matin.

— Et Floyd Thue ?

— Il n'est pas sorti de chez lui. La seule chose que nous ayons notée, c'est une livraison de panier alimentaire hier après-midi. Il ne voit pas grand monde, mais il est très respecté dans les cercles de la finance. C'est une sorte de philanthrope anonyme. Il gagne énormément d'argent en Bourse, mais il en dépense aussi beaucoup pour financer l'entrepreneuriat social et fait des dons substantiels à des causes d'utilité générale.

— Son père était un pédophile », coupa Hammer en sortant une boîte de snus.

Ses collègues le dévisagèrent.

« Je me suis un peu renseigné, moi aussi. Il a été condamné plusieurs fois. La première, pour inceste. Son fils. »

Wisting n'était pas au courant, mais Stiller fit un signe de confirmation.

« Il est mort à Ila, ajouta Hammer. Il s'est pendu dans sa cellule. »

Stiller hocha encore la tête.

« Nous sommes en train de regarder de plus près les mouvements de Thue ces derniers jours et nous essayons d'identifier des gens qui le connaissent et qui pourraient nous en dire plus sur lui.

— Il a une piscine dans son sous-sol, glissa Hammer. Kerr est peut-être allé chez lui.

— Comment le sais-tu ? s'enquit Wisting.

— Google. C'est dans un ancien prospectus de vente de la maison, qui est sur Internet. Il l'a achetée il y a huit ans. Elle était estimée à dix-neuf millions de couronnes.

— J'en parle à Semmelmann. Thue n'est pas enregistré comme relation de Tom Kerr, mais ça vaut le coup de vérifier. »

Il reprit là où il s'était interrompu à l'arrivée de Stiller.

« C'est une enquête fragmentée, qui concerne plusieurs districts de police. Notre mission à nous est de retrouver Tom Kerr. Là-dessus se greffe la traque de l'Autre que mènent Idar Semmelmann et la brigade d'Oslo. Le district Est soupçonne l'Autre du meurtre de Nanna Thomle et Oslo Ouest a donc le meurtre de Chris Paust Backe.

— Qui est-ce ? » demanda Stiller.

Wisting expliqua qu'on avait probablement identifié la provenance de la grenade.

« D'après une de ses copines, Chris Paust Backe aurait obtenu la grenade auprès de Tallak Gleich, qui opère dans les milieux de la drogue. »

Il rendit ensuite compte de l'opération de la veille et précisa qu'ils seraient informés sitôt Gleich arrêté.

Stiller prit le pichet au milieu de la table, se servit un verre d'eau.

« En parallèle, l'Inspection générale a donc mis en place une enquête interne. » Wisting promena son regard sur l'assistance. « Dans notre brigade, cela ne concerne que Hammer et moi. »

La parole fut donnée à Mortensen. Il avait préparé une présentation du travail sur la scène de crime et passa en revue les découvertes de la police scientifique. Rien ne les faisait avancer.

Hammer effectuait un travail d'analyse des données téléphoniques d'Eftang. Pour l'heure, l'examen n'était pas concluant.

« Et Theo Dermann ? demanda Wisting. Tu as progressé sur lui ?

— Non. Je sais seulement que Dermann est un patronyme westphalien. »

Torunn Borg avait la liste des témoignages du public. Plusieurs personnes pensaient avoir vu Tom Kerr ici ou là, mais rien ne concordait.

« Nous n'avons aucune intervention en cours, déclara-t-elle. Aucune information sur un lieu de séjour potentiel. »

Ils passèrent les dix minutes suivantes à parler de la suite. Traditionnellement, l'enquête, c'était chercher des pistes qui finissaient par mener à un coupable. Leur mission actuelle était différente. Tout le monde savait qui était Tom Kerr et ce qu'il avait fait. Cette fois, il s'agissait de le retrouver. Et ils n'avaient pas grand-chose à se mettre sous la dent. Pour que la police progresse, il fallait que quelqu'un repère Kerr quelque part. Ou alors qu'on réussisse à le localiser grâce à l'Autre.

La réunion se termina. Wisting se tourna vers Stiller, vrilla son regard dans le sien.

« On devrait avoir une petite conversation, tous les deux. Dans mon bureau. »

42

Wisting attendit que Stiller soit assis sur le fauteuil visiteur pour refermer la porte et s'installer à son tour.

« Claes Thancke pourrait-il avoir été dans le coup ? »

Stiller croisa les jambes. Il était en costume. Chemise d'un blanc éclatant, sans un pli.

« L'avocat ? fit-il en souriant. Qu'est-ce qui vous fait penser cela ?

— Le gardien de prison l'a suggéré. La façon la plus facile de transmettre des messages, c'est par l'intermédiaire de l'avocat, quand il voit son client.

— Mais Kerr a pourtant demandé à sa copine de sortir une lettre.

— Ça pourrait être une manœuvre de diversion. Le destinataire n'existe pas. »

Stiller se perdit dans ses pensées.

« Thancke a rendu visite à Kerr dix fois au cours des deux derniers mois, déclara Wisting en ressortant les renseignements provenant de la prison.

— Kerr avait une grosse décision à prendre. Il allait avouer encore un meurtre. Ils avaient beaucoup de choses à discuter. »

Wisting acquiesça. La fréquence des visites, à la

fois avant et après que Kerr avait parlé du troisième meurtre à un codétenu, pouvait en effet s'expliquer.

« Et puis j'ai ça. »

Il poussa le rapport de Maren Dokken sur le bureau. Elle livrait davantage de détails que n'avait pu lui en donner Line. Tom Kerr avait reçu une grosse enveloppe fermée, qu'il avait ouverte dans la voiture de l'avocat.

Stiller plissa le front en lisant.

« Vous avez l'intention de lui parler ?

— Eh bien, ce ne serait pas anormal. C'est lui qui a eu le plus de contacts avec Kerr récemment. »

Stiller secoua la tête.

« Ce sont des relations entre un avocat et son client. Il ne vous donnera rien. Nous parlons là de Claes Thancke. »

Wisting le scruta, envisagea de lui demander s'il voulait commenter ce qui avait été dit et n'avait pas été dit quand on avait ôté les entraves de Kerr, mais il y renonça. Pour l'heure.

« J'ai déjà demandé un rendez-vous, expliqua-t-il. Parfois il s'agit d'écouter ce qui n'est pas dit.

— Alors je vous conseille d'avoir un plan, et un bon.

— J'en ai un.

— Quand allez-vous le voir ?

— À 11 heures, dans son bureau. »

Stiller secoua le bras pour faire descendre sa montre à grand cadran sur son poignet.

« Alors, il faut que nous partions maintenant.

— Nous ? Vous n'aviez pas un rendez-vous ?

— L'Inspection générale peut attendre. »

43

Le calme régnait dans la salle d'attente du cabinet d'avocats Thancke & Cie, il faisait frais. De temps à autre, la réceptionniste répondait au téléphone, faisant suivre l'appel ou assurant qu'elle allait transmettre le message à qui de droit. Parfois ses ongles claquaient sur le clavier. Des employés allaient et venaient, leurs dossiers sous le bras.

La réceptionniste leur avait servi de l'eau, Stiller en but une gorgée.

Au bout de dix minutes, ayant manifestement reçu un e-mail, elle se leva.

« Vous pouvez y aller. »

Elle les accompagna au fond du couloir, ouvrit une porte et les invita à entrer.

C'était une pièce d'angle, sans réelle vue, si ce n'est sur les toits environnants et sur des tuyauteries de ventilation et des groupes électrogènes. Le bureau était installé au centre. Claes Thancke se leva et vint les saluer.

« Y a-t-il du nouveau ? s'enquit-il en leur serrant la main à tous les deux.

— Nous ignorons où se trouve Tom Kerr », déclara Wisting sans attendre.

L'avocat pinça les lèvres en une moue pensive et se rassit.

« C'est très regrettable, tout cela, mais j'ai bien peur de ne pouvoir vous être d'aucun secours. Quand bien même j'aurais su quelque chose, je ne pourrais pas vous aider. Je comprends que vous soyez venus me consulter, mais nous parlons de mon client. Le secret professionnel prévaut sur l'obligation de témoigner. »

Wisting et Stiller s'assirent aussi.

« Est-ce à dire que vous avez conseillé Kerr dans le cadre de son évasion ? »

Thancke observa Wisting sans comprendre.

« Bien sûr que non ! Comment pouvez-vous suggérer une chose pareille ?

— Le secret professionnel ne concerne que les informations reçues dans le cadre du conseil et de l'assistance juridiques.

— Mais les informations qui me sont communiquées doivent néanmoins être traitées en toute confidentialité », rétorqua l'avocat. Son regard effleura l'épais code de procédure pénale sur son bureau. « De toute façon, la question ne se pose pas, je n'ai rien à raconter. »

La réceptionniste vint apporter de l'eau et des verres sur un plateau. Wisting attendit qu'elle ait quitté la pièce.

« Vous ne pouvez pas nous dire de quoi vous avez parlé dans votre voiture avant que nous commencions à marcher ?

— Ce ne serait pas bien de ma part.

— D'après nos renseignements, vous avez laissé Kerr accéder à votre téléphone. »

La pomme d'Adam de Thancke monta et descendit.

« Vous ne comprenez pas. » Il tenta un sourire. « Il ne s'agit pas de cela du tout. Notre conversation concernait tout autre chose.

— Avez-vous permis à Kerr d'utiliser votre téléphone ? »

Thancke posa les paumes à plat sur son bureau.

« Une caméra filmait pendant tout le temps, glissa Stiller sans lui laisser le temps de répondre. Même si Kerr n'avait pas de micro. »

L'avocat secoua faiblement la tête, comme s'il peinait à croire que son entretien derrière des vitres fumées ait pu être filmé. Il ôta ses lunettes.

« J'ai été pris par surprise. Kerr m'a dit qu'il voulait me parler en tête à tête avant de commencer la reconstitution, mais il ne s'agissait ni de cela ni de Taran Norum. »

Il se servit de l'eau gazeuse, garda son verre en suspens.

« J'essaie depuis longtemps d'obtenir un arrangement avec sa compagnie d'assurances. Quand il a été arrêté, sa ferme a brûlé. L'expertise a montré que l'incendie était volontaire, la compagnie a invoqué une fraude à l'assurance et ne s'est pas montrée disposée à verser d'indemnités, bien que Kerr ait été en garde à vue quand le feu a démarré. Avant-hier, avant que nous quittions la prison, j'ai pu lui annoncer que la compagnie d'assurances faisait enfin une offre. C'était de cela qu'il voulait parler. Je l'ai laissé lire l'e-mail des assurances sur mon téléphone. »

Pas un instant Wisting ne le quitta des yeux.

« Tenez. Je peux vous le montrer. »

Thancke sortit son téléphone, fit glisser son doigt sur l'écran vers sa messagerie, trouva le courrier en question et ouvrit un document attaché. Wisting reconnut le logo des assurances Gjensidige Forsikring, mais ne put lire l'écriture, trop petite.

« Je peux demander la liste de mes communications à mon opérateur, proposa l'avocat. Vous verrez que mon téléphone n'a servi ni pour des appels ni pour des SMS à ce moment-là.

— Oui, ce serait bien.

— J'ai été surpris que Kerr se soucie si peu de la reconstitution pourtant imminente, mais je peux vous dire que là, vous faites fausse route.

— Et l'enveloppe que vous lui aviez apportée ? »

Thancke porta son verre à ses lèvres, but presque toute l'eau.

« Toujours la même chose. J'ai eu une grande conversation avec lui à la prison avant que vous l'emmeniez dans le minibus. Nous avons à peine abordé la reconstitution, il voulait parler des indemnités de l'assurance. Je lui ai dit que j'avais apporté une copie de mon dernier courrier à la compagnie, mais qu'elle était dans ma voiture avec les autres documents. Il veut toujours des copies de toute correspondance. Et avant que nous nous mettions en marche, pour la reconstitution, il a voulu regarder ma lettre et l'offre que j'avais reçue. »

Ces explications concordaient avec l'impression que Wisting avait retirée en voyant le classeur de documents d'assurance dans la cellule de Kerr : ce dossier lui tenait à cœur. Il se pouvait effectivement que l'entretien dans la voiture ait tourné autour de ce sujet, mais on ne pouvait toutefois exclure que ce soit un mensonge soigneusement préparé.

« Qui est Theo Dermann ? »

Préparé à ne pas obtenir de réponse, il se concentra sur le langage corporel de l'avocat. Sa paupière tressaillit à l'évocation de ce nom.

Thancke avait l'habitude de cacher son jeu. Quand il parlait d'un client ou d'un procès en cours face à une caméra, jamais une expression ne trahissait ses réelles pensées. Mais cette fois, son masque sembla se fissurer pendant une fraction de seconde, laissant échapper un sentiment authentique. Une forme d'inquiétude.

« Qui ? »

Wisting répéta le nom.

« Je ne peux pas vous aider. »

Stiller s'avança.

« Parce que vous n'avez jamais entendu ce nom ou pour d'autres raisons ?

— Je ne sais pas qui est Theo Dermann.

— Mais vous avez déjà entendu ce nom ? » insista Stiller.

L'avocat contourna la question encore une fois.

« D'où le tenez-vous ? »

Wisting le scruta. De toute évidence, il connaissait ce nom, et l'entendre était source de tourment.

« Il a surgi dans le cadre de l'enquête, expliqua Stiller.

— De quelle façon ?

— C'est quelqu'un avec qui Kerr a communiqué de la prison », répondit Wisting, s'abstenant de toute précision.

Thancke se leva, se dirigea vers la fenêtre. Son regard devint lointain, comme s'il se préparait à une déclaration déterminante et devait peser ses mots.

Finalement, il se retourna, les yeux sur le fauteuil de Wisting.

« Il est venu ici. »

Les deux policiers gardèrent le silence, ils attendaient la suite.

« C'était il y a quatre semaines, mi-août. Il avait pris Trude.

— Qui est Trude ? »

Thancke se rassit.

« Ma nièce… » Il glissa un doigt sous le col de sa chemise.

Wisting se redressa, en alerte.

« Trude, la chatte de ma nièce a disparu cet été. C'est ridicule, un prénom humain pour un chat, mais bon, voilà, c'est ainsi. Ma nièce s'appelle Nora. Un homme a téléphoné, il voulait un rendez-vous, il s'agissait de Trude et Nora, disait-il. Il n'était pas certain que Trude soit toujours en vie, mais il voulait m'en parler. »

Feuilletant les pages bien remplies de son agenda, il évalua que cet épisode, qui n'y était pas inscrit, remontait au 20 août.

« J'ai eu un sentiment désagréable. Affreux. Nora a huit ans… Deux heures plus tard, il était là.

— Que voulait-il ?

— Me montrer une photo du chat. Qui était mort, brutalisé de la pire façon qui soit. »

Il marqua une pause avant de reprendre.

« La menace était sous-jacente, bien entendu. De ce qui pourrait arriver à Nora. Il voulait que j'apporte une lettre à Kerr, en prison. L'enveloppe était fermée. Je n'ai aucune idée de ce qu'elle contenait, mais a posteriori, on peut facilement imaginer que c'étaient des instructions détaillées, peut-être même des photos, qui ont permis l'évasion. »

Wisting ne savait pas par où commencer.

« Theo Dermann n'est pas un vrai nom. Personne ne le porte en Norvège.

— Il ne s'est pas présenté, mais c'est le nom qu'il avait inscrit sur le registre.

— À quoi ressemblait-il ? »

L'avocat poussa un soupir.

« Je ne sais pas trop.

— Vous ne savez pas ? répéta Wisting. Il a pourtant été assis ici.

— La trentaine, barbu. Mais je crois que sa barbe était teinte et, en plus, je pense qu'il l'avait laissée pousser pour l'occasion. Comme un camouflage. Il avait des pansements sur le visage, des lunettes à verres jaunes. Une casquette sur la tête.

— Vous l'aviez déjà vu ?

— Jamais.

— Comment parlait-il ?

— En anglais. En mauvais anglais, mais c'était probablement une affectation aussi.

— Combien de temps est-il resté ?

— Pas longtemps. Cinq minutes, peut-être. Sa mission était courte.

— Vous l'avez revu ?

— Seulement cette fois-là, mais une autre lettre est arrivée. Chez moi. Dans ma boîte aux lettres. Une enveloppe à l'intérieur d'une autre. Mon nom sur la première, celui de Kerr sur la seconde. L'expéditeur était donné comme Trude, une allusion pour que je comprenne.

— Quand était-ce ?

— La semaine dernière, mercredi. Je l'ai apportée le lendemain. »

Thancke se redressa légèrement.

« Ce n'est pas conforme aux lignes directrices de la loi sur l'exécution des peines, mais ce n'est pas illégal à proprement parler », souligna-t-il.

Wisting avait envie d'objecter qu'il avait sans doute contribué à l'évasion, mais s'en abstint.

« Vous en avez parlé avec Kerr ?

— Non. Il a pris les lettres, les a mises de côté et ne les a pas ouvertes en ma présence.

— Avez-vous sorti du courrier de la prison ?

— Non, c'était une communication à sens unique.

— D'autres personnes du cabinet ont-elles vu cet homme ou lui ont-elles parlé ?

— Janne. » Il montra le plateau que la réceptionniste avait apporté. « Presque tous les autres étaient au tribunal, en rendez-vous ou en réunion. C'est Janne qui m'a transmis son appel et qui l'a inscrit quand il est venu. J'ai vérifié la liste des communications. Il appelait de l'agence NAV de Sagene, d'un téléphone à l'usage des demandeurs d'emploi de l'agence. Je suis même allé là-bas pour voir, c'est presque comme une cabine téléphonique d'autrefois. N'importe qui peut entrer passer un coup de fil. Aucune vérification. Aucune caméra.

— Vous avez une quelconque forme de surveillance ici ?

— Non, nos clients n'apprécient pas trop ce genre de choses. Nous avons une caméra au-dessus de l'interphone, mais elle n'enregistre pas.

— Et la lettre dans votre voiture ? C'était de la part de Theo Dermann aussi ?

— Non. Il s'agissait des assurances. Je ne me doutais pas le moins du monde que Kerr s'évaderait lors de la reconstitution.

— Que pensiez-vous que contenaient les lettres ? demanda Stiller. De qui pensiez-vous qu'elles provenaient ?

— Je supposais que c'était l'Autre. »

Stiller lança un coup d'œil à Wisting.

« Vous pensiez que l'Autre était venu ici ? Dans votre bureau ?

— Ce n'était pas forcément lui, en personne, probablement pas, d'ailleurs. C'était sans doute un messager, mais le contenu était de sa part. Je crois que Tom Kerr était sincère à son procès, quand il niait tout rapport avec le meurtre de Taran Norum. Je pense qu'il est innocent, mais il avait compris qu'il devait en endosser la responsabilité s'il voulait avoir le moindre espoir de sortir de prison un jour. Étant déjà condamné à la peine la plus sévère, il n'avait rien à perdre à avouer un meurtre de plus. Au contraire. Sa décision de faire des aveux montrait qu'il avait changé. À plus long terme, cela pouvait conduire à une libération conditionnelle. Mais pour ce faire, il avait besoin d'informations, de savoir comment l'Autre avait privé Taran Norum de ses jours et où était passé le corps. Je supposais que les lettres contenaient ces informations. Je me suis retrouvé dans un rôle quasiment impossible, où il était dans l'intérêt de mon client de faire une fausse déposition. »

Wisting assimilait le raisonnement.

« Aujourd'hui, toute cette histoire fait figure de comédie, depuis le début, quand il a parlé à son codétenu. Mais à partir de ses aveux, les choses sont allées vite. Un peu trop, sans doute. Il m'a demandé de faire ajourner la reconstitution. Les protestations contre l'armement des policiers y ont contribué. Et il a ainsi eu le temps de se procurer les renseignements nécessaires.

— Cela signifie que la communication avec l'Autre a commencé par lui, conclut Stiller. Que c'est lui qui s'est adressé à l'Autre, de l'intérieur de la prison. Si tel est le cas, comment cela s'est-il produit ? »

Thancke écarta les bras.

« Je ne sais pas. Il a quelques visiteurs réguliers. Une correspondante, notamment. Mais ce ne sont que des conjectures.

— Auriez-vous des suggestions pour nous aider à identifier ce messager ?

— Je ne sais rien au-delà de ce que je vous ai expliqué. Et encore, une partie de ce que je vous ai dit n'est que suppositions. »

Ils récapitulèrent, posèrent d'autres questions, obtinrent une explication plus détaillée de la visite de Theo Dermann, discutèrent de la possibilité de faire réaliser un portrait-robot.

« Vous l'avez eu en face de vous, souligna Wisting, vous lui avez parlé. C'est un bon point de départ.

— Je connais ces dessins. En général, ils n'apportent pas grand-chose, mais bien entendu, je suis prêt à essayer. »

Alors qu'il s'apprêtait à partir, Wisting risqua :

« Avez-vous la moindre idée ou supposition concernant l'endroit où pourrait être Tom Kerr ? »

De nouveau, l'avocat pinça les lèvres.

« Non. Et, vraiment, si j'avais su où il était, j'aurais envisagé de vous le dire. »

44

« Thancke fait passer des lettres à Kerr, Lone Mellberg en sort de la prison. Je ne vois pas la logique », soupira Stiller alors qu'ils marchaient vers la voiture.

Wisting se contenta de hocher la tête.

« Je vais demander à Semmelmann de se renseigner auprès de l'agence NAV de Sagene. C'est l'élément le plus tangible. L'endroit d'où il a appelé pour prendre rendez-vous.

— Il faut aussi que nous parlions avec la réceptionniste, rappela Stiller, pour qu'elle confirme les explications de Thancke et nous décrive cet homme. »

Ils étaient arrivés à la voiture. Prenant son téléphone pour signaler son départ sur l'application de stationnement, Wisting constata que Hammer avait essayé de le joindre à deux reprises pendant leur visite à l'avocat. Il le rappela.

« Je viens d'avoir un retour intéressant, annonça Hammer.

— Theo Dermann ?

— La Poste non plus n'a pas trouvé l'adresse et on m'a expliqué que, dans ces cas-là, l'envoi part au service du courrier non distribué, dans l'entrepôt de l'Østlandet, pour enquête. C'est là qu'atterrissent tous les cadeaux de Noël mal adressés. »

Wisting avait lu un article sur ces postiers qu'on appelait détectives du courrier.

« Parfois, ils ouvrent les enveloppes pour chercher un nom d'expéditeur sur la lettre, poursuivit Hammer.

— Donc les courriers adressés à Theo Dermann pourraient y être ?

— Pour mon interlocuteur c'est probable, en tout cas. »

Wisting tourna la clef dans le contact.

« Où se situe cet entrepôt ?

— À Lørenskog, répondit Hammer.

— C'est à une demi-heure d'ici. Envoie-moi l'adresse. »

Il raccrocha et relata à Stiller ce qu'il venait d'apprendre.

« Je viens. »

Ils partirent en direction du nord. À la sortie d'Oslo, le hasard les plaça derrière un camion vert de la Bring, qu'ils n'eurent qu'à suivre jusqu'à l'entrepôt postal, dans une zone industrielle.

Stiller ouvrit la portière de son côté, Wisting ne bougea pas, les mains sur le volant.

« Qu'est-ce qui se passe ? »

Il secoua la tête. Une idée lui était venue pendant qu'ils roulaient mais elle était tellement conspirationniste qu'il avait préféré la laisser décanter avant de l'exposer au grand jour.

Il sortit, ferma lentement sa portière, en mettant de l'ordre dans ses pensées.

« Il devait avoir une raison pour envoyer des lettres à une adresse qui n'existe pas. Tout le reste était si soigneusement planifié. Et si son plan était que les lettres échouent ici ?»

Stiller le dévisagea un instant avant de comprendre ce qu'il voulait dire.

«Quelqu'un l'aiderait dans cet entrepôt ? Au service du courrier non distribué ?

— Je ne fais qu'en évoquer la possibilité.

— Vous pensez que l'Autre pourrait travailler ici ?

— Pas forcément lui, mais quelqu'un qui serait en mesure d'apporter ensuite le courrier là où il faut.

— Alors que faisons-nous ?»

Wisting commença à marcher.

«Nous y allons, nous déterminons si les lettres y sont. Et si elles n'y sont pas, il faudra déterminer qui y a eu accès.»

Ils se présentèrent à un guichet, où on les adressa à un homme corpulent, qui s'occupait des requêtes de la police. À en croire la plaque sur sa porte, il était responsable qualité et sécurité. Wisting lui exposa la situation.

«Il s'agit de Tom Kerr ? Je vous ai vu aux informations.

— C'est l'une des nombreuses affaires que nous suivons, oui. Nous cherchons deux enveloppes A4, envoyées à une adresse dans une rue d'Oslo qui n'existe pas.

— C4, corrigea l'homme. Les enveloppes conçues pour des feuilles A4 sont des C4.»

Wisting sourit.

«Nous aimerions savoir si elles ont fini au service du courrier non distribué.

— Je vois.»

Il ouvrit un tiroir, fouilla dans des papiers.

« C'était quand ?

— Il y a respectivement une semaine et demie et quatre semaines.

— Alors elles pourraient s'être retrouvées ici, en effet, confirma l'homme en refermant le tiroir. Vous avez rempli un formulaire de réclamation ?

— C'est urgent. J'aimerais que vous nous emmeniez dans le service pour que nous puissions parler avec les employés. Si les lettres y sont, nous les emporterons aujourd'hui. »

L'air d'évaluer la régularité de cette demande, le responsable qualité et sécurité l'observa, puis il se leva.

« Je vois. Venez. »

Ils empruntèrent un couloir, descendirent un escalier en colimaçon et arrivèrent à une porte en métal anonyme, au bout d'un autre couloir. Elle s'ouvrait sur une pièce tout en longueur, dont les murs étaient tapissés de rayonnages couverts de bacs rouges contenant des colis et des lettres.

Un homme et une femme travaillaient au fond de la salle. Le responsable qualité et sécurité fit signe à la femme de venir, lui présenta les policiers et leur requête.

Wisting s'étonna de l'important volume de courrier mal adressé.

« La fusion de communes a posé quelques difficultés, expliqua la femme. Les nouvelles communes ont souvent dû passer en revue les noms de toutes leurs rues pour éviter d'avoir plusieurs Storgata, par exemple, et c'est censé faciliter la distribution du courrier, mais pour l'instant, en phase de transition, il règne une certaine confusion. En plus, les gens oublient souvent de communiquer leur changement d'adresse à leurs amis et connaissances. »

Le bac le plus proche abritait une enveloppe à l'écriture illisible et un colis sans destinataire sur lesquels étaient apposés des autocollants *Destinataire inconnu.* Sur les bacs, des Post-it indiquaient la date et une référence qui devait relever d'une numérotation interne. Le système paraissait brouillon et primitif.

« Nous cherchons une lettre adressée à Theo Dermann, Anton Brekkes vei, à Oslo. L'adresse n'existe pas et ce nom ne figure pas dans le fichier de l'état civil.

— La lettre devrait être enregistrée dans notre base. »

La femme se dirigea vers son poste de travail, tous lui emboîtèrent le pas.

Elle s'assit devant son ordinateur, ouvrit un logiciel. Au poste de travail voisin, son collègue suivait les opérations avec curiosité. Wisting épela le nom.

« J'obtiens deux résultats, déclara la femme en se tournant vers son collègue. C'est toi qui les as entrées, Morgan. »

L'homme se leva.

« Je vais les chercher. »

La femme lui donna la référence du premier courrier et il claudiqua jusqu'à une étagère, fouilla dans un bac. Les deux policiers échangèrent un regard.

« C4 », précisa le responsable de la sécurité.

L'homme agita une enveloppe en kraft.

« La voilà ! »

La femme lui communiqua un autre numéro. L'homme rapporta les deux enveloppes. Elles étaient identiques, à peu près de même épaisseur. Ni l'une ni l'autre n'était ouverte. Le nom et l'adresse du destinataire étaient écrits à la main en lettres anguleuses, plusieurs timbres étaient collés en haut à droite.

« Theo Dermann, fit l'homme en tendant les enveloppes.

— Nous avons besoin d'une autorisation du procureur pour vous les remettre », précisa le responsable qualité et sécurité.

Stiller commença à protester, à suggérer qu'on devait tout de même pouvoir s'arranger sans, mais Wisting sortait déjà son téléphone.

« Je m'en occupe. De toute façon, il nous faut une autorisation pour les ouvrir. »

Le responsable qualité et sécurité prit les deux enveloppes et ils repartirent vers son bureau.

« Vous avez un fax ? lui demanda Wisting pendant sa conversation avec Christine Thiis.

— Seulement une adresse électronique. »

Wisting communiqua l'adresse à la substitut du procureur avant de s'asseoir. Les enveloppes restèrent entre eux sur le bureau.

« Il y en a pour cinq ou dix minutes, précisa-t-il en montrant l'écran d'ordinateur.

— Puis-je vous offrir quelque chose ? Du café ? De l'eau minérale ? »

Stiller déclina. Wisting demanda une tasse de café, histoire surtout de faire sortir le responsable qualité et sécurité de la pièce.

« Theo Dermann, déclara-t-il alors d'une voix forte. Je crois que je sais qui c'est.

— Qui est-ce ?

— Theo Dermann, ça sonne allemand, non ?

— Oui, juif, peut-être.

— Et si c'était anglais ou américain ?»

Stiller ne comprenait pas.

« Comment l'auriez-vous prononcé en américain ?»

Après quelques essais infructueux, Stiller comprit où son confrère voulait en venir.

« *The other man !* s'exclama-t-il. L'Autre !

— Ou bien ces enveloppes contiennent ce que nous cherchons ou bien on s'est fait avoir. Encore.

— Avoir ? Mais comment ?

— Ceci ne serait qu'une manœuvre de diversion pour nous faire regarder ailleurs. »

Le responsable de la sécurité revint avec deux cafés. Il en posa un devant Wisting et s'assit, sa tasse sur les genoux.

« Alors, qui est Theo Dermann ?»

Wisting consulta sa montre.

« Regardez votre messagerie. »

L'homme but une gorgée de café, reposa la tasse sur son bureau.

« Tiens, voilà le message… »

Les yeux plissés, il lut la décision officielle sur l'écran.

« Tout est en ordre, constata-t-il, la main tendue derrière lui vers un coupe-papier sur une étagère.

— Bien. Merci de votre aide. »

Wisting se leva, prit les deux lettres et se dirigea vers la porte, rejoint par Stiller.

Deux minutes plus tard, ils étaient dans la voiture, Wisting avait les enveloppes sur les genoux.

Stiller lui tendit un petit canif.

« Gants ? »

Il hocha la tête, cela paraissait justifié de traiter le contenu des enveloppes comme des preuves. Il tira deux gants en latex du vide-poches de la portière et les enfila. Puis il vérifia les cachets de la poste et ouvrit la première enveloppe.

Elle contenait une liasse de feuilles lignées. Il les sortit. Elles étaient vierges.

À côté de lui, Stiller gémit.

« Il se paie notre tête. »

Wisting ouvrit l'autre enveloppe. Elle aussi, remplie de pages blanches.

45

« Vous n'avez pas de caméra ? » s'étonna en souriant Elias Wallberg, l'un des deux psychiatres qui avaient examiné Tom Kerr.

C'était un homme en surpoids, âgé d'une petite cinquantaine d'années, aux tempes grisonnantes et au visage ridé éclairé par un regard pétillant. Il respirait l'expérience et l'expertise. Sûrement convaincant au tribunal, il le serait aussi devant la caméra.

Line lui rendit son sourire.

« Je ne pensais pas faire d'enregistrement aujourd'hui. C'est un peu plus lourd à mettre en place, il faut s'occuper de l'éclairage et tout. Mais je suis ravie que vous ayez pu me recevoir si vite. »

Elle sortit ses notes.

« Le travail que j'ai effectué jusqu'à présent m'a rendue très désireuse d'en savoir davantage sur votre rôle, sur ce que peut découvrir un psychiatre légiste.

— Bon, je ne peux pas parler du cas particulier de Tom Kerr.

— J'ai bien compris, mais ce dont j'ai besoin, c'est qu'un spécialiste m'explique ce qu'est la cruauté. D'où elle vient, à quoi elle peut conduire. »

Le psychiatre s'avança vers elle.

« La cruauté, c'est l'obscurité intérieure. Un besoin impérieux d'infliger des souffrances à autrui. »

Line nota ses paroles. Elle aimait ce qu'elle entendait. Cette voix rugueuse et ce discours imagé passeraient bien à la télévision.

« Son origine est plus difficile à déterminer. Je suis parvenu à la conclusion que c'est un phénomène que nous ne comprenons pas et dont nous ne pouvons pas nous prémunir, que nous ne pouvons ni maîtriser ni empêcher. Comme l'amour. »

Il lui adressa un petit sourire, redressa le buste.

« Il n'est pas certain que la cruauté soit une déviance psychologique. En l'occurrence, elle pourrait avoir sa racine dans des processus cérébraux physiques. Les études montrent des anomalies structurelles dans l'aire où se forme la personnalité. Des zones essentielles au ressenti de la honte, de la compassion, sont endommagées. Ces cellules n'existent pas. Il n'y a pas de matière grise là où la réaction émotionnelle face au mal aurait créé des remords, de la honte, de la culpabilité, de l'anxiété, du malaise. »

Line reconnaissait des éléments lus dans le mémoire de Maren Dokken.

« Mais les psychopathes font la différence entre bien et mal ?

— Un psychopathe peut s'adapter. Par exemple, au vu de la réaction d'autres personnes, il comprendra que c'est mal de torturer des animaux, mais ce ne sera pas son ressenti propre. Il n'éprouve pas de culpabilité. Cette dysfonction étant innée, il ne peut pas apprendre à devenir un homme meilleur. On peut le sanctionner, le mettre en prison, mais la sanction n'exercera aucun effet pédagogique, car il ne dispose pas des cellules cérébrales qui lui auraient fait regretter ses actes. Les psychopathes sont insensibles. Parfaitement imperméables aux sentiments de responsabilité et de culpabilité.

— Mais tout psychopathe n'est pas forcément méchant.

— Non, en effet. La méchanceté et le sadisme sont souvent associés à un trouble de la personnalité antisociale. En ce qui concerne Tom Kerr, j'avais conclu que c'était un psychopathe narcissique.

— Et l'Autre ? Quel genre de personne est-ce ? »

Le psychiatre sourit.

« Je ne peux pas poser de diagnostic, mais de toute évidence, c'est quelqu'un qui présente les mêmes traits sadiques et narcissiques que Kerr, tout en étant différent de lui.

— Et il est passé sous le radar de la police.

— Je serais tenté de croire que son nom figure dans leurs dossiers, mais c'est probablement quelqu'un de respecté.

— Ah oui, pourquoi ?

— Il ne s'est jamais fait prendre. C'est probablement quelqu'un qui a créé une illusion d'altruisme et de modestie autour de lui, qui sait cacher ses motivations égoïstes et égocentriques. Il apparaît comme franc, ayant du cœur, le sens du sacrifice. Jusqu'à présent, il a réussi à passer pour une version plus aimable de lui-même, sachant que si sa véritable nature était dévoilée, il ne pourrait plus conserver la position sociale et le respect qu'il a acquis.

— Donc la police serait avisée de rechercher un homme occupant un poste élevé ?

— Pas nécessairement, répondit Wallberg. Le fait qu'il n'ait pas été démasqué suggère d'excellentes facultés d'adaptation, mais les narcissiques fonctionnent mieux dans des cadres où prévalent la maîtrise et la prévisibilité. Par exemple dans la police ou dans l'armée, où structure et système sont des notions-clefs.

— Seriez-vous en train de dire que l'Autre pourrait être un policier ? »

Il rit.

« Non, mais ce ne serait pas impensable. C'est un métier qui, typiquement, pourrait attirer un sadique. Il y a dans le sadisme une composante de fascination de la force et de désir de punition et de domination d'autrui. En tout cas, l'Autre en policier paraît plus vraisemblable qu'en aide-soignant. »

Le psychiatre consulta sa montre. Line comprit qu'il était l'heure de conclure leur entretien. Après quelques dernières remarques sur la notion de cruauté, il la raccompagna.

« J'ai eu de nombreuses conversations avec Kerr, conclut-il, la main sur la poignée de porte. Je pense qu'il est dangereux et imprévisible. Les humains normaux agissent selon leur conscience. Kerr n'en a pas. À cet égard, il ressemble davantage à un animal, qui agit selon ses instincts et ses pulsions. »

46

La tasse vide était restée en bout de table, où Wisting l'avait laissée le matin. Il la rapporta dans le coin cuisine, rinça le café séché, la remplit à nouveau.

L'un après l'autrc, les enquêteurs entrèrent dans la pièce et prirent place. Les lettres adressées à Theo Dermann, sous scellés, étaient posées à la place de Mortensen.

« Tu vas pouvoir en tirer quelque chose ? lui demanda Wisting.

— Probablement rien qui nous fasse avancer, parce que ça ne surprendrait sans doute personne qu'on y relève les empreintes digitales ou l'ADN de Tom Kerr. »

Le contenu des enveloppes était connu de tous, mais on fit néanmoins circuler les scellés autour de la table afin que chacun puisse les examiner.

« En l'occurrence, il y a quelqu'un qui se fait appeler Theo Dermann », précisa Wisting avant de raconter la visite qu'avait reçue Claes Thancke.

Sa réceptionniste avait confirmé les explications de l'avocat, ainsi que sa description de Theo Dermann, ajoutant qu'elle s'était dit, en voyant ses pansements sur le visage, qu'il avait peut-être des cicatrices visibles.

La réunion fut brève. Ils pédalaient dans le vide, n'avaient plus rien à quoi se raccrocher.

Wisting quitta la salle après tous les autres et regagna son bureau pour s'attaquer à sa pile de messages. Il y avait des mots de Bjørg Karin du secrétariat des archives, des e-mails, des SMS. Provenant en majorité de journalistes qui n'avaient pas pu le joindre au téléphone. Le dernier était arrivé pendant la réunion de service. C'était un journaliste de TV2 qui souhaitait un commentaire sur l'enquête de l'Inspection générale. Il le laissa sans réponse et ouvrait le message suivant quand son téléphone sonna. Tim Skage.

« Du nouveau ?

— Pas en ce qui concerne Tallak Gleich. Nous sommes passés à une adresse du centre-ville, chez un copain à lui, il y est allé cette nuit, mais il était déjà reparti. Comme vous le pensiez, les grenades proviennent bien d'un entrepôt militaire. C'est confirmé. »

Wisting s'appuya contre le dossier de sa chaise, se prit le front.

« Une autre information intéressante est apparue, je voulais vous la communiquer, poursuivit Skage.

— Je vous écoute.

— Souvenez-vous bien que nous avons longtemps considéré l'affaire comme un incendie accidentel. Cela ne fait que quelques jours que nous avons appris la présence de substances anesthésiantes dans le sang de Chris Paust Backe et que nous avons conclu à un incendie volontaire. L'affaire de meurtre en tant que telle n'existe que depuis deux jours. »

Cette introduction circonstanciée signifiait probablement qu'ils avaient fait l'impasse sur un élément important.

« De nombreux criminels possèdent plusieurs téléphones. Par exemple, un pour l'usage ordinaire et un téléphone occulte pour le business, les activités qui craignent la lumière du jour. Un blanc et un noir, si vous voulez.

— Oui ?

— Nous avons rapidement obtenu la liste des communications du téléphone blanc de Backe, mais il n'y avait rien de concluant et aucune conversation avec Tallak Gleich.

— Combien de téléphones avez-vous trouvés dans les décombres de l'incendie ?

— Deux. Enfin, rigoureusement parlant, cinq, mais seulement deux avec abonnement. Maintenant, les techniciens ont terminé et nous avons les données du deuxième téléphone, dont l'abonnement était au nom de sa grand-mère : il a appelé plusieurs fois Tallak Gleich, mais la dernière personne à qui il a parlé est Helene Norum. »

Wisting sentit un frisson parcourir son échine.

« Norum, répéta-t-il.

— La mère de la troisième victime de Tom Kerr, précisa Skage. Taran Norum. »

Wisting savait très bien qui c'était. Les questions se bousculaient dans sa tête.

« Ils se sont parlé plusieurs fois ?

— Non, seulement cette fois. À peu près une heure avant que l'incendie soit signalé. Ils ont parlé pendant près d'une minute.

— Ont-ils une quelconque relation ? Un quelconque lien ?

— Nous n'avons rien découvert. Pour l'instant. »

Un pigeon atterrit sur le rebord de la fenêtre. Wisting se leva et avança jusqu'à la vitre, posa son regard sur l'archipel de Svenner et son phare, au bout du fjord. Ce qu'il venait d'apprendre était troublant. Cela ne cadrait avec rien, d'aucune manière. L'homme qui avait indirectement aidé Kerr à s'évader avait un lien avec la mère de l'une de ses victimes…

« Il faut que vous parliez à Helene Norum, dit-il.

— On essaie de réunir un peu plus d'éléments et on la fera venir demain pour l'entendre. Je vous tiens au courant. »

Le pigeon s'envola. Wisting resta en arrêt. Cette histoire partait dans tous les sens, mais au milieu de cet intense éparpillement, il avait aussi le sentiment que quelqu'un tirait les ficelles. Quelqu'un qui était animé d'une volonté très forte.

47

« Merci infiniment ! »

Line fit semblant de boire du thé et reposa sa tasse de dînette. Rayonnante, Amalie partit surveiller ses casseroles dans sa petite cuisine au bout du salon.

Le téléviseur était allumé sur une chaîne pour enfants, mais la petite ne regardait pas.

« Maman va juste passer un coup de fil. »

Line baissa le volume et téléphona à Maren Dokken.

« Ah, bonjour ! répondit celle-ci d'un ton léger.

— Comment ça va ?

— Je m'apprête à sortir. Je me disais que j'allais prendre un peu l'air. Avant qu'il pleuve. »

À en juger par l'écho, la policière était dans sa cage d'escalier.

« Je voulais juste vous dire que j'ai parlé avec le psychiatre aujourd'hui. » Line ne put s'empêcher de rire en se rendant compte à quel point elle était dans son propre monde. « Je veux dire celui qui vous a aidée pour votre mémoire.

— Elias Wallberg.

— Quelqu'un de très bien, on dirait. Il a accepté d'être filmé pour le documentaire.

— Super !

— Je voulais simplement vous remercier de me l'avoir indiqué.

— J'ai hâte de voir le résultat final, répondit Maren alors qu'une porte se refermait.

— J'ai discuté avec mes producteurs. Nous aimerions beaucoup que vous participiez, vous aussi, que vous racontiez ce qui s'est passé mardi.

— Je ne sais pas…

— Vous n'avez pas besoin de décider tout de suite, s'empressa d'ajouter Line. Mais pensez-y.

— Ça ne dépend pas seulement de moi. Il faudrait que je voie avec mes supérieurs.

— Bien entendu, mais je serais surprise que votre hiérarchie s'y oppose.

— Je vais à un débriefing au commissariat demain à 9 heures, ça va durer une heure. On pourra se parler après. Je vous appelle.

— D'accord. »

Line raccrocha en ayant bon espoir.

Amalie lui apporta une assiette de fausse nourriture pour qu'elle la goûte. Elle s'exécuta en produisant de petits bruits de satisfaction tout en changeant de chaîne pour regarder le journal de TV2.

D'abord apparut le visage de Tom Kerr et le présentateur annonça les images exclusives de son évasion. Suivirent alors les images en question. L'évasion, l'explosion. Ses images à elle.

Elle était stupéfaite. Après trois autres titres, le journaliste présentateur revint au tueur brutal. Il n'était toujours pas arrêté et la police n'avait communiqué aucune nouvelle information. Ensuite un reportage avec des images de la veille récapitula le parcours pénal de Kerr et le déroulé de son évasion. Les images de Line revinrent. Le reporter répéta que TV2 avait eu accès à des images exclusives. Kerr était libéré de ses entraves, il descendait la pente raide et se mettait soudain à courir, poursuivi par les policiers ; le segment se terminait sur l'explosion.

« C'est quoi, ces conneries ?! » s'exclama Line.

Le reportage continuait. On voyait son père, à l'un des points de presse, celui où il portait une chemise empruntée. Le reporter expliquait que l'Inspection générale de la police avait ouvert une enquête sur le dérapage qui avait permis l'évasion.

« Grand-cœur ! » s'écria Amalie en reconnaissant son grand-père.

Elle courut se poster devant le téléviseur. Un directeur de l'Inspection générale confirmait l'enquête, sans ajouter de commentaire.

Le montage donnait l'impression que Wisting était responsable des événements, que c'était lui qui faisait l'objet de l'enquête.

Amalie grimpa sur le canapé.

« Grand-cœur ! »

Le reportage terminé, Line baissa le volume pour appeler Stiller. L'usage que la police faisait de ses images ne la concernait en rien, elle avait été rémunérée pour son travail et les enregistrements ne lui appartenaient plus, mais elle aurait apprécié d'être informée. Ce partage des images avec TV2 était qui plus est parfaitement inutile, la police n'avait rien à y gagner.

Il décrocha.

« J'ai regardé le journal de TV2, déclara Line.

— Ah oui ? Je suis en voiture, là, je rentre à Oslo. »

Il ne semblait pas être au courant.

« Pourquoi avez-vous donné mes images à TV2 ?

— C'est-à-dire ?

— TV2 vient de montrer l'évasion de Tom Kerr. »

Stiller toussota.

« Je ne suis pas du tout au courant.

— Comment se les sont-ils procurées, alors ?

— Je ne sais pas, il faut que je me renseigne.

— Il a dû y avoir une fuite. Avec qui avcz-vous partagé les enregistrements ?

— Il faut que je me renseigne, répéta Stiller. Mais en fait, c'est plutôt positif pour vous.

— Comment ça ? J'ai perdu l'exclusivité.

— Oui, mais ça va vous faciliter les choses pour faire accepter l'utilisation des images. Elles ont déjà été montrées. La police n'aura aucune raison de les retenir, il ne sera plus justifié d'attendre la fin de l'enquête. »

Amalie était fatiguée. Elle se blottissait contre sa poitrine.

« Vous allez enquêter là-dessus en tant que fuite d'information ? demanda Line en caressant les cheveux de sa fille. Violation du secret professionnel ou quelque chose dans le genre ? J'aimerais bien savoir d'où ça vient.

— Si quelqu'un le fait, ce sera l'Inspection générale, mais ça ne semble pas avoir nui à l'enquête sur l'évasion. Au contraire, sans doute. Plus on montre le visage de Tom Kerr à la télévision, plus il y a de chances pour que quelqu'un le reconnaisse et dise où il est.

— J'aimerais être là quand vous l'arrêterez.
— Comment ça ?
— Je voudrais que vous me préveniez quand vous aurez quelque chose de concret. Quand vous saurez où il est. Je voudrais filmer son arrestation.
— C'est votre père qui dirige ce travail.
— Il est désespérant. Terrifié à l'idée de mélanger les rôles. C'est vous qui avez lancé toute cette histoire. Vous pouvez régler ça. »

Le silence se fit au bout du fil.

« Je vais voir ce que je peux faire, finit-il par répondre.
— Merci. »

Il reçut un autre appel.

« Je suis obligé de répondre », s'excusa-t-il avant de raccrocher.

À la télévision, on parlait de manifestations contre de nouveaux projets de péages. Line fit un retour rapide sur le décodeur pour revoir le reportage. Quelqu'un dans la police souhaitait que les images sortent. Line ignorait à qui elles avaient été distribuées, mais la seule personne qu'elle pouvait imaginer comme ayant plus ou moins une motivation pour les rendre publiques était Adrian Stiller. Il avait raison sur le fait que cela allait lui faciliter les choses pour son documentaire.

« Grand-cœur ! » s'écria encore Amalie en montrant l'écran.

Line arrêta l'image sur le visage de son père.

À moins que la motivation ne soit tout autre… Le sujet du reportage était l'enquête de l'Inspection générale, tout était centré sur son père. En divulguant les images, quelqu'un avait peut-être cherché à désigner un coupable de l'évasion de Tom Kerr.

48

Il s'était remis à pleuvoir.

L'après-midi, quand l'affluence était généralement moindre, la ventilation du commissariat s'éteignait. Wisting avait entrebâillé sa fenêtre pour aérer, mais il pleuvait à l'intérieur. Il la referma.

Autour du petit bras de mer, la ville se déployait en amphithéâtre.

Il y avait vécu toute sa vie et n'avait pas tellement vu le monde. C'est ici qu'il se sentait à sa place, à cet endroit qu'il appartenait. Il se sentait en devoir de le protéger.

Dans l'espace entre deux bâtiments, il vit un gyrophare sur Storgata. Le véhicule roulait à grande vitesse, sans sirène, vers l'ouest. Il ne put identifier de quel corps il s'agissait. Quelques instants plus tard, la lumière bleue reparut sur la route de Stavern. La police, semblait-il.

Il retourna à son bureau. Le téléchargement de la base de données d'Idar Semmelmann sur son ordinateur avait traîné en longueur. C'était là un énorme ensemble d'informations recueillies dans la traque de l'Autre. Semmelmann leur avait montré les fonctions de recherche, et les possibilités paraissaient impressionnantes, mais les opérer soi-même était une tout autre histoire. Lorsqu'il voulut faire une recherche simple sur le nom de la mère de Thea Polden, un message d'erreur lui demanda de choisir le type de données dans les paramètres. Ne comprenant pas comment ça fonctionnait, il essaya de joindre Semmelmann, qui ne répondit pas. Il essaya encore, mais tomba sur son répondeur. Partant du principe qu'il le rappellerait en voyant la liste de ses appels en absence, il ne laissa pas de message.

En attendant, il s'attela à la lecture du dossier Chris Paust Backe. D'ordinaire, il imprimait tous les rapports et procès-verbaux d'interrogatoires pour souligner les éléments intéressants, faire des annotations en marge. Cette fois, il se contenta de consigner ses notes dans un cahier à spirale.

Une demi-heure plus tard, le téléphone sonna. C'était le centre opérationnel.

« Nous avons une affaire sur laquelle vous devriez peut-être envoyer un enquêteur.

— De quoi s'agit-il ?

— La brigade mobile recherche une camionnette blanche. Un témoin aurait assisté à l'enlèvement d'une femme. »

Wisting se leva, se rendit de nouveau à la fenêtre. L'obscurité tombait.

« Quand ça ?

— Nous avons été contactés il y a trois quarts d'heure, mais ça se serait passé un peu plus tôt.

— Où ?

— Au bord de Gamle Stavernsveien. On a une patrouille sur place, avec le témoin. Je ne sais pas encore de quoi il s'agit, mais avec ce qui s'est passé ces derniers jours...»

Wisting se dirigeait déjà vers la porte.

« Je m'en occupe. J'y vais tout de suite. »

Il se débattit avec sa manche alors qu'il enfilait sa veste tout en descendant à sa voiture.

Après cinq minutes de route sous la pluie, il arriva à sa destination. Sur le bas-côté, au milieu d'une grande ligne droite, deux voitures de police encadraient une bâche blanche.

Il se gara face à la première. Un civil en vêtements de sport occupait le siège passager, le policier à côté avait un ordinateur sur les genoux. Il le salua d'un signe de tête.

Wisting s'installa sur la banquette arrière, se présenta rapidement et demanda au témoin de répéter ce qu'il avait vu.

« Je courais dans cette direction, en face, expliqua-t-il en montrant un endroit qui devait être à deux cents mètres. Une fille marchait au bord de la route, je l'ai vue d'assez loin. Et puis la camionnette est arrivée, m'a dépassé, a traversé la route et s'est arrêtée. Une portière a claqué, le véhicule est reparti à fond de train, et la fille n'était plus là.

— Elle était montée dedans ?

— Je ne l'ai pas vue faire. La camionnette était entre elle et moi. J'ai juste entendu la portière se refermer et le bruit d'une porte coulissante. Il n'y a pas eu de cri ni rien et tout est arrivé vite, mais ils ont dû l'emmener.

— Nous avons un signalement du véhicule, mais pas de numéro d'immatriculation, précisa le policier.

C'était un Berlingo ou un Partner, sans fenêtres à l'arrière. »

Une troisième voiture de police passa. L'homme en tenue de sport la suivit du regard.

« Il ne s'est pas forcément passé quelque chose. Je n'aurais peut-être pas appelé s'il n'y avait pas eu la chaussure.

— La chaussure ?

— Une chaussure de randonnée, pointure 38. Elle est sous la bâche », suppléa le policier.

Le témoin se tortilla sur son siège.

« Je n'avais pas mon téléphone, alors je n'ai pu appeler qu'en rentrant chez moi, s'excusa-t-il. Il avait dû s'écouler dix minutes, peut-être un peu plus. J'ai repensé pendant que je courais, je me suis dit que c'était louche et qu'il valait mieux vous contacter. »

Sous la pluie battante, les vitres s'embuaient malgré le ventilateur. Wisting essuya de son côté du plat de la main. La route peu passante était bordée d'un côté par une forêt dense, de l'autre par un champ. Plus loin s'élevaient quelques maisons, mais ici, il n'y avait aucune habitation. Aucun témoin.

Il ressortit. Son téléphone sonna. C'était Semmelmann.

« J'ai vu que vous m'aviez appelé.

— Oui. »

Wisting approcha de la bâche, la souleva, vit la chaussure. Grise avec un motif rose.

« Il s'est passé quelque chose ? »

Il reposa la bâche. La pluie s'insinuait dans son cou.

« Ça s'est reproduit. »

49

Wisting était penché en avant, les bras contre le volant. Le moteur tournait à vide et la pluie hachurait finement la lumière des phares. Quatre policiers soulevèrent la bâche par les coins, tandis qu'un cinquième photographiait la chaussure dessous. Le flash blanc projeta des éclairs sur l'asphalte.

Wisting tourna la tête vers le micro de son kit mains libres.

« Nous devrions signaler dans les médias que nous recherchons la camionnette. »

La substitut du procureur de garde n'était pas d'accord.

« Nous en avons parlé dans le service et il y a d'autres éléments à prendre en compte. Nous ne savons pas ce qui s'est passé.

— Justement. Nous devrions informer que nous recherchons le véhicule et inviter la fille qui marchait au bord de la route à prendre contact avec nous.

— Attendons d'en savoir plus. Tout cela pourrait n'être qu'un malentendu. Le témoin a pu se méprendre sur la situation. En ce moment, on ne parle que des meurtres commis par Tom Kerr dans les médias, ça a pu orienter son jugement, déformer sa vision des choses. Il a pu croire voir autre chose que ce qui se passait réellement. Pour agir, nous avons besoin de concret. »

Les policiers glissèrent la chaussure dans un sac en kraft, replièrent la bâche.

« Et la chaussure ?

— Elle était peut-être là avant.

— À l'endroit précis où la fille s'est fait ramasser par une camionnette ? »

Au bout du fil, son interlocutrice poussa un soupir.

« J'ai lu la déposition du témoin. Il était à deux cents mètres. Il ne peut pas affirmer avec certitude que la chaussure était à l'endroit précis où la camionnette s'est arrêtée. C'est une conclusion qu'il a tirée. »

Wisting se redressa, regarda le micro au plafond. La substitut du procureur semblait déterminée. Elle ne faisait probablement que défendre une décision déjà prise. Inutile de discuter.

Elle s'appelait Stemstad. Gro ou Gunn de son prénom. À en juger par sa voix, elle devait avoir la moitié de son âge. Ils ne s'étaient jamais rencontrés, ne se connaissaient pas, mais s'étaient entretenus quelques fois au téléphone sur d'autres affaires. Ce processus de coordination malcommode était une conséquence de la réforme de la police.

« Tom Kerr est en fuite depuis plus de deux jours, poursuivit la substitut du procureur. Il est loin. Pourquoi resterait-il dans votre secteur ? Ce n'est pas logique. »

Wisting ne put que lui donner raison.

« Plus de cent personnes ont appelé la police parce qu'elles pensaient l'avoir vu, continua-t-elle. Plusieurs parlaient d'une camionnette blanche, mais les vérifications ont montré que ce n'était pas lui. Les gens voient ce qu'ils veulent voir. C'est important de ne pas monter tout cela en épingle. »

L'essuie-glace chassa la pluie du pare-brise. Les policiers étaient remontés dans leurs voitures. L'une d'elles démarra et repartit, bientôt suivie de la seconde.

« Alors que proposez-vous ? demanda Wisting.

— Toutes les patrouilles sont à l'affût de la camionnette blanche, lui rappela la substitut du procureur. On attend de voir ce que ça donne et on garde les médias hors du coup. Ne semons pas davantage de pagaille maintenant. »

Dans son rétroviseur, Wisting vit deux sillons méfiants se creuser sur son front.

« Comment ça, pagaille ?

— Je dis simplement que tout ce qui se passe actuellement était inutile, aurait pu être évité. Kerr n'aurait jamais dû avoir la possibilité de s'évader. Il n'aurait jamais dû être relâché dans la société. »

Après leur échange, Wisting resta à se regarder dans le rétroviseur.

Était-ce ainsi que tout le monde percevait la situation ? Considéraient-ils tous que c'était sa faute si Tom Kerr était en liberté ?

Réfléchissant à la question, il se sentit envahi par un sentiment inhabituel. Un incontrôlable et impitoyable sentiment de culpabilité.

Il ne lui était pas étranger de penser qu'il n'était pas à la hauteur, notamment quand une affaire s'étirait sur la durée ou ne se résolvait pas. On lui confiait la direction d'enquêtes compliquées. Il lui incombait de fournir des résultats. Et, le temps aidant, il s'était habitué à cette responsabilité, mais sentir le poids de la responsabilité n'était pas la même chose qu'être écrasé de culpabilité.

Une voiture passa. Il contempla le rectangle sec laissé par la bâche sur le bas-côté. La pluie en gommait les contours. Il espérait que la substitut du procureur avait raison, car si un crime avait été commis, ce serait sa faute.

50

Rien dans le journal du matin ne signalait de quelconques progrès dans la traque de Tom Kerr. La couverture médiatique s'attachait surtout à la critique de la police. Le nom de son père n'était pas expressément cité, mais il en avait été le visage public le jour de l'évasion, et c'étaient les photos de lui qui étaient utilisées.

Line termina son jus d'orange, reposa son téléphone et leva les yeux vers sa maison. Quand elle s'était couchée la veille, il n'était toujours pas rentré, et sa voiture n'était pas là à son réveil.

Elle débarrassa le couvert, aida Amalie à s'habiller, prépara son sac pour le jardin d'enfants.

D'ordinaire, elles prenaient tout leur temps et profitaient l'une de l'autre sans se presser. Ces derniers jours, il en était allé autrement. Après le dîner, Line s'acquittait de ses tâches ménagères pendant qu'Amalie était encore debout afin d'avoir sa soirée pour travailler ; le matin, elle n'avait de cesse de la faire sortir de la maison pour se consacrer pleinement à son documentaire. Elle ressentait une pointe de mauvaise conscience, mais se consolait en se disant que c'était temporaire et que, de toute façon, sa fille se plaisait au jardin d'enfants.

Toutes choses étant égales par ailleurs, la vie d'un psychopathe devait être simple, songea-t-elle dans la voiture après avoir déposé Amalie. Pas de mauvaise conscience, pas de remords, pas de culpabilité.

La pluie persistait, et elle aurait dû s'occuper d'acheter de nouveaux vêtements imperméables pour sa fille, mais ça pouvait attendre samedi, quand Amalie pourrait l'accompagner et choisir la couleur elle-même, essayer.

De retour chez elle, Line descendit dans son bureau. Elle se plaisait dans son sous-sol. Il y faisait bon et il n'y avait pas grand-chose pour la distraire, tout avait un rapport avec son travail, ce qui lui permettait de mieux se concentrer, d'être plus productive.

Elle avait souligné une phrase dans les notes de son entretien avec le psychiatre : la cruauté était comme l'amour, nul ne savait d'où elle venait.

D'emblée, elle s'était dit que c'était inexact. L'amour venait du cœur. Mais c'était une façon de parler, bien sûr, le cœur n'avait pas d'autre fonction que de pomper le sang et de le faire circuler dans l'organisme.

Cherchant d'autres hypothèses, elle lut une vieille interview du président de l'Association des psychologues. Lui considérait que la cruauté était essentiellement le fait de gens ordinaires franchissant la limite entre bien et mal. Ça commençait par des incidents anecdotiques, surtout de l'indifférence. Ne pas vérifier si l'homme sur le trottoir qui avait l'air de cuver son vin était bien vivant. Laisser le taxi débiter des blagues racistes sans le prier d'arrêter. Ne pas s'enquérir de la manière dont sa voisine s'était fait ses bleus.

Ou simplement passer devant la main tendue d'un mendiant. Céder à la tentation de distordre la vérité, de juger les autres. Taire ce qui nous plaçait sous un mauvais jour.

Exagérer à peine. Dire quelque chose pour se protéger soi ou pour protéger quelqu'un de cher. Mais chaque mensonge, chaque dénigrement était un pas en direction du désir de faire souffrir.

Au rez-de-chaussée, un coup de vent rabattit la pluie sur la façade. Line envisagea une seconde de monter se faire un café, mais préféra poursuivre sa lecture sur le partage de la responsabilité. Il était plus facile de commettre une exaction quand on n'avait pas à assumer la sanction seul. Les réserves morales qu'on aurait pu avoir s'amenuisaient. L'article faisait référence à une expérience de psychologie où des étudiants avaient dû jouer des gardiens de prison tandis que d'autres faisaient les prisonniers. En moins d'une semaine, il avait fallu tout interrompre. Aveuglés par leur pouvoir, les « gardiens » humiliaient les « prisonniers », qui avaient été plusieurs à craquer. L'expérience avait viré à un « eux et nous ». « Les autres » étaient perçus comme des gens peu fiables, dangereux, mauvais, menaçant notre façon de vivre.

L'abus de pouvoir, l'oppression et la domination d'autrui constituaient un terrain fertile pour la cruauté, tout comme l'obéissance aveugle et la fidélité imperturbable à des règles coercitives pouvaient transformer des démocraties pacifiques en dictatures fascistes.

Si Line se reconnaissait dans de nombreux éléments mentionnés par le psychologue, elle n'en avait pas moins du mal à comprendre qu'on puisse éprouver de la satisfaction à détruire et à offenser autrui. Mais la cruauté existait. Elle était aussi vraie que l'amour.

Un bruit lui fit lever la tête vers le plafond. Le vent avait dû forcir.

Elle se leva, monta avec sa tasse vide, alluma la machine à café dans la cuisine avant d'aller refermer la fenêtre qui battait dans sa chambre. Il avait plu à l'intérieur, il fallait éponger avec une serpillière.

Alors qu'elle essuyait le plancher, elle se fit la réflexion que son documentaire était en train de prendre une nouvelle direction, de revêtir une nouvelle dimension. Au-delà du récit de l'affaire, elle voulait explorer ce que Tom Kerr et l'Autre incarnaient. Il lui fallait donc quelqu'un qui puisse voir leurs actes de leur perspective à eux. L'idéal aurait été d'interviewer Kerr. Une seconde option était de solliciter la participation de son avocat. Claes Thancke semblait se plaire sous les projecteurs.

Le café était prêt. Elle consulta sa montre. 10 heures trente. Maren Dokken ne l'avait pas appelée. Le débriefing devait être terminé, mais s'il lui fallait parler avec quelqu'un pour obtenir l'autorisation de participer au documentaire, ça pouvait prendre du temps.

D'un seul coup, Line ne se souvint plus de ce dont elles étaient convenues, de laquelle devait appeler l'autre.

Elle trempa ses lèvres dans son café en écrivant un message, arrangea un peu la réalité.

Je suis en ville. Je peux passer chez vous si vous avez fini au commissariat.

Elle n'eut pas de réponse. Inexplicablement, cela l'inquiétait.

51

Après une réduction des effectifs vers 23 heures, l'opération de recherche s'était conclue à minuit. La nuit n'avait rien apporté de nouveau. Aucune disparition n'était déclarée. La substitut du procureur avait donc raison et une partie du sentiment de culpabilité de Wisting lâcha prise.

Le témoin n'avait pas entendu de cris. Au moment des faits, il s'était mis à pleuvoir. Il se pouvait très bien que la jeune femme se soit fait reconduire chez elle par une connaissance qui se serait arrêtée en la voyant marcher sous la pluie. La chaussure était peut-être déjà là, tombée d'un sac de sport à l'arrière d'un vélo ou du toit d'une voiture, où sa propriétaire l'aurait oubliée avant de démarrer. Wisting se livrait à un exercice hautement inhabituel : il échafaudait des explications permettant d'écarter tout motif d'inquiétude. Pour autant, l'épisode de la veille le taraudait, ce qui aurait pu lui être épargné s'ils avaient invité la femme à prendre contact avec la police.

Hammer apparut sur le seuil de son bureau.

« Ça va commencer. »

Ils montèrent ensemble au deuxième étage et

prirent place au fond de la grande salle de conférences. Toutes les personnes impliquées d'une manière ou d'une autre le jour de l'évasion de Kerr étaient rassemblées pour un débriefing commun. Au personnel policier se joignaient aussi les ambulanciers.

Line devrait en être, songea-t-il. Il aurait dû y penser. Stiller aurait dû y penser. C'était lui qui l'avait engagée. Elle n'avait pas de collègues avec qui partager cette expérience brutale.

Frank Kvastmo, de la brigade mobile, souhaita la bienvenue à l'assistance et commença le récapitulatif. Ce n'était pas un bilan proprement dit, l'objectif de la réunion était plutôt de faire tomber la tension, de dissiper le malaise, de limiter les répercussions psychologiques des événements. Tous ceux qui le souhaitaient pouvaient s'exprimer, partager ce qu'ils avaient vécu.

Ce dont Wisting se souvenait le mieux, c'était le néant aussitôt après l'explosion. Le silence lorsqu'il s'était vidé de tout son oxygène. Avant la perplexité. Avant le branle-bas général. Cela n'avait duré qu'une fraction de seconde, mais dans son souvenir le temps s'étirait ; il voyait tout en séquences isolées, saccadées, et au milieu de tout cela, Line.

Tout à la fin, il monta sur l'estrade, balaya l'assistance du regard. Certains des policiers présents à la reconstitution étaient au premier rang. Il ne voyait pas Maren Dokken. Il salua d'un signe de tête un homme à la tête bandée et commença son compte rendu de l'enquête en cours.

Passant sous silence la correspondance avec Theo Dermann et le rôle de Claes Thancke, il entra en revanche dans les détails du meurtre de Chris Paust

Backe et de l'avis de recherche de l'homme aux grenades.

Pendant qu'il parlait, son téléphone sonna. Il le sortit, constata que c'était Line et le mit en mode silencieux avant de continuer.

Ensuite, Kvastmo dirigea une séance de questions, puis la partie officielle de la réunion se termina et tous furent invités à poursuivre les discussions autour de boissons chaudes et de petits sandwichs.

Wisting regarda son téléphone. Un deuxième appel de Line. Il sortit dans le couloir pour la rappeler.

« Salut ! dit-elle. Est-ce que tu sais si le débriefing est fini ? »

Sa question le surprit.

« Ça vient de se terminer, pourquoi ? Tu as parlé avec Stiller ? Il t'a invitée à participer ?

— Non, rien de tel. Je devais voir Maren après. Elle disait qu'il y en aurait pour une heure. »

Wisting consulta sa montre. Le débriefing avait duré presque le double.

« Ça a duré plus longtemps que prévu. Mais Maren n'y était pas.

— Ah bon, pourtant elle m'a dit qu'elle irait.

— Quand lui as-tu parlé ?

— Hier. Elle ne répond pas à mes messages. J'ai essayé de l'appeler, mais son téléphone est éteint. »

Nils Hammer et Frank Kvastmo arrivaient dans le couloir, il pria Line d'attendre quelques instants et écarta son téléphone.

« Vous avez eu des nouvelles de Maren Dokken aujourd'hui ? »

Étant le supérieur hiérarchique de la policière,

Kvastmo était la personne la plus susceptible d'avoir des informations.

« Non. Elle est en arrêt maladie, mais elle était censée venir. Je l'ai eue au téléphone hier. »

Kvastmo repartit, Hammer resta. Wisting revint à sa conversation avec Line.

« Peut-être qu'elle dort, suggéra-t-elle. Elle prend des antalgiques assez forts.

— Peut-être... »

Il avait été formé à systématiquement penser que le pire était arrivé. Maren avait pu subir des complications de ses blessures. Une hémorragie interne qui n'avait pas été identifiée à l'hôpital ou qui ne se déclarait que maintenant. Ou alors il avait pu se passer quelque chose d'encore plus grave.

« Je vais en ville, je suis en route, reprit Line. Je me disais que je pourrais faire un saut à son appartement.

— D'accord, on se voit là-bas. »

« Qu'est-ce qui se passe ? » s'enquit Hammer quand il eut raccroché.

Wisting le mit au courant.

« Je descends chercher la voiture, annonça Hammer d'un ton déterminé. Je te prends devant le commissariat. »

Wisting fit un saut par son bureau pour y relever l'adresse de Maren Dokken et le nom de son bailleur. Une grosse agence avec son propre service de gardiennage. Il nota le numéro de téléphone et prit sa veste.

Dans le couloir, il tomba de nouveau sur Frank Kvastmo.

« Vous me demandiez où était Maren Dokken.

— Oui ?

— Ses parents ont essayé de m'appeler pendant

le débriefing. Ils sont rentrés de Singapour et se rendent chez elle maintenant, mais ils n'arrivent pas à la joindre.

— Nous non plus. Je pars à son appartement », lança Wisting par-dessus son épaule en se dirigeant vers l'escalier.

Une équipe de TV2 était postée devant le commissariat. Ces derniers jours, plus d'un journaliste muni d'une caméra vidéo avait traîné dans les parages. Les lieux avaient été déserts en début de journée, mais TV2 était maintenant de retour. Avec la publication des images exclusives de Line, la chaîne tenait désormais le haut du pavé et ne pouvait pas se permettre de baisser la garde.

S'il avait continué de pleuvoir, les journalistes auraient été dans leurs véhicules et Wisting aurait eu le temps de rejoindre Hammer. Mais il ne pleuvait plus, et ils se tenaient prêts.

« Du nouveau ? » s'enquit le reporter avant que le caméraman allume sa caméra.

Wisting voulut passer son chemin, il ne lui appartenait plus de répondre à la presse, c'était désormais la mission du ministère public, à Tønsberg, mais quelque chose l'incita à s'arrêter. Il s'assura que la caméra tournait avant de déclarer en termes succincts que la police ne disposait d'aucun élément concret ni sur l'endroit où se trouvait Tom Kerr ni sur l'identité des complices de son évasion. Il évoqua ensuite la foule de renseignements reçus par la police.

« Et nous faisons un nouvel appel à témoignages concernant le conducteur d'une camionnette blanche qui aurait ramassé une jeune femme qui se déplaçait à pied. »

Il précisa l'heure et le lieu, insista sur le flou des circonstances, répéta que la police souhaitait que le conducteur du véhicule et la femme les contactent.

Le reporter l'interrogea à propos de la nouvelle enquête sur le meurtre de Taran Norum et la chasse à l'Autre. Il répondit qu'il n'était pas en mesure de commenter ces affaires, puisqu'elles relevaient respectivement de l'unité des *cold cases* de Kripos et de la police d'Oslo. Il assura que les différents secteurs policiers travaillaient ensemble, mais que sa mission à lui était avant tout de localiser et d'arrêter Tom Kerr. Puis, concluant sur un signe de tête, il rejoignit prestement Nils Hammer dans la voiture.

« Qu'est-ce que tu leur as dit ? »

Il balaya la question d'un geste de la main.

« Tu n'auras qu'à regarder le journal télévisé. »

Cette interview spontanée allait lui valoir des critiques. Il avait bravé des gens situés plus haut que lui dans la hiérarchie pour suivre son intuition de policier. Il avait agi selon sa conscience. Il aurait dû le faire la veille.

Apercevant son propre reflet dans la vitre latérale alors que Hammer s'engageait sur Storgata, il se rendit toutefois compte que ce n'était pas la seule motivation de son acte. Tom Kerr était en cavale depuis trois jours. Les critiques contre la police allaient croissant. Avec cet avis de recherche lancé à la télévision, les médias allaient désormais avoir un autre sujet sur lequel plancher.

Devant eux, le feu passa au rouge. Poussant un juron, Hammer alluma le gyrophare et la sirène pour franchir le carrefour.

« À droite », signala Wisting en indiquant la direction de l'index.

Ils virent la voiture de Line, Hammer se gara à côté. Wisting avait ouvert sa portière avant l'arrêt complet du véhicule.

Line sortait de l'immeuble.

« Je viens de sonner. Elle ne répond pas. »

Il la suivit à l'intérieur tout en téléphonant au service de gardiennage et exposa sa requête pendant qu'ils montaient l'escalier.

« Quelqu'un va venir dans dix minutes », annonça-t-il en raccrochant.

Hammer tapa à la porte le poing serré. Trois fois. À en faire trembler les murs. La voisine du dessous sortit sur le palier et regarda dans la cage d'escalier. Wisting fit quelques pas vers elle.

« Nous sommes de la police, expliqua-t-il en montrant son badge. Avez-vous vu la femme qui habite dans cet appartement ?

— Maren ?

— Oui.

— Pas depuis hier.

— Quand ça ?

— Le soir. Elle sortait. »

Hammer tapa de nouveau à la porte. Wisting descendit quelques marches. La voisine semblait avoir à peu près l'âge de Maren Dokken.

« Vous lui avez parlé ?

— Non. Elle était au téléphone. »

Line se mêla à la conversation.

« À quelle heure était-ce ?

— Après 18 heures, répondit la voisine après un temps de réflexion. Vers 18 h 30. »

Line montra son téléphone à son père. La liste des appels en montrait un à 18 h 23.

« C'est avec moi qu'elle parlait. Elle sortait prendre l'air. »

Wisting déglutit, anticipant malgré lui un scénario du pire. Il se tourna de nouveau vers la femme.

« Que portait-elle ?

— Euh… Je ne sais pas…

— Ses chaussures. Vous vous souvenez du genre de chaussures qu'elle portait ? »

La voisine n'en avait aucune idée.

« Qu'est-ce qu'elle a comme chaussures, d'habitude ? C'est important ! fit-il, haussant le ton.

— Je ne sais pas, répéta la femme.

— Oh, et puis merde ! » s'exclama Hammer.

Il recula d'un pas, leva la jambe et enfonça la porte, qui céda à la première tentative et s'ouvrit à toute volée, claquant contre le mur du couloir.

« Maren ! » appela Hammer en entrant.

Wisting resta dans le couloir avec Line.

« C'était quoi, l'histoire des chaussures ? demanda-t-elle.

— Tout à l'heure », répondit-il.

Il ne fallut qu'une minute à Hammer pour faire le tour de l'appartement.

Wisting s'avança, prit une sandale dans l'entrée. Pointure 38.

Il la reposa.

La voisine était montée, elle regardait dans l'appartement avec curiosité.

« À propos des chaussures qu'elle portait, dit-elle en levant son téléphone. J'ai ça si ça peut vous aider. »

C'était une photo prise devant l'immeuble. Pendant

l'été, semblait-il. Il faisait beau. Le feuillage des arbres était bien vert. Assise de biais sur un banc, les genoux remontés contre sa poitrine, Maren souriait. Elle portait des chaussures de randonnée grises avec un motif rose. Wisting les reconnut. Il en avait vu une peu de temps avant.

52

« Qu'est-ce qu'elles ont, ces chaussures ? » s'enquit Line.

Le regard de son père obliqua vers la voisine avant de revenir se poser sur elle. Un regard empreint de gravité et d'inquiétude.

« On a trouvé une chaussure sur le bas-côté de Gamle Stavernsveien hier, pareille à celle-ci. La police avait été appelée pour l'enlèvement d'une femme dans une camionnette à cet endroit. »

Line eut un mouvement de recul. Un intense malaise la saisit. La tête lui tournait, elle dut respirer profondément plusieurs fois pour reprendre ses esprits.

« Kerr ?

— Très probablement », confirma Wisting.

Les descriptions des tortures infligées à ses victimes surgirent dans son esprit. Elle déglutit, serra fort ses paupières deux ou trois fois et essaya de se concentrer sur autre chose.

Ma caméra, songea-t-elle.

Elle était dans sa voiture. Il fallait qu'elle descende la chercher et qu'elle filme ce qui se passait.

Et pourtant, elle resta sans bouger, abasourdie par le cynisme de cette pensée.

Un téléphone sonna. Celui de son père. Il répondit, concis, professionnel, sans la quitter des yeux. Son regard avait changé, s'était raffermi.

Line pivota sur ses talons et dévala l'escalier d'un pas de plus en plus rapide. Elle ouvrit brutalement la porte et courut prendre sa caméra.

Il ne s'agissait pas de cynisme, mais d'avoir un paravent derrière lequel se cacher, de trouver un rôle et une fonction permettant de prendre du recul.

Un bruit électronique lui indiqua que la caméra était prête. Elle braqua l'objectif sur l'immeuble, filma l'entrée et repéra les fenêtres de Maren au deuxième étage. Elle vit une ombre là-haut, sans pouvoir déterminer si c'était celle de son père ou de Hammer.

Son téléphone sonna. Elle n'aurait qu'à supprimer le son au montage, se dit-elle en maintenant sa caméra quelques instants de plus avant de sortir l'appareil.

C'était Adrian Stiller.

Elle baissa la caméra, répondit.

« C'est bon pour nous, déclara-t-il. Je vais parler avec votre père, mais ça devrait s'arranger. »

Line ne comprenait pas de quoi il parlait.

« Que la caméra suive l'enquête. J'ai vu ça avec ma direction, il faut simplement que j'en parle avec votre père. »

Line leva les yeux vers le deuxième étage.

« Vous ne lui avez pas parlé ?

— Pas encore.

— De Maren Dokken, je veux dire.

— Qu'est-ce qu'elle a ?

— Tom Kerr l'a enlevée. Dans une camionnette. »

Elle dut lui expliquer le peu qu'elle savait.

« Quand est-ce arrivé ?

— Hier soir. Je lui ai parlé peu avant 18 h 30. Elle sortait faire un tour. »

Stiller jura.

« Le journal, fit-il en marmonnant quelque chose.

— Comment ça ? Quel journal ?

— Je vais devoir vous laisser. Je vous rappelle. »

Stiller raccrocha sans lui laisser le temps de répondre.

53

C'était Stemstad qui l'appelait. La substitut du procureur de la veille était de nouveau de service. Elle s'appelait Guro. Pas Gro ni Gunn.

« Qu'est-ce que c'est que cette histoire ?! TV2 dit que vous avez lancé un avis de recherche. »

Son ton n'était pas très amène.

« C'est Maren. Maren Dokken. Il l'a enlevée, fit Wisting en poussant la sandale par terre du bout de sa chaussure.

— Qui est Maren ? »

Il dut le lui expliquer. Au fil des mots, son inquiétude évoluait en tourment.

« Voilà l'explication. C'est la raison pour laquelle Tom Kerr est venu agir ici. Il voulait prendre l'une des nôtres. »

Le silence se fit au bout du fil. Il calcula combien d'heures s'étaient écoulées, treize, presque quatorze.

« Rien ne nous permettait de le savoir, répondit la substitut du procureur. Nous avons fait ce que nous pouvions. »

Il n'entra pas dans la discussion sur ce qui aurait pu être fait ou non. Il fallait aller de l'avant.

« Publiez un avis de recherche, demanda-t-il. Dans tous les médias. »

Elle n'eut pas d'objections. Il raccrocha, appela Frank Kvastmo et l'informa en deux mots de ses craintes.

« Ses parents peuvent arriver d'un instant à l'autre », souligna Kvastmo.

Wisting se rendit à la fenêtre, baissa les yeux sur l'esplanade devant l'immeuble. Line filmait.

« Vous vous en occupez ? Il faut les prévenir avant que l'information ne soit rendue publique.

— Je les appelle tout de suite. »

Hammer était lui aussi au téléphone. Apparemment, il mettait en place la localisation du téléphone de Maren Dokken.

Son propre portable sonna encore. La commissaire divisionnaire. Elle avait dû être informée par la substitut du procureur.

« Quelle certitude avez-vous ?

— Nous savons que Maren Dokken a disparu, répondit-il. Tout le reste est incertain.

— De quoi avez-vous besoin en matière de personnel ? De ressources ?

— De tout ce qui est disponible. Nous devons lancer une opération massive, et nous ne disposons pas de beaucoup de temps. Il faut identifier tous les véhicules correspondant au signalement, regarder tous les franchissements de péages, tous les radars, toutes les caméras de surveillance. Ça va nécessiter beaucoup de monde, et en plus, une fois l'avis de recherche diffusé, nous allons être inondés de témoignages du public.

— Je vais faire en sorte que tout le reste soit mis de côté. Personne ne va travailler sur autre chose. »

Wisting entendit le signal d'un autre appel.

« Merci. Je lance tout ça.

— Un dernier détail, simplement, poursuivit la commissaire. Vous allez être obligé de vous tenir à l'écart des médias. L'Inspection générale enquête sur une possible négligence professionnelle dans le cadre de l'évasion de Kerr et évalue en ce moment si votre participation à l'enquête reste d'actualité. »

Il ressentit une pointe d'agacement. Cela ne le dérangeait nullement de ne pas avoir à parler aux journalistes, mais cette décision trahissait une certaine méfiance, elle envoyait le signal que les médias avaient raison d'insinuer qu'il était responsable des événements, coupable.

« Très bien. »

Il raccrocha et répondit à l'appel en attente. C'était Stiller.

« J'aurais dû être informé hier, dit-il.

— Vous êtes au courant ?

— Oui. Et j'ai peut-être quelque chose.

— Quoi donc ?

— Le journal de filature de Floyd Thue. Un Ford Transit Connect immatriculé en Pologne est arrivé chez lui hier soir, à 23 h 34. Le véhicule est resté arrêté quelque temps et puis la porte du garage s'est ouverte, il est entré, la porte s'est refermée, et il est reparti au bout de cinq minutes.

— Qui conduisait ?

— Difficile à voir. Un homme. J'attends que la Pologne me réponde sur l'identité du propriétaire.

— Il faut que nous entrions dans cette maison.

— C'est un peu maigre pour une perquisition, fit remarquer Stiller.

— Il faut absolument entrer », insita Wisting.

54

Hammer conduisait. Sur le siège passager, Wisting examinait les photos que lui avait envoyées Stiller. Il s'était figuré une observation de la maison de Floyd Thue depuis une voiture banalisée, mais la surveillance était électronique. Déguisés en techniciens, deux policiers avaient grimpé aux lampadaires les plus proches pour y installer des caméras. Zoom, plan panoramique, basculement vers le haut ou vers le bas, tout pouvait être commandé depuis un bureau de Kripos et tout était enregistré. De surcroît, chaque mouvement entraînait la prise d'une vue fixe de la scène.

Le positionnement des caméras offrait un bon panorama de l'avant de la maison, mais ne permettait pas de voir qui était à l'intérieur de la camionnette.

Sur la première photo, le véhicule entrait dans le grand garage souterrain. Zoomant à l'aide de deux doigts sur le petit écran, Wisting vit une paire de jambes, ce qui suggérait que Thue attendait à l'intérieur. Sur la deuxième, le conducteur était sorti. Seul le bas de son corps apparaissait, mais c'était manifestement un homme. Sur les trois suivantes, l'homme se dirigeait vers la portière latérale. Sur la dernière, enfin, le garage était refermé.

La photo disparut de l'écran, Wisting avait un appel du ministère public. Nouveau substitut du procureur, nouveau nom.

Il avait demandé l'autorisation de perquisitionner la maison quand ils s'étaient mis en route. On lui avait répondu que sa requête allait être examinée.

« Les conditions pour l'autorisation de perquisition ne sont pas réunies », lui fit-on savoir.

Il en était conscient. Un lien avec Kerr et le passage d'une camionnette à son adresse ne suffisaient pas pour interpeller Thue, mais il avait espéré que les juristes seraient prêts à faire quelques compromis avec la législation dans le contexte de l'enlèvement de Maren Dokken. Désormais, tout dépendait de lui et de Hammer.

Ils approchaient. Apercevant la voie sans issue, il guida son collègue jusqu'à la maison. Le portail était ouvert. Ils se garèrent au même endroit que lors de sa visite avec Stiller.

« Qu'est-ce qu'on fait ? demanda Hammer.

— On entre. »

Il sonna à la porte. Pas de réaction à l'intérieur. Il s'apprêtait à sonner encore quand il reçut un appel de Stiller.

« Il y a eu un mouvement à la fenêtre quand vous êtes arrivés. »

Wisting se tourna, regarda les lampadaires, sans parvenir à discerner les caméras.

« Vous êtes en train de nous observer ?

— Fenêtre 1-2. »

Il fit un pas en arrière. Cette désignation empruntée

aux militaires signifiait que la fenêtre se situait au premier étage et que c'était la deuxième en partant de la gauche. Les rideaux étaient fermés.

« Il n'est sorti de chez lui que pour relever le courrier et pour une livraison de nourriture. À moins qu'il se soit faufilé par-derrière, il est toujours à l'intérieur. »

Hammer appuya sur la sonnette. Le carillon retentit jusqu'au perron.

« Du nouveau sur la camionnette ? demanda Wisting.

— Enregistrée au nom d'une Polonaise de Varsovie. Ils essaient d'en savoir plus.

— Bien. Merci pour l'info. »

Il raccrocha et redescendit les marches du perron. Une plaque de compagnie de gardiennage privée avertissait que la maison était équipée d'une alarme et de caméras de surveillance. Il n'en voyait aucune, mais ne doutait pas de leur existence. Floyd Thue était probablement en train de regarder ses écrans dans son bureau.

« Faisons le tour. »

Une petite allée tournait derrière la maison. Le jardin luxuriant était bien entretenu, avec des massifs aux bordures bien nettes. Trois grandes marches menaient à une terrasse dallée d'ardoises, avec du mobilier d'extérieur en fonte.

Wisting approcha de la baie vitrée et trouva un jour entre les rideaux. C'était la pièce où ils s'étaient entretenus avec Thue. Elle était dans le noir. Tous les écrans étaient éteints.

Hammer siffla pour attirer son attention et lui fit signe de le rejoindre. Sur la gauche, le mur du sous-sol était percé de deux soupiraux, derrière des barreaux en acier.

« Ça ne fait pas longtemps que les barreaux ont été installés », commenta-t-il.

Wisting descendit de la terrasse, marcha vers le massif. Hammer avait raison. On avait gardé des tessons de vieux mortier et fixé les barreaux avant de refaire la maçonnerie. L'enduit avait l'air relativement récent, un an, peut-être.

Il écarta les branches d'un arbuste pour dégager le soupirail. Il ne voyait qu'une partie de la pièce, fortement éclairée par une lumière blanche. Aucun meuble. Des murs beiges, sans tableaux ni photos. Le sol était légèrement plus foncé. En face se dressait une porte grise, sans poignée, mais percée d'un judas. Comme celle d'une cellule de prison.

Hammer regarda par l'autre fenêtre.

« Merde, il y a quelqu'un dans la pièce... »

Wisting fit craquer une branche en approchant, Hammer lui laissa un peu de place. Un individu portant une espèce de pyjama d'hôpital était allongé sur une banquette rembourrée, les chevilles et les genoux sanglés. Même en collant la tête contre les barreaux, on ne pouvait pas voir le reste du corps. Était-ce un homme ? Une femme ? Quel âge avait cette personne ? Était-elle seulement vivante ?

Hammer gravit les marches de la terrasse, secoua la poignée de la porte-fenêtre. Il abattit sa paume contre la vitre, le verre vibra, mais personne ne se présenta à l'intérieur.

Wisting s'empara d'une chaise de jardin, la traîna en laissant des traces sur les dalles d'ardoise. Après un hochement de tête de Hammer, signe qu'il était d'accord, il la précipita, pieds en avant, dans la vitre. Il s'attendait au hurlement d'une alarme, mais le seul bruit fut celui du verre qui se brisait.

« Police ! » cria Hammer en entrant.

Wisting le suivit de près, partit dans la pièce suivante et continua vers le hall par lequel ils étaient entrés la semaine précédente. Un escalier menait au sous-sol.

« Police ! » cria encore Hammer.

Ils empruntèrent un couloir, trouvèrent la porte en acier.

« Verrouillée », déclara Wisting.

Il y eut un claquement lorsqu'il défit la fermeture du judas. Une forte odeur d'urine les assaillit.

La personne sur la banquette leva la tête.

« C'est lui ! s'exclama Wisting, avant de crier vers l'intérieur : Floyd Thue ! »

La tête retomba en arrière. Wisting commençait à deviner ce qui se passait.

« Tout va bien, Thue ?

— Oui, répondit une voix faiblarde.

— Vous savez où est la clef ? »

Pas de réponse.

Wisting se tourna vers Hammer.

« 1-2. »

Il se dirigea d'un pas rapide vers l'escalier. Au premier étage, il repéra la pièce où Stiller avait vu une ombre. Une femme recula lorsque la porte s'ouvrit.

« Nous sommes de la police, la tranquillisa-t-il. Qui êtes-vous ? »

Elle hésitait à répondre et il s'assura qu'elle était seule. La pièce n'était pas sans rappeler une chambre d'hôtel, il y avait un téléviseur, un petit salon. Il ouvrit la porte d'une salle de bains. Vide.

« Comment vous appelez-vous ?

— Regina. Regina Babinski. »

Svelte, elle avait dans les vingt-cinq ans, de longs cheveux noirs. Elle était vêtue d'un peignoir. Son nom figurait probablement dans un ou deux rapports de police sur les milieux de la prostitution.

« Polonaise ? Vous parlez le norvégien ? »

Elle hocha la tête, deux fois.

« Qu'est-ce qui se passe ici ? voulut savoir Hammer.

— C'est ce qu'il veut, répondit-elle. Pour vingt-quatre heures. Je surveille juste, toutes les quatre heures.

— Vous avez la clef ? »

Elle lança un regard vers un guéridon à côté de la porte. Hammer y prit la clef.

« Quand êtes-vous arrivée ? demanda Wisting.

— Hier soir, bredouilla la femme.

— Comment ? »

Elle n'eut pas l'air de comprendre.

« Qui vous a amenée ici ?

— Un ami. »

Elle leur expliqua qu'elle s'était fait conduire en camionnette et déposer dans le garage.

« Vous êtes déjà venue ? Pour la même chose ? »

Elle acquiesça.

« Il vous paie pour ça ? » l'interrogea Hammer.

Elle confirma, Hammer secoua la tête d'un air découragé.

« Ne bougez pas d'ici ! » ordonna-t-il en tendant l'index sur elle.

Ils redescendirent.

« Quel truc de malade ! » grommela Hammer.

Wisting relata la conversation qu'il avait eue avec Thue. La liberté optimale à laquelle on accédait en étant ligoté, quand on était privé de tout pouvoir décisionnel, quand on était délesté de toute responsabilité, quand on pouvait uniquement rester couché, totalement soumis aux autres.

Hammer poussa un grognement.

Lorsqu'il enfonça la clef dans la serrure et la tourna, Thue leva la tête. Hammer avança, Wisting resta à la porte.

« Laissez-moi tranquille », demanda Thue.

Hammer défit l'attache autour d'un poignet.

« Il faut qu'on parle, dit-il en libérant l'autre. Vous n'avez pas le choix.

— Il ne se passe rien d'illégal ici. Nous agissons de notre plein gré, elle comme moi. »

Hammer le libéra des autres sangles.

« Asseyez-vous ! » ordonna-t-il.

Thue s'exécuta, resta sur la banquette, les jambes pendantes. L'urine qui imprégnait l'étoffe fine de son pyjama commençait à sécher.

« Vous ne comprenez pas, fit-il en secouant la tête. C'est de la méditation. C'est pour atteindre le vide, une strate plus profonde de la conscience.

— Ça tombe bien. On cherche Tom Kerr. Vous êtes celui qui lui a le plus parlé ces derniers temps. Pouvez-vous imaginer où il est ? » Il posa le doigt sur le front de Thue. « Est-ce que c'est là-dedans, quelque part dans les profondeurs ? »

Thue se détourna.

« Vous allez le regretter, fit-il avec amertume.

— Plus vite vous répondrez, plus vite vous pourrez retourner là où vous étiez. »

Thue arrêta son regard sur Wisting.

« Je vous ai déjà dit ce que je savais sur Kerr. Ce n'est pas le genre de conversations que nous avions. Si sa ferme n'avait pas brûlé, j'aurais supposé qu'il était là-bas. Il envisageait de reconstruire, mais je n'en sais pas plus. Je pense qu'il profite simplement de sa liberté.

— Comment ça ?

— Dehors, en plein air.

— Où ?

— Au sommet d'une montagne ou dans une forêt obscure. Loin des gens. »

Wisting fit un pas dans sa direction.

« Vous en avez parlé ? »

Thue entreprit de se masser le poignet.

« Dans un sens. En prison, les conversations tournent souvent autour du désir d'être ailleurs. Dans la nature, par exemple.

— Une montagne ou une forêt en particulier ?

— Non.

— Ça ne nous aide pas, commenta Hammer.

— Désolé. » Il déglutit. « Je vous l'ai dit, je ne peux pas vous aider. »

Hammer posa sur la banquette la clef de cette cellule d'isolement à domicile.

« Il faut appeler un vitrier. La porte-fenêtre de la terrasse est cassée. »

Thue hocha la tête, sans protester. Wisting était déjà ressorti de la pièce. Ils avaient perdu assez de temps comme ça.

55

Un nom qu'il n'avait pas vu depuis des années s'afficha à l'écran du téléphone de Wisting : Holger Midthun. Le commissariat de Revetal, qu'il dirigeait, avait été supprimé lors de la restructuration, mais son numéro figurait toujours dans son répertoire.

Il se gara sur le bas-côté pour répondre. Le commissaire retraité se présenta. Le haut-parleur étant allumé, Wisting l'informa que Hammer écoutait aussi.

« Je serai bref, déclara Midthun. Vous devez avoir de quoi vous occuper en ce moment, mais j'ai une information qui pourrait être intéressante. Les gens d'ici continuent de m'appeler quand il se passe quelque chose.

— Dites-moi.

— Je viens de recevoir un coup de fil d'un homme qui a entendu que vous recherchiez une camionnette blanche. Son observation pourrait cadrer en termes d'horaires. »

Holger Midthun expliqua que, la veille, vers 22 h 30, une camionnette correspondant à la description donnée par la police était entrée dans un atelier de soudure désaffecté. Les portes avaient été refermées derrière elle. L'homme qui avait appelé Midthun habitait un peu plus loin sur cette route, mais il rentrait alors à pied d'un lac de pêche.

« L'atelier est isolé, mais les gens du coin ont tendance à garder un œil dessus, parce qu'il s'y est produit des choses et d'autres par le passé. Du maquillage et du désossage de voitures, notamment. Il y a deux ans, on y fabriquait de l'alcool de contrebande... Bref, une heure plus tard, mon interlocuteur était dans son salon et il a vu un autre véhicule sortir de l'espèce de cul-de-sac où se situe l'atelier, il pense qu'il en venait.

— Donc la camionnette y serait encore ?

— Je ne sais pas, mais j'ai l'intention d'aller voir. »

Wisting échangea un regard avec Hammer, qui lui répondit d'un signe de tête.

« On n'est pas très loin, on peut vous retrouver là-bas dans une demi-heure.

— Alors je vous attends. »

Midthun leur indiqua l'itinéraire et ils raccrochèrent. Vingt minutes plus tard, ils se garèrent devant l'atelier désaffecté. C'était un vilain bâtiment au toit plat, élevé contre une paroi rocheuse qui avait été partiellement dynamitée pour permettre la construction sur ce terrain. Les mauvaises herbes poussaient allègrement le long des murs et sur la place en terre battue.

Un quatre-quatre Subaru était garé de travers devant un hangar. L'ancien commissaire en sortit. Son ventre avait poussé et sa barbe s'était épaissie depuis leur dernière rencontre.

Wisting et Hammer lui serrèrent la main.

« Il y a du nouveau au sujet de la fille qui a disparu ? s'enquit-il.

— C'est une collègue, répondit Wisting avant de lui raconter ce qui s'était passé.

— Des pistes ? demanda Midthun, manifestement ébranlé.

— Non, rien. La localisation de son téléphone indique qu'il a été éteint hier soir, à peu près à l'heure de l'enlèvement et à l'endroit où il s'est produit. »

Hammer marcha vers l'atelier de soudure.

« Qui possède le bâtiment ?

— Une vieille connaissance. Peter Haugland. C'était un garage, mais il a cessé ses activités il y a bientôt cinq ans, juste avant mon départ en retraite. On l'a arrêté pour recel de voitures. Depuis, les locaux sont vides. Mais lui s'est fait reprendre il y a deux ans, avec quatre-vingt mille litres d'alcool de contrebande. Il est incarcéré actuellement. »

Ils avancèrent jusqu'au bâtiment gris. Les vitres des deux portails étaient occultées de l'intérieur.

« C'est fermé à clef, commenta Midthun. Aucune fenêtre ne permet de voir ce qu'il y a à l'intérieur.

— Est-il possible d'entrer ?

— Eh bien, quand c'était un atelier de soudure, à l'époque du propriétaire précédent, des gamins étaient entrés par la fenêtre de la cantine du personnel à l'arrière. Ils avaient fait un trou dans le châssis et ouvert la poignée avec un filin en acier. Je suis allé voir, le trou y est toujours. »

Ils le suivirent et, par cette fenêtre, qui n'était pas occultée, ils aperçurent une table avec six chaises retournées, une cafetière sur un plan de travail, un réfrigérateur dans un coin.

Le trou dans le châssis était d'un diamètre légèrement supérieur à celui d'un stylo bille. Sur le sol étaient tombés un peu de mastic et une cheville en bois. Le trou avait dû être rebouché à l'époque et Midthun avait fait sortir la cheville avant leur arrivée.

« J'ai apporté ça », annonça-t-il en tirant de sa poche un long filin à embout formant une boucle.

Hammer sourit de toutes ses dents.

« Il vaudrait peut-être mieux que je m'en occupe, suggéra Midthun, pour vous éviter des problèmes. »

Il introduisit le filin dans le trou, le fit descendre devant la fenêtre à soufflet qui s'ouvrait par le bas. Après deux ou trois tentatives infructueuses, il parvint à passer la boucle autour de la poignée, serra, tira. La fenêtre bascula.

« On y est presque », commenta-t-il.

Il passa le bras à l'intérieur et, à l'aide d'une barre de fer qu'il avait dû dénicher dehors, près de l'atelier, décrocha le loquet de sécurité et put ouvrir en grand.

« Après vous. »

Hammer grimpa le premier et leur fit passer une chaise sur laquelle monter. Wisting le rejoignit. Midthun était reparti chercher une lampe de poche dans sa voiture.

« L'électricité est coupée », expliqua-t-il à son retour.

La porte de la cantine ouvrait directement sur l'atelier, qui, à l'exception de quelques pneus empilés, était presque vide.

Midthun était visiblement déçu.

« Attendez un peu. » Hammer tendit l'index.

Au fond de l'atelier s'élevait une immense cabine de

peinture, avec des conduites de ventilation sur le toit et une double porte fermée par un cadenas.

Hammer trouva une barre de fer. Le cadenas résista quelque temps, mais finit par céder sous l'assaut des coups. Wisting saisit un vantail, sentit une puissante odeur de peinture. Il tira la porte. Midthun dirigea le faisceau lumineux vers l'intérieur. Une camionnette blanche.

Wisting prit une paire de gants jetables qui traînaient dans sa poche, les enfila et entra dans la cabine. Midthun le suivit avec sa torche. Les vitres du véhicule semblaient occultées de l'intérieur.

Il saisit la poignée de la portière. Elle n'était pas verrouillée. Il lui fallut quelques secondes pour comprendre ce qui s'était passé. L'habitacle était entièrement recouvert de peinture grise. Un pistolet à peinture était posé sur le siège, un raccord et quelques autres pièces détachées traînaient sur le plancher, près des pédales.

Wisting avait connu des affaires où les traces à l'intérieur d'un véhicule avaient été effacées avec un extincteur. Cela était plus sophistiqué. Le pistolet projetait une brume si fine que la peinture pénétrait partout et déposait une membrane empêchant presque totalement de relever des empreintes digitales ou des traces d'ADN.

« Il y a un compresseur et un groupe électrogène dans l'atelier », commenta Midthun derrière lui.

Ensuite, ne sachant pas ce qu'ils allaient trouver, ils ouvrirent doucement la porte latérale de la camionnette.

L'espace de chargement était vide, mais entièrement repeint, lui aussi.

Derrière eux, Hammer ouvrit la porte du garage, laissant entrer la lumière.

« Je pense que c'est le bon véhicule. Il faut appeler les techniciens. »

56

Rien au bord de la route ne trahissait l'endroit où s'était produite l'agression de Maren.

Line baissa sa caméra quelques centimètres au-dessus de la ligne blanche au passage d'une voiture. Son corps était tendu jusqu'au dernier muscle. Le seul exutoire à son inquiétude, à son agitation, était de se maintenir occupée, de faire des choses concrètes.

Elle se remit au volant, posa la caméra sur le siège passager. Une notification de SMS tinta sur son téléphone. Sofie confirmait qu'elle pouvait aller chercher les filles au jardin d'enfants et garder Amalie chez elle ensuite.

Line la remercia d'un cœur et fit demi-tour. L'adresse était déjà inscrite dans le GPS, elle avait l'intention de s'y rendre depuis longtemps. Elle voulait voir l'endroit où Tom Kerr avait tenu ses victimes prisonnières. Sa ferme.

C'était relativement loin, il fallait aller à Oslo puis traverser la ville jusqu'aux forêts de l'Østmarka, mais elle serait de retour bien avant l'heure du coucher d'Amalie.

En roulant, elle entendit deux bulletins d'actualités

à la radio. Le premier annonça que la police invitait le conducteur d'une camionnette blanche et sa passagère à prendre contact. Le second qu'une femme de vingt-sept ans était portée disparue et que cette disparition était mise en relation avec le témoignage de quelqu'un qui avait vu une femme être emmenée dans une camionnette le soir précédent.

Elle rata la sortie à deux reprises. C'était un chemin de terre divisé par une bande d'herbe au milieu et bordé de fourrés denses. Au bout de quelques centaines de mètres, il bifurquait. Le chemin de droite était barré par un câble en acier tendu entre deux arbres, auquel était accrochée une pancarte *Propriété privée*.

Line sortit filmer la pancarte et le chemin entre les arbres.

Le câble était retenu par un simple mousqueton. Elle le décrocha, le posa par terre, fit quelques mètres en voiture et ressortit pour le raccrocher.

Ce chemin-ci n'était guère que deux ornières, avec de l'herbe encore plus haute au milieu, couchée par endroits, comme si une voiture était passée récemment.

Avant de partir de chez elle, Line avait envisagé la possibilité que Tom Kerr soit retourné à la ferme, mais elle avait écarté cette idée. Il n'y avait nulle part où retourner. Il était plus probable que quelqu'un soit venu dans un but similaire au sien. Un journaliste souhaitant raconter l'histoire du criminel, ou simplement un curieux. Ellc n'en verrouilla pas moins ses portières.

Elle franchit la barrière canadienne qui avait été enlevée le jour de l'incendie, gênant le passage des pompiers, s'arrêta, ressortit filmer, remonta en voiture.

Deux cents mètres plus loin, la forêt s'ouvrit sur une clairière. Line s'était figuré que l'exploitation avait entièrement brûlé, mais il restait encore deux petits bâtiments. Une annexe rouge, située derrière l'emplacement de la maison incendiée, et un abri à l'orée du bois.

Le site désertique était surmonté de lourds nuages ronds d'un bleu-gris profond qui rendraient bien à l'image.

Elle saisit la poignée de sa portière, le verrouillage se désactiva. Elle prit sa caméra et resta dehors à observer les lieux. L'espace entre les décombres avait jadis été de la terre compactée et gravillonnée, mais il était gagné par la végétation. On voyait des traces dans les flaques de pluie. Un véhicule était bel et bien passé.

Une cheminée en brique brute était le seul vestige entier de la maison. Des poutres calcinées et des tuiles brisées jonchaient le périmètre des fondations. Les orties et autres mauvaises herbes s'étaient répandues. Des arbres enracinés dans les ruines mesuraient déjà un mètre de haut. Un arbuste à fleurs blanches devenu disproportionné s'enroulait autour de restes de charpente.

La grange était tout aussi dégradée. Elle abritait encore un tracteur rouillé et calciné. Les pneus en caoutchouc étaient consumés jusqu'à la corde. Line approcha au-dessus d'un sous-sol qui se déployait sous une partie de la grange. Elle regarda en bas. Deux oiseaux noirs s'envolèrent.

Des plantes poussaient dans la cendre. Un buisson

aux feuilles larges grimpait contre le mur. Voyant une ouverture, anciennement une porte, elle descendit par l'arrière. Elle dut traverser un roncier en marchant les bras levés pour éviter de s'écorcher.

La pièce en sous-sol débouchait sur une autre pièce, plus petite, au milieu de laquelle trônait une baignoire qui n'était reliée à aucune conduite d'eau. C'était un modèle d'autrefois, de ceux qui servaient souvent d'abreuvoirs pour les vaches ou les chevaux. L'émail était écaillé à plusieurs endroits et la baignoire était remplie de feuilles mortes.

Un établi en acier noirci était plaqué contre le mur, des chaînes pendaient à des crochets. Une chaise avec des pieds en métal était renversée dans un coin, il n'y avait ni assise ni dossier.

Line recula. Un tremblement involontaire la parcourut lorsqu'elle comprit qu'il s'agissait peut-être de la pièce dans laquelle Kerr avait découpé et baigné ses victimes dans le chlore avant de les ensevelir dans la forêt. Elle resta pétrifiée quelques instants, puis leva sa caméra et filma, sous plusieurs angles, avant de remonter pour saisir la scène par le trou dans le plancher.

Il lui fallait aussi quelques vues d'ensemble. Elle conduisit sa voiture hors du champ et se gara sur le chemin, prête à repartir.

Voir l'endroit lui faisait quelque chose, lui donnait un sentiment d'intimité et de proximité qu'elle espérait être capable de transmettre.

Elle corrigea l'ouverture manuellement pour augmenter la profondeur de champ. Les nuages obscurs et la forêt de résineux en arrière-plan renforçaient l'impression sinistre de cet endroit abandonné.

Une trace passait dans les hautes herbes à droite de la grange et menait à l'abri en lisière de forêt. On la voyait mieux de loin. Elle doutait que ce soit une foulée frayée par des animaux, elle était bien nette, le fruit de plusieurs allées et venues.

Line zooma sur l'abri. Le bois était gris, usé par les éléments. Le côté qu'elle voyait était percé d'une fenêtre à petits carreaux et d'une porte, qui semblait fermée par une targette.

Une rafale agita les branches, siffla dans les arbres. Line frissonna. Elle était habillée légèrement, en jean et pull. Elle avait une veste dans sa voiture, mais l'y laissa, préférant suivre la trace jusqu'à l'abri, trente mètres plus loin.

L'un des carreaux de la fenêtre était cassé. Elle regarda à l'intérieur, mais on ne voyait pas grand-chose dans le noir. D'un geste résolu, elle défit la targette. Les gonds gémirent lorsqu'elle ouvrit la porte.

L'abri était plein de ruches empilées et de matériel d'apiculture. Le plancher gémit sous ses pas, la poussière s'éleva en tourbillons. L'air était sec, ça sentait le renfermé.

Elle chercha du regard des signes de passage, mais ne vit rien et se tourna pour ressortir.

Tout à côté de la porte était appuyée une pelle, il y avait un peu d'humus sur le sol. Elle la porta à la lumière. De la terre humide y collait encore, elle avait dû servir récemment.

Line sentit sa poitrine se contracter. La trace d'herbe couchée qu'elle avait empruntée longeait l'abri et continuait vers la forêt. La forêt où avaient été ensevelis les corps de Thea Polden et de Salwa Haddad.

57

La secrétaire de la commissaire avait appelé Wisting pour le convoquer avec Hammer. Cela n'augurait rien de bon. Quand le message transitait par le secrétariat, c'était toujours mauvais. Ça lui était arrivé une ou deux fois par le passé. Notamment quand on lui avait annoncé sa suspension, lors de l'enquête de Terje Nordbø.

Ils quittèrent l'atelier de soudure dès l'arrivée des techniciens d'identification criminelle. Hammer s'était renseigné et avait découvert que la camionnette blanche était immatriculée au nom d'une entreprise de maçonnerie d'Asker.

« Les plaques ont été déclarées perdues, dit-il sans lever le nez de son téléphone.

— Volées et montées sur un véhicule similaire, commenta Wisting.

— Oui. C'est le même schéma que pour les enlèvements de Thea Polden et de Salwa Haddad. »

Wisting tourna vers le centre-ville dc Tønsberg et ils arrivèrent au commissariat central. Des journalistes se tenaient devant l'entrée principale. Hammer lâcha un juron.

« On n'a pas le temps. »

Wisting ne dit rien, mais il était d'accord avec lui. La camionnette pouvait être la percée qu'ils avaient attendue, il leur fallait maintenant mettre en branle tout un ensemble de mécanismes pour faire avancer le dossier, ils n'avaient pas une minute à perdre.

Aucune des places réservées devant le commissariat n'étant libre, ils durent se garer un pâté de maisons plus loin. Deux photographes immortalisèrent leur arrivée.

Tout de suite à l'entrée, des portes ouvraient sur une salle de conférences où l'on avait dépensé beaucoup d'argent pour l'accueil de la presse : lignes de fibre optique pour la retransmission d'images télévisées, éclairage soigné, mur d'arrière-plan orné du logo de la police… Des pichets d'eau et des verres étaient à disposition.

Wisting et Hammer passèrent leur chemin, montèrent en ascenseur au dernier étage.

La secrétaire se leva, les précéda vers le bureau.

« Kiil vous attend. »

Elle tapa à la porte, l'ouvrit, les fit entrer.

Ils s'installèrent. La commissaire montra son écran.

« Vous avez trouvé la camionnette…

— Très probablement, oui, répondit Wisting. C'est de là que nous arrivons.

— D'accord. Bon, nous allons être obligés de procéder à quelques changements dans l'organisation du travail. Ce n'est pas souhaitable qu'une enquête soit menée de plusieurs fronts. »

Wisting hocha la tête. Un total de cinq unités d'enquête étaient actuellement impliquées dans des affaires qui se télescopaient. À quoi s'ajoutait l'unité des *cold cases* d'Adrian Stiller, qui était toujours de la partie.

« Le plus important est Maren Dokken », souligna Hammer.

La commissaire acquiesça sans commenter.

« J'ai discuté de l'affaire avec mes confrères commissaires et avec les substituts du procureur des secteurs concernés. Il y a consensus sur la nécessité d'une autre coordination, plus efficace. C'est pourquoi nous avons décidé de créer un unique groupe d'enquête transversal pour tous les districts policiers concernés. Il aurait été naturel que vous le dirigiez, dit-elle en plongeant son regard dans celui de Wisting, mais ce n'est pas souhaitable dans la mesure où vous faites l'objet d'une enquête de l'Inspection générale.

— C'est une formalité, protesta Hammer.

— Malheureusement, il y a aussi une nouvelle affaire. Maître Henden, qui représente Floyd Thue, a déposé une plainte pour violation de domicile et attitude inappropriée.

— L'opération était parfaitement justifiée », protesta Hammer avant de se lancer dans une explication.

La commissaire l'interrompit.

« Il a envoyé des images de ses caméras de surveillance. C'est bien possible que vous ayez agi de bonne foi, mais vous conviendrez que briser une fenêtre pour entrer chez quelqu'un dénote une certaine précipitation. Quoi qu'il en soit, la plainte a été transmise à l'Inspection générale, à qui il appartiendra d'évaluer la matérialité des faits. »

Hammer poussa un gémissement. Wisting s'avança sur son siège.

« Qui va diriger ce nouveau groupe ?

— Idar Semmelmann.

— Semmelmann ? s'étonna Hammer. Ça fait cinq ans qu'il cherche l'Autre sans résultats. Tout ce qu'il en a retiré, c'est des bases de données et des relevés de communications.

— C'est lui qui connaît le mieux le dossier, affirma la commissaire. Il est sur l'affaire depuis le début.

— Il est au courant ? demanda Wisting.

— Oui. Je l'ai prévenu que je vous en informerais. » Elle bougea quelques documents sur son bureau avant de consulter sa montre. « Le ministère public sera représenté par Guro Stemstad, de chez nous. Je vais tenir une conférence de presse sur cette réorganisation dans une demi-heure, et nous informerons aussi les journalistes que la femme disparue est Maren Dokken, une policière.

— Et nous, qu'est-ce qu'on fait maintenant ? s'enquit Hammer. Où est notre place dans la réorganisation ?

— Vous êtes libérés.

— Comment ça ? On est retirés de l'affaire ? »

Agnes Kiil posa une main sur l'autre.

« Un problème de conflit d'intérêts s'est fait jour. En plus de faire tous deux l'objet d'une enquête de l'Inspection générale, vous avez une implication émotionnelle. Votre façon de procéder chez Floyd Thue le prouve. Il est particulièrement important que les règles de procédure pénale soient suivies quand il s'agit de l'un des nôtres. »

Hammer se leva.

« Vous ne voulez pas dire que nous devons rester les bras croisés quand l'une de nos collègues s'est fait enlever, tout de même ?

— Vous êtes libérés, répéta-t-elle. Vous avez fait beaucoup d'heures supplémentaires ces derniers jours. N'hésitez pas à les récupérer, à compter d'aujourd'hui. »

Wisting se leva aussi. Une tempête de pensées et de sentiments faisait rage en lui et il dut se dominer pour ne pas le montrer.

« Ce sera tout ? » demanda-t-il.

La commissaire acquiesça d'un bref signe de tête.

58

D'autres journalistes étaient arrivés devant le commissariat et attendaient qu'on les fasse entrer, bavardant en petits groupes. Un homme dont la veste portait le logo de TV2 braqua sa caméra sur eux. Un reporter proche de l'entrée demanda à Wisting s'il y avait du nouveau.

« Conférence de presse à 16 heures », répondit celui-ci en se concentrant sur son téléphone.

Il avait sonné à deux reprises pendant qu'ils étaient dans le bureau de la commissaire. Line les deux fois. Il la rappela dès qu'ils furent hors de portée des journalistes.

« Je suis à Lerketvedt, expliqua-t-elle. La ferme de Tom Kerr, dans l'Østmarka. »

L'inquiétude le gagna.

« Qu'est-ce que tu fais là-bas ?

— Je filme. Enfin, c'est plutôt de la reconnaissance, un travail de documentation. »

Ils étaient arrivés à la voiture.

« D'autres personnes sont venues ici, récemment, poursuivit-elle.

— Ah bon ? fit-il en se mettant au volant.

— C’est un peu… suspect. Quelqu’un a creusé.

— Creusé ?

— La pelle est dans l’abri. Il y a de la terre dessus. J’ai suivi une espèce de foulée dans l’herbe et j’ai remarqué un endroit plus loin dans la forêt. C’est recouvert de branches, mais quelqu’un y a enterré quelque chose.

— Tu es sûre ?

— Je peux t’envoyer une photo.

— Oui, s’il te plaît. »

Il démarra.

« Comme tu ne répondais pas, j’ai appelé Stiller. » L’appel bascula sur le kit mains libres. « Il est en route. »

Il fut pris dans une avalanche de pensées. Il était retiré de l’affaire, mais cela dépassait le cadre de l’enquête. Il s’agissait de sa fille. Personne ne pouvait lui refuser de l’aider.

« Hammer et moi venons aussi », annonça-t-il en passant la seconde.

59

Le moteur échauffé cliquetait, l'air vibrait au-dessus du capot.

Wisting descendit de voiture et rejoignit Line et Stiller, qui attendaient à côté de la grange brûlée.

« Êtes-vous censés être ici ? »

Manifestement, Stiller était au courant de la réorganisation de l'enquête.

« On est en récupération du temps de travail, répondit Hammer.

— Moi, ça me va. Kiil n'est pas ma commissaire.

— Vous avez parlé avec Semmelmann ? voulut savoir Wisting.

— J'ai essayé de l'appeler. Il ne répond pas.

— La conférence de presse n'est sans doute pas tout à fait terminée », suggéra Hammer.

Stiller ouvrit son coffre, tendit une pelle à Hammer et se chargea de l'autre.

« Il nous aurait fallu un technicien ou quelqu'un pour documenter ce que nous faisons, souligna Wisting.

— Line peut s'en occuper, rétorqua Stiller. Elle a déjà travaillé pour nous. »

Il avait dans sa voiture des bâches, des gants, des combinaisons blanches, ils les prirent et emboîtèrent le pas à Line.

Wisting marchait en queue de file. Jadis un pâturage, le pré tombait en friche et la forêt gagnait peu à peu du terrain. La foulée dans l'herbe haute était bien dessinée, comme l'avait dit Line, et il ne savait pas combien de passages elle avait faits, mais un sentier était en train de se creuser aussi entre les arbres.

Elle les guida vers un terrain marécageux, environ deux cents mètres plus loin. Sur les trente derniers mètres, ils longèrent un ruisseau jusqu'à une partie agitée de remous.

La fosse était plus visible que sur la photo. Trois des branches qui l'avaient recouverte étaient écartées. La personne qui avait creusé avait pelleté dans un sens, puis dans l'autre, en damier, avant de reboucher le trou, jetant sans doute la terre excédentaire dans le ruisseau. D'ici quelques semaines, tout cela se verrait à peine.

« C'est ici qu'on a retrouvé les autres ? demanda Hammer.

— Non, c'était plus loin, répondit Stiller, mais sinon, tout était pareil. De la terre meuble sans racines ni autres obstacles, recouverte de branches. »

Line filmait. Hammer et Stiller enfilèrent leurs gants et combinaisons. Ils travaillèrent sans parler, mirent les branches en tas, puis entreprirent de creuser. D'abord les plaques de tourbe, puis la terre.

À cinquante centimètres de profondeur, quelque chose surgit. Stiller ordonna d'arrêter. Hammer s'épongea le front. Line approcha avec sa caméra.

« Sac en plastique noir », constata Stiller.

Il prit une bâche blanche que Wisting avait transportée et la déplia à côté du trou. C'était une épaisse toile plastifiée d'un mètre sur deux.

De la terre s'effondra des bords lorsqu'il souleva le sac et le posa au centre de la bâche. Wisting eut le temps d'apercevoir encore du plastique dans le trou. Il regarda Line, puis l'objectif, en se disant qu'il aurait voulu qu'elle ne soit pas là. Ils savaient tous ce qu'ils allaient trouver et il aurait préféré qu'elle n'y assiste pas.

Le sac était refermé d'un nœud simple, rempli au quart à peine.

« Il nous faut un couteau », dit Hammer.

Personne n'avait de quoi couper le sac. Stiller pratiqua une entaille avec sa clef de voiture et élargit l'ouverture avec les doigts.

Hammer lâcha un juron. Wisting approcha. Une jambe et un pied.

60

« Bon, conclut Adrian Stiller. Il faut que nous passions la main aux techniciens d'identification criminelle.

— Vous devez aussi prévenir Semmelmann », rappela Hammer.

Line tenait sa caméra d'une main ferme. Elle attendit qu'un lombric grisâtre qui se tortillait sur la bâche sorte du champ et zooma sur l'entaille du sac noir, dont dépassaient des orteils blancs.

Stiller s'éloigna pour parler au téléphone. Elle décala légèrement la tête afin de regarder la scène sans laisser l'objectif filtrer ses impressions.

Elle vit une partie de la jambe à la peau enflammée, couverte de cloques, et le pied, qui la frappa par sa taille. Il était long et large.

« C'est un homme ? » s'étonna-t-elle.

Son père hocha la tête. Elle se déplaça pour changer d'angle. Un relent de chlore dilata ses narines.

« Il n'est pas là depuis longtemps, jugeait Hammer. Pas plus de vingt-quatre heures. Ce n'est pas de la putréfaction, mais des lésions causées par l'acide.

— Qui est-ce ? » s'enquit Line.

Son père ouvrit la bouche pour répondre, mais se retint, comme s'il refusait de partager ses pensées avec elle ou devant la caméra.

« Il n'y a que deux options possibles, affirma Hammer. C'est Tom Kerr ou c'est l'Autre. »

Elle baissa sa caméra, essayant d'imaginer ce qui s'était passé, comment cela s'inscrivait dans le tableau général.

« L'un aurait tué l'autre ?

— Oui, du moins c'est ce qui me paraît le plus plausible. »

Stiller avait raccroché.

« Les techniciens vont arriver d'ici à une heure. Il y a probablement aussi une tête dans ce trou. Des mains avec des empreintes digitales. Nous devrions savoir qui c'est dans le courant de la soirée. »

Line vérifia la capacité de sa batterie. Un peu plus d'une heure. Elle en avait aussi une autre dans la voiture, entièrement rechargée.

Le raisonnement ne lui apparaissait toujours pas très clairement. Tom Kerr avait-il tué son complice, qui l'avait aidé à s'évader, ou était-ce son complice qui l'avait tué lui ?

« C'est Tom Kerr, commenta son père. C'est la seule option qui ait du sens. »

Line dirigea la caméra sur lui.

« Comment ça ? » demanda-t-elle.

Il s'en tint à ce commentaire. Elle essaya d'arriver à la même conclusion. Tom Kerr était la seule personne en mesure de démasquer l'Autre. Il avait signalé qu'il voulait avouer, mettre cartes sur table dans l'espoir de commuer sa peine. Du bluff, probablement, pour se créer une occasion de s'évader. Et maintenant, il était en liberté, mais son identité était connue, très probablement la police finirait par le rattraper. Persisterait-il alors à taire l'identité de l'Autre ou parlerait-il afin de s'en tirer à meilleur compte ? Tant que Kerr était en vie, l'Autre courait un risque.

Elle ne parvint pas tout à fait à structurer son raisonnement, mais ce qui comptait à cet instant précis était que le corps qu'ils venaient de découvrir n'était pas celui de Maren Dokken.

Wisting avança jusqu'au bord de la fosse. Il s'accroupit, appuya ses coudes sur ses genoux, joignit les mains devant lui, et s'attarda quelques instants avant de tourner la tête vers les autres policiers.

« Quelle peut être la profondeur ?

— Pourquoi ? demanda Stiller.

— Je me demande combien de sacs il y a, répondit son père en se levant. S'il y a un ou deux corps. »

61

Le téléphone de Wisting avait commencé à sonner pendant que Hammer et Stiller creusaient. Il avait coupé le son, mais l'appareil n'avait cessé de vibrer dans sa poche. Treize appels en absence. Des journalistes : leurs numéros ne figuraient pas dans son répertoire. On ne lui avait laissé qu'un seul message. Il l'écouta. Terje Nordbø, de l'Inspection générale, lui demandait en quelques mots de prendre contact avec lui.

Il s'appuya contre le capot de sa voiture, lança un regard vers le sentier envahi d'herbe et consulta les journaux en ligne. *VG* faisait sa une sur Maren Dokken. *Disparue sans laisser de traces*, indiquait le titre, au-dessus d'une photo d'elle en uniforme. L'article était par ailleurs illustré d'une photo d'Idar Semmelmann, prise à la conférence de presse. Il était désigné comme directeur de l'équipe commune d'enquête et supervisait désormais la traque de Tom Kerr, qui en trois jours n'avait porté quasiment aucun fruit.

Semmelmann déclarait que la police savait désormais que la grenade utilisée lors de l'évasion de Kerr provenait du cambriolage d'un hangar militaire ; un homme de trente-deux ans nommé Tallak Gleich était recherché. La photo d'illustration était celle des fichiers de la police qu'on leur avait montrée avant leur intervention chez Gleich. Un homme chauve avec un bouc, facilement reconnaissable.

Plus bas dans ce même papier, Wisting trouva son propre nom et sa photo, ainsi que l'explication des nombreux appels. Il put lire qu'il était retiré de l'affaire et faisait l'objet d'une enquête de l'Inspection générale pour une possible faute professionnelle qui aurait permis l'évasion de Kerr. L'article précisait comme de juste qu'il n'avait pas répondu aux sollicitations du journal. Guro Stemstad, la substitut du procureur, réfutait toute suspension.

Il rangea son téléphone, repensa à l'évasion. Il avait largement ruminé sur ce qu'il aurait dû faire, dire, ou envisager autrement. Cela n'avait abouti qu'à de l'autoflagellation. D'ordinaire, il résistait bien à la spirale des pensées négatives, mais cette fois, il sentait qu'il se laissait affecter par la situation.

Entendant des véhicules, il se redressa, s'écarta de son capot. Une voiture de police arriva, suivie du grand fourgon des techniciens d'identification criminelle de Kripos.

Stiller les accueillit, les présenta à Line. Wisting et Hammer s'en tinrent à un signe de tête.

Les techniciens sortirent leur matériel, le transportèrent dans la forêt, montèrent leur tente. Le soir tombait lorsqu'ils furent prêts à poursuivre l'excavation. La lumière crue des projecteurs éclairait la fosse. Les conversations se noyèrent dans le grondement du groupe électrogène.

Il y eut quelques étincelles, plusieurs flashes. Le

sac noir que Stiller et Hammer avaient remonté fut déposé dans une boîte en carton, avec une étiquette d'identification. Puis, les techniciens remontèrent le sac suivant, le photographièrent. L'un d'eux pratiqua une entaille avec un cutter. C'était un bras.

Ils continuèrent soigneusement leur travail. Tout était dûment photographié. À quoi s'ajoutait la documentation filmée de Line.

Le troisième sac était plus lourd que les précédents. Sa forme suggérait un torse, sans bras ni tête.

Un technicien l'entailla et l'hypothèse se confirma.

Des hommes munis d'une torche approchaient sur le sentier. Semmelmann et deux enquêteurs que Wisting n'avait jamais rencontrés. Les techniciens firent une pause pendant que Stiller informait les nouveaux arrivants de la situation. Ensuite, Semmelmann se tourna vers Wisting.

« Je suis désolé de cette situation, dit-il, faisant allusion au fait qu'on lui avait attribué la direction de l'enquête. J'ai toute confiance en vous, cette décision a été prise sans me consulter. » Il observa Hammer, puis de nouveau Wisting. « Mais vous êtes retirés de l'affaire, leur rappela-t-il. Vous ne devriez pas être ici.

— Nous restons jusqu'à ce que nous sachions ce qu'il y a dans ce trou. »

Semmelmann parut sur le point de protester, mais se retint.

« Qu'est-ce que vous avez pour l'instant ? demanda-t-il en se dirigeant vers les trois boîtes.

— Une jambe, un bras et un torse », répondit Stiller.

Semmelmann souleva l'un des couvercles et écarta

l'ouverture d'un sac avec un stylo pour voir de ses propres yeux.

« Ça va partir au labo pour examen et analyse », prévint un technicien.

Semmelmann ne sembla pas percevoir le léger rappel à l'ordre.

« Vous ne pouvez pas scanner les doigts ici ? Chercher dans le fichier des empreintes digitales et avoir la réponse tout de suite ?

— On va d'abord remonter tous les sacs, répondit le technicien qui avait le plus d'ancienneté.

— Je vois. »

Semmelmann remit le couvercle sur la boîte et fit signe aux techniciens de reprendre leur travail. L'un d'eux descendit dans la fosse, hissa un autre sac. À en juger par la forme, c'était la tête.

« Il reste un seul sac », annonça-t-il.

Wisting se détendit. Un seul corps.

Le sac en plastique fut photographié sous plusieurs angles avant d'être ouvert. Wisting ne voyait que des cheveux. De longs cheveux noirs. Le technicien élargit l'entaille du sac, bascula la tête pour faire apparaître le visage. Il était couvert de cloques et abîmé par des liquides corrosifs. Les paupières étaient baissées, la bouche, tordue, béante. Mais c'était lui. Tom Kerr était mort.

62

Wisting roula lentement jusque chez lui, se gara. Il resta ensuite dans sa voiture, les mains sur le volant. La façade baignait dans la lumière des phares. Une petite couche de lasure ne lui aurait pas fait de mal. Il ne savait même plus à quand remontait la dernière fois qu'il avait pris ses pinceaux.

L'idée passa. Il coupa le contact, les ténèbres se firent autour de lui.

Ça ne s'était jamais produit. Jamais il n'était parti en laissant une mission inachevée. Il avait vécu le classement de certaines affaires où l'on n'avançait plus du tout, mais il n'avait jamais quitté une enquête active. Malgré la résignation, il se sentait agité, fébrile.

Il sortit dans la fraîcheur du soir, lança un regard vers la maison de Line avant d'entrer dans la sienne et d'allumer l'éclairage extérieur.

Le silence et l'obscurité imposaient leur présence et le vide renforçait le sentiment d'impuissance qui le rongeait comme une sensation de faim.

Dans la cuisine, il ouvrit le réfrigérateur, y dénicha de la charcuterie et une demi-boîte de salade de pommes de terre. Après avoir chipoté dans son assiette, il la repoussa et sortit son ordinateur professionnel.

La nouvelle de la découverte du corps de Tom Kerr était parvenue aux médias.

Il parcourut d'un œil distrait un article illustré d'une photo de Semmelmann prise au flash. À peine quelques heures après avoir pris les rênes de l'enquête, il avait déjà des résultats à présenter.

C'était une bonne décision de révéler la mort de Tom Kerr. Taire l'information ne se justifiait nullement dans le contexte de peur qu'avait suscité son évasion.

Ouvrant le logiciel de la police, Wisting constata qu'il n'avait plus accès à l'affaire Kerr, le dossier était barré d'un panneau d'interdiction rouge. Il plaça son curseur dessus, une boîte de dialogue apparut : si l'on avait besoin d'accéder au dossier dans le cadre de ses fonctions, il fallait s'adresser à Guro Stemstad ou à Idar Semmelmann, qui avaient les droits d'administrateur.

Même chose pour le dossier de la disparition de Maren Dokken.

De par son poste et ses fonctions, il avait des droits d'usager étendus. D'ordinaire, il avait accès à tous les dossiers, y compris ceux dans lesquels il n'était pas impliqué, et ceux au contenu sensible, qui étaient protégés pour éviter les divulgations d'informations. À présent, il était totalement coupé de tout.

Il nota toutefois que la messagerie directe qui leur permettait de s'envoyer des messages courts sans passer par l'e-mail clignotait. Tim Skage, l'enquêteur du district Oslo Ouest, lui envoyait un nom, Helene Norum, et un lien vers son audition filmée.

Il cliqua sur le lien. Dans une pièce stérile, deux femmes étaient assises de part et d'autre d'une table. Celle de droite, habillée d'une façon formelle, avait un dossier devant elle. Celle de gauche, au visage rond légèrement interrogateur et aux cheveux d'un noir brillant, était Helene Norum, la mère de la troisième victime, celle qu'on n'avait jamais retrouvée.

L'entrevue avait été brève, seulement vingt-quatre minutes.

Wisting appuya sur lecture.

La policière s'acquittait tout d'abord de quelques formalités. Elle mentionnait l'heure et le lieu, expliquait qu'il s'agissait d'une audition de témoin dans le cadre d'investigations concernant la mort de Chris Paust Backe, sans préciser que c'était très probablement lui qui avait fourni la grenade au complice de l'évasion de Tom Kerr et que les enquêteurs traitaient sa mort comme un meurtre. Ensuite, l'interrogatoire commençait.

« D'où connaissez-vous Chris Paust Backe ? »

C'était une approche offensive, suggérant d'emblée que la police avait fermement établi qu'ils se connaissaient, ce qui rendait difficile pour la personne interrogée de nier l'existence de tout lien entre eux.

Pourtant, Helene Norum secouait la tête.

« Je ne sais pas qui c'est. »

L'enquêtrice acquiesçait en tournant les pages de son calepin, comme si elle passait en revue un plan alternatif.

« Qu'avez-vous comme téléphone ? demandait-elle.

— Un iPhone. »

La policière lisait le numéro et Helene Norum confirmait que c'était bien le sien.

« Y a-t-il d'autres personnes qui l'utilisent ?
— Non.
— Des gens qui pourraient y avoir accès ?
— Comment ça ? Globalement, je l'ai toujours sur moi. Je vis seule.
— Le mardi 25 août à 21 h 53, Chris Paust Backe vous a téléphoné. De quoi avez-vous parlé ? »
Helene Norum secouait la tête.
« Ça devait être une erreur. Je suis sur liste rouge, quelqu'un avait dû se tromper de numéro. Je ne connais personne de ce nom.
— Ça vous arrive souvent ? Que des gens se trompent de numéro ?
— C'est arrivé, oui. »
L'enquêtrice lui faisait passer une feuille, désignait quelque chose dessus.
« Ça a duré près d'une minute. C'est long pour une erreur… »
Helene Norum examinait le relevé de communications sans rien dire. Dans une perplexité non feinte, elle semblait chercher une explication ou une réponse qui n'existait pas.
« Vous vous souvenez de qui avait téléphoné ?
— Non… » Elle prenait son téléphone, secouait ensuite la tête. « La liste des appels ne remonte pas jusque-là. »
L'enquêtrice répétait la date de l'appel.
« Vous vous rappelez l'endroit où vous étiez ce soir-là ? »
Helene Norum consultait son calendrier, mais n'y voyait aucune inscription.
L'interrogatoire changeait de direction.
« Êtes-vous en contact avec votre ex-mari ?

— Ça fait vingt ans qu'on a divorcé…
— Vous avez toujours le même nom de famille.
— C'est le mien. Il l'a pris quand on s'est mariés, il voulait essayer de repartir de zéro. À l'époque, je ne le savais pas, mais son nom était entaché.
— C'est-à-dire ?
— Vous avez dû voir son dossier, non ? Il a fait de la prison. Avant qu'on se rencontre, il a été accusé de plusieurs agressions là d'où il venait. Je n'étais pas du tout au courant. Ensuite, il a été condamné pour la même chose. Après notre divorce. On a été mariés pendant seulement trois ans.
— Vous avez eu des contacts quand Taran a disparu ?
— Oui. On était bien obligés. On l'avait eue ensemble. Ni lui ni moi n'avons d'autres enfants. Ça a été un coup dur pour lui, même si les dernières années, avec cette détention pour viol, Taran avait refusé de le voir. »
Soudain, elle semblait se tendre, comme si une idée prenait peu à peu forme dans son esprit, elle levait la tête, regardait au plafond. L'enquêtrice avait dû le percevoir aussi, elle se taisait pour ne pas la déranger.
« En fait, si, j'ai reçu un appel curieux. Je pensais que ça avait peut-être un rapport avec Johannes.
— C'était quand ?
— Il y a trois ou quatre semaines, je pense. Tard le soir. Un appelant inconnu, dont le numéro ne s'affiche pas sur l'écran. »
Elle posait le doigt sur le relevé des communications.
« Ça devait être lui. C'était un homme. Il disait qu'il s'était procuré les machins que nous voulions. »

Wisting se pencha en avant, se concentra pour mieux entendre.

« Quels machins ?

— C'est ce que je lui ai demandé, mais je n'ai pas eu d'explication. Il s'est contenté de répéter qu'il avait arrangé ce qu'on voulait. Je lui ai dit qu'il avait dû faire un faux numéro, mais ce n'était pas le cas.

— Non ?

— Non. Il m'a demandé si c'était bien le numéro de Norum et me l'a dicté correctement.

— Comment la conversation s'est-elle poursuivie ?

— Elle ne s'est pas poursuivie. Je lui ai demandé qui était à l'appareil, il m'a fait attendre un peu, j'ai entendu des bruits au bout du fil, il fouillait dans des papiers, et trente secondes plus tard, il est revenu, a dit "désolé" et a raccroché. Comme s'il avait compris qu'il s'était trompé de numéro et coupait simplement la communication.

— Qu'est-ce qui vous a fait penser que ça avait un rapport avec votre ex-mari ?

— Je crois qu'il l'a dit. *Vous et votre mari. Les machins que vous vouliez.* »

L'enquêtrice posait encore quelques questions afin de recueillir le plus possible d'éléments concrets sur la conversation téléphonique, puis elle récapitulait la déposition.

Wisting s'appuya contre son dossier de chaise. Quelque chose ne cadrait pas. Il n'avait aucune raison de douter des propos d'Helene Norum, mais malgré tout, il flairait une incohérence.

Dans l'heure qui avait suivi son appel à Helene Norum, Chris Paust Backe avait été tué et son appartement, incendié. Wisting ébaucha plusieurs scénarios. Il aurait bien voulu un interlocuteur pour en discuter, mais il était retiré de l'affaire. L'information qui était ressortie de l'interrogatoire n'était pas destinée à ses yeux et à ses oreilles. Et en tout état de cause, il était trop tard pour appeler Tim Skage. Minuit largement passé.

L'audition s'achevait, l'écran devint noir.

Lorsque le lecteur multimédia se referma, Wisting s'aperçut que le dossier contenait un second fichier : l'interrogatoire de Tallak Gleich. Ajouté une demi-heure auparavant. Gleich avait dû être arrêté dans la soirée.

Il double-cliqua sur l'icône. Dans la même salle d'interrogatoire, Tim Skage occupait le côté droit de la table, face à un homme chauve, mais sans bouc. Il y avait une troisième personne dans la pièce. Un homme vêtu d'un costume gris impeccablement coupé et d'une chemise à col ouvert. Il feuilletait le dossier judiciaire. Un avocat.

Tallak Gleich faisait part de son nom et de son adresse. L'enquêteur lui expliquait qu'il était mis en examen pour possession de stupéfiants et pour infraction à la loi sur les armes, et l'informait que, au cours de la perquisition de son domicile, on avait saisi cent vingt-trois grammes d'amphétamines, vingt-huit grammes de haschich et divers médicaments, en plus de trois grenades.

« La drogue est à moi, déclarait Tallak Gleich spontanément. Les grenades, je ne suis pas au courant. Ça doit être quelqu'un qui les a laissées chez moi. Quelqu'un qui m'a rendu visite.

— Elles étaient dans votre penderie, soulignait Skage. On a relevé vos empreintes dessus. »

Gleich haussait les épaules.
« Je ne sais pas d'où elles viennent.
— Du cambriolage d'un dépôt de munitions. Mais ce n'est pas pour ça que vous êtes mis en examen. Il s'agit d'autre chose. »
Gleich coulait un regard vers son avocat.
« Et de quoi donc ? demandait l'avocat.
— Je crois que vous l'avez tous les deux compris, répondait Skage. Ces grenades sont emballées par quatre dans des caisses. Il en restait trois dans la boîte que nous avons trouvée chez vous. D'après nos informations, vous avez confié la quatrième à Chris Paust Backe. Ce que nous voudrions savoir, c'est s'il vous a expliqué ce qu'il avait l'intention d'en faire. »
L'avocat consultait son dossier. Il se pencha en avant.
« Et qu'en dit Backe ? »
Son client répondait avant que Skage ait le temps de parler.
« Il est mort. Brûlé.
— Chris Paust Backe est mort il y a trois semaines, confirmait Skage. Quand lui avez-vous parlé pour la dernière fois ? »
Gleich hésitait. Wisting avait la bouche sèche. Il regarda s'il n'avait pas quelque chose à boire, mais il ne voulait pas s'éloigner de son écran.
« Écoutez, poursuivait Skage. J'essaie de jouer cartes sur table, là. Dans les jours précédant sa mort, Chris Paust Backe cherchait une grenade, il a contacté plusieurs personnes. Nous avons des raisons de penser que la grenade qu'il s'est procurée a été utilisée lors de l'évasion de Tom Kerr. Ce qui signifie que Backe a probablement rencontré l'Autre. »

Gleich s'apprêtait à répondre, mais son avocat lui coupait la parole.

« Attendez un peu, disait-il, la main levée. Comment est mort Chris Paust Backe ? Dans un incendie ?

— Nous traitons sa mort comme suspecte, répondait Skage.

— Un meurtre ?

— C'est l'hypothèse principale. »

L'avocat observait Gleich.

« Pouvons-nous faire une pause de quelques minutes ? J'ai besoin de parler à mon client. »

Skage mentionnait l'heure et signalait une interruption de l'interrogatoire. L'écran devint noir. Wisting appuya sur pause, se leva, se servit un verre d'eau, le but, le remplit de nouveau avant de l'emporter, ainsi que son ordinateur, dans le salon, où il pouvait s'asseoir plus confortablement.

À la reprise de l'interrogatoire, l'avocat prenait la parole.

« Mon client reconnaît avoir remis une grenade et une arme de poing à Chris Paust Backe, mais il n'avait pas connaissance de l'usage qui allait en être fait.

— Backe vous a-t-il dit à qui elles étaient destinées ? demandait Skage.

— Non, répondait Gleich. Seulement qu'elles n'étaient pas pour lui, mais pour un type. Chris, c'était un magouilleur, quelqu'un qui pouvait tout arranger et qu'on allait voir quand on avait besoin de quelque chose.

— Quand était-ce ?

— À peu près une semaine avant sa mort. »

Skage lui faisait expliquer plus en détail comment Chris Paust Backe avait pris contact avec lui et comment s'était déroulée la remise du projectile et de l'arme.

« Je lui ai parlé une fois qu'il avait livré les machins. Il était stressé. Nerveux.

— Comment ça ?

— Enfin, peut-être plutôt désespéré. Comme s'il regrettait d'avoir déclenché quelque chose. En tout cas, il n'était pas comme d'habitude, et ce n'était pas seulement sa barbe. Il avait l'air parano. Il ne tenait pas en place, il regardait autour de lui comme s'il se sentait observé. »

Wisting appuya de nouveau sur pause. Il revint en arrière, visionna de nouveau le segment.

« … *En tout cas, il n'était pas comme d'habitude, et ce n'était pas seulement sa barbe…* »

Cette réflexion pouvait indiquer que Chris Paust Backe s'était fait pousser la barbe et avait changé de physionomie. Information à laquelle en correspondait une autre. L'homme qui se faisait passer pour Theo Dermann au cabinet de Claes Thancke portait la barbe, l'avocat pensait que c'était une forme de camouflage, qu'il l'avait laissée pousser avant de venir le trouver.

Il s'attendait que Skage relève, pose des questions sur la barbe, mais ne disposant pas des mêmes références, il n'avait aucune raison de s'attacher à cette remarque.

« Quand était-ce ?

— Deux jours plus tard. J'ai obtenu mon argent. C'est la dernière fois que je l'ai vu. »

Skage avançait le buste, comme s'il souhaitait clarifier un point.

« Vous lui avez reparlé après qu'il avait livré la grenade et le pistolet ?

— Oui.

— Donc quelques jours avant sa mort ? »

Gleich hochait la tête.

« Et là, vous êtes certain qu'il avait livré les objets ?

— Oui. Sinon je n'aurais pas eu mon argent. »

Du coin de l'œil, Wisting remarqua des phares dans la rue. Il tendit le cou et vit le véhicule se garer devant chez Line. Il était près de 2 heures du matin.

Sur l'écran, Tim Skage et Tallak Gleich arrivaient à la conclusion que Backe avait dû faire sa livraison au moins trois jours avant de mourir.

Il comprenait pourquoi Skage se préoccupait de cette question. Cela ne cadrait pas avec l'appel à Helene Norum. Wisting était lui aussi parti du principe que ces *machins* que Chris Paust Backe disait s'être procurés étaient la grenade et le pistolet.

Il but une gorgée d'eau, garda son verre à la main jusqu'à ce que Skage signale qu'il était 23 h 17 et déclare l'interrogatoire terminé. Wisting avait le sentiment que quelque chose clochait. Les renseignements ne dataient que de quelques heures. Il avait besoin d'un peu de temps pour les analyser. Ce n'était plus son rôle ni sa mission, mais il n'arrivait pas à lâcher prise.

63

Il s'était endormi dans son fauteuil et fut réveillé par la sonnerie du téléphone. 6 h 45. Le jour se levait.

C'était Hammer.

« Je suis tombé sur un truc intéressant. Je n'arrivais pas à dormir, alors j'ai passé la nuit sur le dossier.

— Tu y as toujours accès ?

— Non, mais on peut encore consulter la base de données de Semmelmann.

— La carte relationnelle ?

— Les communications. Tu es chez toi ?

— Oui.

— Alors je viens. Je vais te montrer ce que j'ai. »

Wisting eut le temps de prendre une douche et de préparer une cafetière avant son arrivée.

Ils s'installèrent dans la cuisine. Hammer avait apporté son ordinateur, sur lequel il avait systématisé et classé les données transmises par les différents téléopérateurs. Tous les appels et SMS échangés dans le secteur de la ferme de Kerr pendant les trois mois précédant l'incendie. Il y avait plus d'un million d'entrées. La ferme était isolée, mais relevait du même réseau que la route E6 et les quartiers est d'Oslo.

« Kerr a forcément communiqué avec l'Autre, mais Semmelmann et son groupe d'enquête se sont penchés sur tous ses interlocuteurs téléphoniques et ils ont fait chou blanc. Ce qui signifie que Kerr, ou Kerr et l'Autre, d'ailleurs, ont communiqué en se servant de téléphones qui n'étaient pas enregistrés à leurs noms.

— Là, on cherche une aiguille dans une botte de foin, fit remarquer Wisting.

— Le groupe de Semmelmann a aussi recensé les mouvements de Tom Kerr avant son arrestation et a notamment identifié ses déplacements professionnels. Parfois, il partait pendant plusieurs jours. Par exemple, il a passé deux semaines à Mosjøen pour la construction d'une piscine municipale. J'ai éliminé tous les numéros actifs pendant les périodes où nous savons qu'il n'était pas chez lui.

— Ça n'avait pas été fait ?

— Il n'y a en tout cas aucune liste dans les documents que nous a donnés Semmelmann. »

Hammer porta à ses lèvres le café que lui avait servi Wisting.

« Il reste toujours beaucoup d'appels et de messages, mais j'ai pu enlever la plupart des habitants du coin et des gens qui fréquentent régulièrement la zone, et maintenant, on a des données plus utilisables.

— Qu'est-ce que tu as trouvé ?

— Mon point de départ était que l'Autre devait avoir un casier, lui aussi. J'ai extrait tous les abonnements enregistrés au nom de personnes ayant eu une condamnation judiciaire.

— Le groupe de Semmelmann s'était penché sur la question, non ?

— Exact, mais je me suis dit que ça ne pouvait pas

faire de mal de jeter un coup d'œil. Le plus souvent, c'est dans les milieux criminels que circulent les téléphones empruntés. J'ai obtenu cent vingt-deux abonnements, dans trente-quatre cas, les abonnés avaient été condamnés pour crimes sexuels. Voici les deux les plus intéressants. »

Hammer tourna l'écran vers Wisting et lui montra une liste des communications entre deux numéros, classées par ordre chronologique avec la date et l'horaire.

« Steffen Skjeberg et Tormod Jahren. Qui est-ce ?

— Des criminels sexuels. Steffen Skjeberg a été condamné pour un viol dans le parc de Tøyen. Tormod Jahren, pour inceste et diffusion de pornographie infantile. »

Ce n'était pas tout. Hammer tapota l'index sur la colonne des dates.

« Le truc, c'est que, pendant la période en question, ils étaient tous les deux incarcérés. Skjeberg à Ullersmo et Jahren à Ila. Ils avaient été condamnés à des peines longues. Steffen Skjeberg est mort il y a deux ans, à soixante-deux ans. Jahren a vingt-neuf ans, il a été libéré l'an dernier. Il a un autre numéro de portable maintenant. Ils ne venaient pas des mêmes quartiers, rien ne suggère qu'ils se connaissaient.

— Quelqu'un a bien dû payer les communications, non ?

— Les abonnements n'avaient peut-être pas été résiliés et le prélèvement automatique continuait. Ou alors ils avaient des téléphones à carte prépayée. N'importe qui pouvait en acheter une à l'épicerie du coin pour les recharger. »

Wisting acquiesça. Au début, on pouvait acheter un

téléphone à carte prépayée sans s'inscrire nulle part, mais par la suite les règles s'étaient durcies et il fallait désormais s'identifier pour conserver une telle ligne ou en ouvrir une. En revanche, tant que l'abonnement n'était pas bloqué, n'importe qui pouvait recharger le téléphone sans être tracé.

« Ceci remonte à plus de cinq ans. Toutes les autres données d'utilisateurs ont été effacées. Nous avons seulement celles qui ont été réunies pour recenser les communications autour de la ferme de Kerr. Le dernier contact entre ces deux téléphones a eu lieu huit heures avant la tentative d'enlèvement de Freja Bengtson. Avant que les choses tournent mal pour eux et que Kerr soit arrêté.

— Tu as trouvé leur point de contact », dit Wisting.

Ils approchaient vraiment de quelque chose, de quelque chose qui pouvait être une percée. En même temps, ce trouble qui hantait encore Wisting la veille quand il s'endormait revenait, plus fort que jamais. Ce sentiment récurrent d'incohérence.

Hammer reprit son ordinateur.

« Il faut qu'on transmette ça à Semmelmann. »

Wisting se leva, regarda par la fenêtre. La voiture de Line était toujours devant sa maison.

« À mon avis, nous devrions garder ça pour nous.

— Qu'est-ce que tu veux dire ?

— D'où viennent les téléphones ? demanda-t-il avant de reformuler la problématique. Où vont les téléphones en cas d'arrestation du propriétaire ? »

Hammer comprit où il voulait en venir. Lors d'une arrestation, les téléphones étaient saisis. A fortiori dans les affaires de crimes sexuels. Tous leurs contenus, notamment les photos, étaient examinés.

Ensuite, si les téléphones avaient servi dans le cadre d'un délit, ils étaient confisqués et détruits. Certains étaient confiés à la famille ou envoyés à la prison avec d'autres effets personnels du détenu, pour lui être remis à sa libération. Mais la plupart restaient dans les entrepôts de la police avec les autres scellés judiciaires.

64

Il faisait jour dans la chambre lorsque Line se réveilla. Elle s'était couchée sans baisser son store. Le ciel gris était sombre, chargé de pluie retenue par les nuages.

Elle tendit la main vers la table de chevet et libéra d'un coup sec le câble de chargement de son téléphone. Il était 7 h 49. Pas de message. Les journaux en ligne n'avaient rien de très nouveau à rapporter. À part quelques variations dans les formulations, les titres étaient uniformes. Tous relataient l'évasion de Tom Kerr et évoquaient une faute de la police, qui avait entraîné l'ouverture d'une enquête de l'Inspection générale. Le tout était illustré de photos de son père au point de presse d'Eftang.

Seule TV2 avait réussi à obtenir les commentaires de Claes Thancke. Il était peu disert, se contentant de confirmer qu'il était informé de la découverte du corps de son client et précisant qu'il ne souhaitait se livrer à aucune conjecture. L'article était illustré d'une photo extraite des images qu'elle avait tournées lors de l'évasion. Aucun crédit ne mentionnait son nom ni la police.

Idar Semmelmann ne s'était pas exprimé au-delà de la conférence de presse improvisée tard la veille.

Avec la nouvelle organisation de l'enquête, son rôle allait devenir prépondérant dans la narration des événements. Si l'affaire était résolue, il ferait figure de héros. Line serait probablement forcée d'adopter un angle négatif sur la préparation de la reconstitution, plaçant son père sous un mauvais jour.

Tout cela lui paraissait irréel, confus. Avec l'incertitude autour de Maren Dokken, elle se sentait perdue.

S'efforçant de chasser ses pensées sur ce que la policière avait pu vivre, ce qu'elle avait pu subir, elle alla prendre une douche. Sous l'eau qui coulait, elle essaya de se concentrer sur son travail. Ce n'était pas très différent de la couverture d'une affaire en cours, simplement elle présenterait l'information réunie plus tard.

Il lui fallait obtenir quelques mots de Claes Thancke, songea-t-elle. Il était presque obligé d'accepter. Son client étant mort, il était le seul qui puisse parler en son nom.

L'eau commençait à refroidir. Elle sortit de la douche, s'enroula dans une serviette et se rendit dans la cuisine. Elle chercha le numéro du cabinet d'avocats. Tombant directement sur un répondeur, elle se souvint qu'on était samedi. Le cabinet était fermé, il y avait un numéro à appeler en cas d'urgence.

Les lignes directes des avocats n'étaient pas indiquées sur le site. Elle aurait sans doute pu obtenir le numéro de Thancke auprès de son père ou de Stiller, mais elle n'était sûrement pas la seule personne qui essayait de l'appeler aujourd'hui.

Elle lui écrivit donc un e-mail dans lequel elle

présentait brièvement son projet de documentaire, rappelait qu'ils s'étaient rencontrés lors de la reconstitution et lui demandait un rendez-vous informel. Elle ne s'attendait pas réellement à avoir de ses nouvelles, la sollicitation médiatique devait être extrême ; mais ce premier contact faciliterait les suivants.

Elle regagna sa chambre. Une notification tinta sur son téléphone. Elle s'habilla avant d'ouvrir le message. C'était Sofie, qui lui demandait si elle pouvait prendre les filles chez elle pendant qu'elle faisait quelques courses.

Cela tombait mal, Line n'avait pas la tête à cela, était préoccupée par mille choses, mais elle ne pouvait pas refuser.

65

Le compresseur du réfrigérateur démarra, il bourdonnait doucement.

De part et d'autre de la table, Wisting et Hammer ne disaient rien, ils prenaient la mesure des complications que recelait leur découverte.

« Des TOC, lâcha Wisting. Ce ne serait pas la première fois. »

À l'origine, l'usage des TOC ou téléphones occultes venait de la brigade des stupéfiants. Des enquêteurs passaient dans les salles de scellés et subtilisaient des appareils saisis pour pouvoir communiquer avec leurs informateurs en limitant le risque que ces derniers soient démasqués comme mouchards. Les numéros étant ceux de criminels, les membres des milieux de la drogue ne pouvaient pas les tracer jusqu'à la police. Cette pratique confinait à l'illégalité, puisque les objets utilisés dans le cadre de délits étaient *confisqués au profit de l'État*, mais si une voiture de contrebande pouvait se vendre aux enchères, un téléphone d'occasion, en revanche, n'avait aucune valeur et, à moins que son propriétaire n'ait droit à une restitution, il était voué à la destruction.

« Avant toute chose, il faut que nous puissions regarder les dossiers, déclara Hammer. Déterminer si ces téléphones avaient été saisis. Voir s'il y a des récépissés de restitution ou s'ils ont été confisqués.

— Ces affaires ne se sont pas déroulées dans notre district. Nous n'y avons pas accès. »

Wisting tira néanmoins l'ordinateur à lui pour chercher les numéros de dossiers. Il ne pouvait pas consulter les documents sans que quelqu'un les lui transmette. Le système informatique ayant ses limites, chaque enquêteur n'avait accès qu'aux seuls dossiers de son propre secteur. À quoi s'ajoutait le fait que les affaires dataient de plus de cinq ans et avaient probablement été archivées électroniquement. Pour les extraire des archives, il fallait sans doute faire intervenir le service informatique.

« Stiller ! s'exclama Hammer. Les gens de l'unité des *cold cases* sortent sans arrêt des affaires des archives.

— Oui, mais là, ce ne sont pas des affaires non résolues.

— N'empêche qu'il doit disposer d'un accès usager national. Il peut se les procurer en trois touches de clavier. Appelle-le ! »

Wisting prit son téléphone et chercha le numéro.

« Où êtes-vous ? demanda-t-il lorsque Stiller répondit.

— Chez moi. Il y a du nouveau ?

— Dans un sens. Nous avons besoin de votre aide. »

Il expliqua ce qu'ils avaient découvert et ce dont ils avaient besoin.

« Donnez-moi vingt minutes. »

Il s'en écoula dix-huit avant que Stiller rappelle.

« Vous aviez raison. Plusieurs choses : premièrement,

quand ils ont été entendus, Steffen Skjeberg et Tormod Jahren ont bien indiqué les numéros de téléphone que vous avez trouvés, deuxièmement, l'un et l'autre étaient effectivement incarcérés quand leurs téléphones ont été utilisés dans l'Østmarka, mais ça, vous le saviez.

— Les appareils ont-ils été saisis ? voulut savoir Wisting.

— Oui, saisis et examinés au centre de la criminalité informatique, mais pas confisqués. »

Dans les affaires de crimes sexuels, on examinait systématiquement les téléphones. S'ils n'avaient pas été confisqués, c'était qu'ils ne contenaient ni photos ni films apportant des preuves d'agression.

« Ils sont inscrits comme remis aux propriétaires. »

Wisting secoua la tête. C'était inexact.

« Les cartes SIM ont pu être retirées, suggéra Hammer. Utilisées sur un autre appareil. »

Stiller n'avait pas terminé :

« Les récépissés de restitution n'ont pas été signés par Skjeberg et Jahren. »

Ce n'était pas inhabituel. L'archivage du dossier d'instruction, une fois l'affaire jugée, nécessitait que toutes les saisies judiciaires soient confisquées ou restituées. À moins qu'il ne s'agisse d'argent liquide, de bijoux ou d'autres biens de valeur, on finissait souvent par envoyer les effets personnels dans une enveloppe, et l'enquêteur traitant l'objet saisi était alors le seul signataire du récépissé de remise.

« Qui a signé ? demanda Wisting.

— Le téléphone de Skjeberg est sorti en même temps qu'un trousseau de clefs. C'est Lina Streif qui s'en est occupée, elle dirige maintenant la brigade des crimes sexuels. » Il marqua une pause avant de poursuivre. « Le téléphone de Tormod Jahren a été traité par l'inspecteur principal Idar Semmelmann. Ça s'est passé cinq jours avant qu'il ne commence à être utilisé. »

66

Le silence régnait dans les couloirs du commissariat de Larvik. Le siège de l'enquête avait beau avoir été déplacé à Oslo, la salle de réunion restait sous le signe de la recherche de Tom Kerr. Au mur était affichée la carte relationnelle de Semmelmann, sur la table s'étalaient des classeurs entiers de témoignages du public.

Stiller était descendu d'Oslo. Hammer referma la porte derrière lui et la verrouilla.

« Nous devrions aller voir la commissaire », déclara Wisting.

Stiller s'assit en bout de table et sortit son ordinateur.

« Vous êtes retirés de l'affaire et j'ai rendez-vous avec elle à 16 heures. Recueillons davantage d'éléments et nous les lui présenterons à ce moment-là. »

Wisting avait envie de lui demander des précisions concernant ce rendez-vous, mais il se retint.

« Par où commençons-nous ? demanda Hammer.

— Il faut identifier un point d'intersection, un point de départ, répondit Stiller. Tom Kerr a été condamné à trois reprises, mais au début des années 2000, Claes Thancke l'a fait acquitter dans une affaire de viol. Il y avait un vice de procédure, du mauvais travail de la police. »

Il fit apparaître le dossier sur l'écran. Chaque document portait un numéro, un descriptif et le nom de l'enquêteur qui avait rédigé le rapport. Et il en était un qui revenait sans cesse : Idar Semmelmann.

Hammer prit un feutre rouge sur la table et se dirigea vers la carte relationnelle.

« Elle est incomplète. »

La carte était censée offrir un panorama des personnes ayant un quelconque lien avec Tom Kerr, de ses relations proches et lointaines, mais on n'y trouvait aucun policier.

Le feutre crissa sur le papier lorsque Hammer traça un nouveau cercle à l'intérieur du premier cercle autour de Tom Kerr. Il hésitait à faire des ajouts et finit par laisser le cercle vide. Nul n'avait prononcé les mots à voix haute : l'Autre pouvait être l'un des leurs.

« Helene Norum est sur liste rouge, précisa Wisting pour appuyer cette hypothèse non exprimée. Elle l'a dit pendant son audition. Quelqu'un l'a appelée le soir où Chris Paust Backe est mort. Quelqu'un qui avait accès à son numéro. »

Un autre détail refit surface.

« La barbe ! Il faut que j'appelle Tim Skage. »

Sans autre explication, Wisting prit son téléphone et appela l'enquêteur d'Oslo Ouest. Skage passa quelques instants à se plaindre de la réorganisation de l'enquête.

« Quel merdier, toute cette histoire ! Et entre toutes les personnes qu'ils pouvaient choisir pour diriger l'enquête, ils ont pris Semmelmann.

— Vous avez arrêté Tallak Gleich, dit Wisting.

— Oui, je vous ai envoyé les liens vers son interrogatoire et celui d'Helene Norum. Je n'en ai pas retiré grand-chose, sinon que Chris Paust Backe semble avoir été impliqué dans quelque chose qui le dépassait.

— J'ai regardé les interrogatoires. Gleich parle de la barbe de Chris Paust Backe. Il était barbu ?

— En temps normal, non, et pas à sa mort. Il s'était rasé, mais nous avons recensé ses mouvements et sur certaines vidéos de surveillance, il apparaît avec une barbe. »

Wisting lui demanda des précisions.

« On est partis de sa carte bancaire et on a regardé la liste des établissements où il s'en était servi. »

Wisting hocha la tête. C'était une étape standard dans toute enquête d'une certaine importance.

« On a récupéré les vidéos des caméras de surveillance là où il y en avait. Soit à peu près partout.

— Vous pourriez me les envoyer ?

— Vous n'êtes plus sur l'affaire, si ?

— J'ai une policière en première année de service qui a disparu. Je ne lâcherai pas ce dossier avant qu'elle soit retrouvée.

— Je compresse tout ça dans un zip et je vous envoie un lien. Mais il n'y a rien sur ces images, il est seul.

— Quoi qu'il en soit, merci. »

Skage grogna des paroles incompréhensibles.

« Semmelmann n'aurait jamais dû avoir ce boulot. Ils l'ont transféré uniquement pour s'en débarrasser, ajouta-t-il. On n'aurait jamais dû lui confier cette responsabilité.

— Qui voulait se débarrasser de lui ?

— La direction, répondit Skage. Pendant longtemps, il a travaillé aux crimes sexuels. Il a grimpé les échelons, est devenu inspecteur principal, puis directeur de la brigade, mais ça a fini par devenir un problème.

— Quoi donc ?

— Il y avait des rumeurs qui le dépeignaient en pervers. On disait qu'il passait beaucoup de temps à regarder les documents saisis. Il se chargeait volontiers d'analyser les pires images d'agressions. On disait qu'il demandait aux victimes de viols de lui raconter par le menu les sévices subis. Il y a eu quelques plaintes, mais on n'a jamais pu le prendre sur le fait. Quand Tom Kerr a été arrêté, ils l'ont affecté ailleurs et mis à la direction d'un groupe chargé de chercher l'Autre. Il y a passé cinq ans. Peut-être qu'il va y arriver cette fois, mais j'en doute. Je l'ai dit par le passé et je le redis : il n'aurait jamais dû avoir ce boulot. »

67

Il s'était remis à pleuvoir et un passant avec un parapluie rouge traversait la rue d'un pas vif.

Entendant une notification, Wisting lâcha les lattes du store qu'il avait écartées pour regarder dehors et revint devant son ordinateur. Tim Skage lui envoyait le relevé de comptes de Chris Paust Backe et les images des caméras de surveillance des établissements où il avait utilisé sa carte bancaire. Stiller et Hammer se postèrent à côté de lui et il les afficha une à une. Ils virent Chris Paust Backe à la caisse de différents magasins, portant différentes tenues. À chaque photo, sa barbe devenait plus longue, plus fournie, pour finalement couvrir tout le bas de son visage.

Sur l'une des dernières, il avait en outre des pansements sur la joue droite et sous l'œil gauche. Elle avait été prise le 20 août à 14 h 37.

« Où est-ce ? » demanda Stiller.

Wisting regarda le nom du fichier.

« Au Deli de Luca d'Akersgata. À seulement un pâté de maisons du bureau de Claes Thancke.

— Donc c'était bien lui qui lui a rendu visite. Theo Dermann, c'était lui.

— Ce n'était qu'un garçon de courses, ajouta Hammer. Un pion dont on se servait. Quelqu'un qui procurait des armes et qui rendait des services.

— Quelqu'un dont il fallait se débarrasser, suppléa Stiller. La poêle à frire oubliée sur la plaque… Tous les policiers ont connu un incendie comme ça. C'est l'une des premières choses que vérifient les techniciens d'identification criminelle et les investigations vont rarement au-delà. »

Wisting retourna à la fenêtre et l'ouvrit, faisant entrer du bon air rafraîchissant, mais humide.

« Il nous en faut davantage.

— Ça ne peut pas attendre, objecta Hammer. S'il a Maren Dokken, chaque heure pourrait compter. Chaque minute. »

Stiller avait trouvé l'adresse de Semmelmann.

« Il est divorcé, vit seul, n'a pas d'enfants.

— Il doit y avoir une maison, suggéra Hammer, un endroit qui ne lui appartient pas, mais dont il peut disposer librement. Comme l'atelier de soudure où était la camionnette, qu'il savait être vide.

— On peut le faire surveiller ? » s'enquit Wisting.

Stiller secoua la tête.

« Je ne peux pas envoyer une équipe de policiers sans leur dire de quoi il s'agit.

— Où est-il actuellement ? demanda Hammer.

— Probablement à son bureau. Je peux le découvrir. Je vais inventer un prétexte pour l'appeler.

— Vous pourriez lui demander s'il s'est renseigné sur le téléphone NAV de Sagene, suggéra Wisting. Les coups de fil qu'a reçus Claes Thancke provenaient d'un appareil qui est à la disposition des demandeurs d'emploi de cette agence. Il était censé vérifier. Voir si les employés se souvenaient d'avoir vu un homme barbu le 20 août. »

Hammer s'anima.

« Mais nous, on pourrait le suivre. Prendre chacun notre voiture. Ça ne fait que quarante heures que Maren a disparu. Il a gardé ses autres victimes prisonnières pendant au moins trois jours. Il pourrait nous conduire à elle.

— C'est un enquêteur expérimenté, lui rappela Wisting. Il reconnaîtrait nos voitures, s'apercevrait facilement qu'il est suivi.

— Si on trouve sa voiture, je peux la faire pastiller, glissa Stiller. Ça nous permettrait de garder nos distances. »

Hammer était déjà debout, sa veste à la main. Il regarda Wisting.

« Tu es dans le coup ? »

La proposition avait quelque chose de précipité, mais elle était parfaitement logique.

« Je suis dans le coup. »

Il fut le dernier à quitter la cour du commissariat et n'était même pas arrivé sur l'autoroute que Hammer était déjà hors de vue. Les averses drues réduisaient la visibilité.

Au bout d'une heure de route, Stiller téléphona, connectant les trois voitures sur son appel.

« Je lui ai parlé. Il est à son bureau. Je dois passer le voir, nous avons pris rendez-vous. Il a identifié un lien entre Chris Paust Backe et Johannes Norum. Ils ont été incarcérés en même temps à la maison d'arrêt d'Oslo. Son appel à son ex-femme le soir où Backe a été tué suggère qu'il pourrait avoir été impliqué.

— Ça fait partie d'un stratagème, jugea Hammer.

L'appel à Helene Norum était une manœuvre de diversion pour le cas où il y aurait une enquête.

— Nous allons faire le point sur l'affaire, précisa Stiller. Ils travaillent sur l'hypothèse d'une vengeance.»

Wisting s'arrêta à une station-service.

«Ça nous laisse un peu de temps, dit-il en s'adressant à Hammer. Tu as l'adresse de Tormod Jahren? Il faut qu'on l'interroge à propos de son téléphone saisi.

— Il habite à Stovner. Je t'envoie son adresse et son nouveau numéro.»

Wisting attendit la fin de leur réunion téléphonique à l'arrêt devant une pompe à essence et sortit ensuite faire le plein avant de reprendre la route. À Oslo, il suivit les indications jusqu'à l'adresse de Tormod Jahren, se gara et resta dans sa voiture. La pluie tambourinait sur le toit. Il copia le numéro dans le message de Hammer et téléphona. À sa grande surprise, Jahren répondit tout de suite.

«Oui, allô, Tormod Jahren, j'écoute.

— William Wisting à l'appareil. Je suis policier et je fais quelques investigations dans le cadre d'une suspicion de détournement de saisies judiciaires dans les entrepôts de la police. J'aurais quelques questions à vous poser.

— Quel genre d'investigations? Ça fait longtemps que je n'ai rien eu à faire avec la police.»

Sa réticence était palpable.

«Je suis à Stovner. Pourrions-nous nous rencontrer?

— Je ne suis pas chez moi», répondit promptement Jahren.

Wisting leva les yeux vers les immeubles devant lui.

Il n'avait pas la moindre idée d'où habitait Jahren, mais il n'aurait pas été surpris qu'il soit bel et bien chez lui.

« Très concrètement, nous nous demandons si un employé de la police n'aurait pas volé des objets saisis. Nous ne savons pas ce qu'ils sont devenus. J'espérais que vous pourriez m'aider à éclaircir certains points.

— On ne peut pas le faire par téléphone ? »

En temps normal, il aurait insisté, mais il renonça cette fois au face-à-face.

« Il y a six ans et demi, vous avez été arrêté. La police a saisi entre autres choses votre équipement informatique et votre téléphone. »

L'homme au bout du fil ne répondit rien.

« Vous souvenez-vous du téléphone que vous aviez à l'époque ?

— Oui, c'était un Sony Xperia. J'en ai toujours un, d'ailleurs, mais c'est le dernier modèle.

— Et votre numéro ? »

Tormod Jahren hésita. Il commença à le dire, mais s'interrompit, il avait oublié.

« Quel type d'abonnement aviez-vous ?

— Une carte prépayée.

— Et savez-vous où le téléphone se trouve actuellement ?

— Aucune idée. »

Wisting avait mal formulé sa question.

« Vous l'avez récupéré ?

— Oui, mais je ne sais plus du tout ce que j'en ai fait. Il était devenu dépassé pendant ma détention. Je crois que je l'ai jeté et que j'en ai acheté un neuf.

— Donc vous l'aviez effectivement récupéré ?

— Il était dans mes affaires quand j'ai été libéré,

oui. Je crois qu'il est resté au dépôt de la prison pendant tout le temps, avec les autres effets personnels inutiles ou pas autorisés.

— Vous l'avez récupéré au moment de votre libération ?

— Le téléphone, mon portefeuille et mon trousseau de clefs, même si je n'avais plus l'appartement. Il y avait aussi d'autres choses, des clefs USB, des CD. Il ne manquait rien. Je ne pense pas pouvoir vous aider. »

Wisting n'était pas prêt à raccrocher.

« Donc pendant votre détention, vos affaires ont été transférées de la police à la prison ?

— Je suppose. En tout cas elles étaient à la prison quand j'ai été libéré.

— Vous savez quand ça s'est produit ?

— Aucune idée. Il faudrait demander là-bas. »

Si elles n'étaient pas aussi univoques qu'il l'avait espéré, les réponses de Tormod Jahren éveillèrent néanmoins des résonances inattendues dans son esprit.

« Vous étiez à Ila ? vérifia Wisting.

— Au début. La dernière année j'étais à Berg, dans le Vestfold. C'est là que j'ai récupéré mes affaires. J'imagine qu'elles ont été transférées en même temps que moi.

— Qui était votre gardien référent à Ila ?

— J'en ai eu plusieurs. Il y en a qui sont partis ou qui ont été transférés ailleurs. »

Il cita deux ou trois noms.

« Et puis j'en ai eu un qui s'appelait Molander », ajouta-t-il.

Wisting fronça les sourcils, revit le gardien de

prison orgueilleux en uniforme chiffonné qui se tenait à la porte pendant qu'ils perquisitionnaient la cellule de Tom Kerr.

« Fredrik Molander ?

— Oui, mais ensuite il a demandé à travailler dans le quartier de haute sécurité. »

Wisting tourna la tête vers sa vitre latérale, regarda dehors. Une ouverture se créait. Ce n'était encore qu'une brèche timide, mais elle abritait la possibilité d'une autre explication. L'usage abusif d'un téléphone ne devait pas être plus ardu pour un employé de prison que pour un enquêteur. Au contraire. Sans connaître les détails du système et des procédures, il gageait que l'accès était plus facile, le risque, plus faible.

Après son coup de fil, il resta quelques instants sans rien faire, à contempler le ballet des essuie-glaces sur le pare-brise, puis il démarra et appela Hammer.

« Stiller est à son rendez-vous, lui précisa ce dernier. Je l'attends devant le commissariat. Ça pourrait prendre un peu de temps. Tu as parlé avec Jahren ? »

Wisting lui rendit compte de sa conversation, sans toutefois partager ses pensées sur les éléments qui en étaient ressortis.

« Je vais aller à Ila, conclut-il. Je voudrais savoir à quel moment le téléphone est arrivé à la prison. »

Ils savaient quand le téléphone était sorti des entrepôts de la police – trois semaines avant l'enlèvement de la première victime de Kerr et de l'Autre – mais pas quand il avait été livré à la prison. La réponse pouvait indiquer la direction vers laquelle devaient se tourner les soupçons.

68

La grande prison était plongée dans la brume. Devant l'entrée des visiteurs attendaient une femme et deux enfants d'une dizaine d'années. Un garçon et une fille. Wisting entra avec eux après avoir montré son badge à l'agent qui venait ouvrir la grille.

Le personnel était informé de sa visite. Il avait téléphoné pour en exposer les motifs. Le directeur de l'établissement était absent, mais un premier surveillant le reçut dans une pièce exiguë. L'homme aux épaules larges se tenait le buste en avant, les avant-bras sur son bureau, les mains jointes.

Wisting lui expliqua qu'il était venu avec un collègue trois jours auparavant pour perquisitionner la cellule de Tom Kerr.

« Nous avons parlé avec son gardien référent. Fredrik Molander. Est-il là aujourd'hui ?

— Il récupère ses heures supplémentaires. Ça nous convenait bien, vu que Kerr n'est pas dans le quartier haute sécurité en ce moment.

— Il a été en congé maladie, non ?

— Oui. Il est revenu après l'évasion de Kerr. » Le premier gardien bougea sur sa chaise. « Mais j'ai cru comprendre qu'il s'agissait de tout autre chose, non ? Un ancien détenu ? Tormod Jahren ?

— Oui. Il semblerait que la police d'Oslo ait commis une erreur dans le traitement des saisies judiciaires de l'affaire, dit-il, signifiant clairement que la prison n'avait rien à se reprocher. Une confusion. On vient seulement de s'en apercevoir. »

Le gardien n'avait pas l'air convaincu, mais il ne formula aucune objection. Il se tourna vers la droite, prit un dossier qui portait le nom de Tormod Jahren et son matricule de détenu et le poussa vers lui.

« Où sont conservés les effets personnels des détenus ?

— Au vestiaire », répondit le surveillant sans s'étendre ni sur la localisation du vestiaire en question ni sur les modalités d'accès.

Wisting ouvrit le dossier. Les premiers documents étaient les formulaires de transfert à la prison de Berg. Il y avait un inventaire des objets de valeur et des effets que le transporteur avait livrés à la nouvelle prison. Le récépissé était signé par un employé au nom à peine déchiffrable. La liste même, informatisée, était précise et indiquait les titres des DVD, des CD, des livres et des magazines, la capacité de stockage des clefs USB, la marque des chaussures, des bottes, des pantalons, des vestes et autres vêtements. À cela s'ajoutaient un portefeuille sans argent liquide, mais contenant des papiers d'identité et des cartes bancaires soigneusement répertoriées, un trousseau de clefs, avec le nombre de clefs, et un téléphone de la marque Sony Xperia.

Tout à la fin du dossier se trouvait un inventaire plus court, datant du début de la détention. Il y avait moins de films, de livres et de CD et pas de clefs d'appartement, de clefs USB ou de téléphone. Jahren avait personnellement signé le récépissé en laissant ses effets personnels. Le niveau de détail du descriptif de chaque objet répondait à un souci d'éviter que le détenu vienne plus tard se plaindre que quelque chose avait disparu.

Chaque fois que Jahren avait échangé des CD ou des vêtements, l'opération avait été consignée dans un nouveau document numéroté et daté. La personne responsable de l'inventaire semblait être le gardien référent. Le nom de Fredrik Molander revenait sans cesse dans les cases de signature.

Après Noël, la liste s'était allongée. Quelques DVD, des CD et des livres. Wisting regarda d'autres pages avant de trouver ce qu'il cherchait. Son regard parcourut le texte, plusieurs fois, tandis que l'émotion étreignait sa poitrine.

Trois objets. Un portefeuille, des clefs et un téléphone mobile. *Transférés du commissariat de police,* avait écrit Fredrik Molander. Les trois objets avaient été réceptionnés six jours après l'arrestation de Tom Kerr.

« Vous trouvez ce que vous cherchez ? »

Levant les yeux, Wisting comprit que c'était la deuxième fois que le gardien lui posait la question.

« Oui, répondit-il en prenant la feuille. Cette date, elle est produite automatiquement ? »

Il montra le champ en haut à droite. Le gardien se pencha vers lui.

« Oui. »

Il avait perçu une hésitation.

« Mais ?

— On peut la changer. Souvent, les effets personnels restent un certain temps à la réception, ils ne sont pas descendus tout de suite au vestiaire. Le journal peut être antidaté pour que ça corresponde à la réalité.

— Le système de la police fonctionne de la même manière », précisa Wisting pour éviter de le prendre à rebrousse-poil.

Il agita la page concernée.

« Pourrais-je en avoir une copie ? »

Le gardien parut d'abord réticent, comme s'il était déjà allé trop loin en laissant la police consulter le dossier sans base légale. Puis il prit la feuille et sortit de la pièce. Il revint peu après, lui tendit la photocopie et rangea l'original dans le dossier. Wisting dut regarder encore une fois, pour s'assurer que c'était bien cela, qu'il avait bien vu. Il plia ensuite la feuille en deux et la glissa dans sa poche intérieure. Il s'apprêtait à repartir, mais il se ravisa. Il avait une idée.

« Puis-je vous demander de vérifier encore une chose pour moi ? »

69

En sortant de la prison, Wisting récupéra son téléphone. Il avait reçu plusieurs appels en absence, dont deux de l'Inspection générale, qui voulait sans doute l'entendre à nouveau. À ce stade, son statut avait dû passer de témoin à suspect.

Il n'eut pas le temps de se pencher sur les autres communications, Stiller l'appelait.

« Restez en ligne, demanda-t-il. Je vais connecter Hammer. »

Wisting monta dans sa voiture, rejoignit la route, et Stiller revint au bout du fil.

« Ils ont décidé d'entendre Johannes Norum, les informa-t-il.

— Ils veulent en faire un bouc émissaire, décréta Hammer.

— Ils arriveront peut-être à concocter une histoire donnant l'impression qu'il a aidé Tom Kerr à s'évader pour se venger de lui, mais ils ne pourront pas le transformer en l'Autre, affirma Stiller.

— Où est la logique ? Pourquoi aurait-il tué Kerr avant la fin de la reconstitution, avant qu'il n'ait montré où il avait enterré sa fille et raconté ce qui s'était passé ? »

Wisting intervint dans la conversation.

« Vous avez pu poser le traceur ?

— Dans sa sacoche d'ordinateur, répondit Stiller. J'aurai un message s'il se déplace de plus de dix mètres.

— Et à part ça ? Du nouveau ? s'enquit Hammer.

— L'examen de la camionnette de l'atelier de soudure de Revetal est terminé. À l'origine, elle était immatriculée en Suède, le vol a été déclaré il y a six mois. Les plaques ont été prises sur un véhicule similaire à Asker. »

Wisting hocha la tête. Ils étaient au courant.

« C'est le même procédé que quand Kerr et l'Autre ont enlevé les autres filles, poursuivit Stiller. L'hypothèse est que l'atelier devait être incendié ultérieurement, à un moment où le lien avec l'enlèvement de Maren Dokken s'imposerait moins facilement. »

Wisting déboîta sur la voie du milieu pour dépasser un scooter.

« Du nouveau sur Maren ?

— Non. Ils pensent que Tom Kerr a été tué et découpé à l'atelier avant qu'elle soit enlevée.

— Vous avez des précisions ?

— Ça s'est passé dans la cabine de peinture, les cloisons et le sol ont été entièrement repeints pour recouvrir les traces. Les techniciens ont découvert d'importantes quantités de sang au-dessous de cette couche de peinture fraîche. Le groupe sanguin a été identifié, mais l'analyse d'ADN n'est pas terminée. Tout ce que nous savons pour l'instant, c'est que c'est le groupe sanguin de Tom Kerr et pas celui de Maren Dokken.

— Comment peuvent-ils voir que Tom Kerr a été tué avant l'enlèvement de Maren ? demanda Hammer.

— C'est une question de durcissement de la peinture. Celle à l'intérieur de la camionnette est plus récente que celle de la cabine de peinture. Les enquêteurs supposent que Kerr a été tué le soir de son évasion. Ils ont interrogé le témoin de Midthun, qui pense qu'il y a eu du passage dans l'atelier à ce moment-là.

— Cela expliquerait pourquoi elle n'a pas appelé au secours. Il était seul quand il l'a enlevée. C'était un visage qu'elle connaissait, quelqu'un en qui elle avait confiance. »

Wisting imaginait Maren Dokken ne commençant à se débattre que lorsqu'une main lui plaquait un chiffon imprégné de produit anesthésiant sur le nez et la bouche.

« L'autopsie nous indique-t-elle quand le meurtre a eu lieu ?

— Elle est en cours. Je ne sais pas comment on examine un corps coupé en morceaux et baigné dans le chlore, mais je suppose qu'il sera difficile d'établir exactement l'heure du décès.

— Et ce bain de chlore, c'était où ?

— À l'atelier. Il y a une bassine recouverte de peinture dans la cabine. »

Wisting tenta de reprendre la chronologie.

« Tom Kerr est tué, découpé en morceaux, emballé dans des sacs. Il est conduit cent kilomètres plus loin, enterré sur sa propriété dans l'Østmarka. Ensuite l'Autre revient à l'atelier pour vaporiser de peinture le lieu du crime.

— Les enquêteurs pensent qu'il a transporté le corps dans la camionnette. Le numéro d'immatriculation a été confirmé aux péages. Le véhicule traverse Oslo vers 2 heures du matin et revient deux heures plus tard.

— Il a pu creuser le trou à l'avance, suggéra Hammer, avant de penser tout haut. Comment cela s'insère-t-il dans les mouvements de Semmelmann ? Je l'ai eu au téléphone, vers 15 heures, quatre heures après l'évasion de Kerr. Il était ici vers 18 h 30. Il a pu avoir le temps de ramasser Kerr à la plage où on a trouvé le bateau, de le conduire à l'atelier, qui était censé être une planque, ou alors il l'a tué tout de suite, et il est retourné à l'atelier après avoir pris sa chambre d'hôtel.

— Il a quitté le commissariat et est allé à son hôtel vers minuit, se souvenait Wisting. Ensuite, on l'a revu à la réunion du matin, peu après 8 heures.

— Il a pu avoir le temps de tout faire, affirma Hammer. Sans problème. On va… »

Stiller lui coupa la parole.

« Mouvement. »

Son ton était tranchant, il aboyait les mots.

« Idar Semmelmann est en mouvement. »

70

Les fillettes jouaient à la poupée et à la dînette dans le salon. Au sous-sol, Line indexait les images qu'elle avait tournées la veille. La porte en haut de l'escalier était ouverte. Elle entendait le débit régulier de leur jeu de rôles.

Sur l'écran, Idar Semmelmann arrivait. Ébloui par le faisceau de sa torche, son père plissait les yeux. Sous cet éclairage cru, ses rides paraissaient plus profondes, les ombres sous ses yeux, plus nettes. Il avait les cheveux en bataille, sa veste était de travers sur ses épaules. Il paraissait vieux, tendu, et pour la première fois, elle songea qu'un jour viendrait où il ne serait plus policier. L'âge limite de départ à la retraite viendrait, il ne pourrait plus être enquêteur. Elle se demandait quel effet cela lui ferait. Il ne fréquentait que ses collègues, n'avait pas de passe-temps, de loisirs. Presque aucune famille. Elle ne l'imaginait pas assumant de nouvelles fonctions dans une compagnie d'assurances, par exemple, où finissaient de nombreux anciens enquêteurs.

Semmelmann soulignait que Wisting et Hammer étaient retirés de l'affaire. N'entendant pas bien la réponse de son père, Line changea les réglages du son. Stiller racontait leurs découvertes. Son compte rendu était structuré, il aurait bien fonctionné comme récapitulatif dans le documentaire, mais la prise de son avec le seul micro intégré de la caméra était de piètre qualité.

L'image se centrait sur Semmelmann. Il semblait être passé chez le coiffeur récemment. Il avait l'air stressé, agacé, comme si la situation lui déplaisait.

Il soulevait le couvercle de l'une des boîtes contenant les morceaux de corps et dépliait le sac en plastique noir à l'aide d'un stylo pris dans sa poche intérieure pour révéler la main qui s'y trouvait.

L'un des techniciens d'identification criminelle soulignait que le contenu n'avait pas encore été examiné. Semmelmann l'ignorait, penchait la tête sur le côté et lui demandait si on ne pouvait pas procéder à un examen des empreintes digitales. Comme on lui répondait qu'il fallait attendre, il remettait le couvercle d'un geste gauche et plongeait les yeux dans l'objectif avant de se redresser.

Line revint en arrière et mit un repère à son arrivée pour identifier facilement la séquence.

Une notification en haut à droite de son écran l'informa que Claes Thancke avait répondu à son mail. Il passait le week-end à son chalet de Holmestrand pour préparer un procès, mais avait la possibilité de l'y rencontrer.

Line se tourna vers l'escalier. Sofie venait chercher Maja dans une heure. Elle ne pouvait décemment pas solliciter encore ses services de garde d'enfants. Elle n'aurait qu'à emmener Amalie.

71

Ils suivirent Semmelmann hors d'Oslo, sur l'E18 en direction du Vestfold. Wisting roulait derrière les autres et ne voyait pas sa voiture. Il était en appel de groupe avec ses deux collègues, mais nul ne disait rien, et il entendait seulement le sifflement de la ligne de téléphone et des pneus sur l'asphalte mouillé. Les essuie-glaces travaillaient en cadence. Ses pensées partaient en tous sens, sans freins. Il se penchait sur les éléments concrets, les arguments raisonnables, les interprétations plus singulières, s'efforçait de ne pas se cramponner aux suppositions enracinées, de rebattre les cartes, d'adopter d'autres points de départ, à la recherche de confirmations et de nouvelles réponses.

Doublé par un petit camion, il jeta un coup d'œil au compteur : il avait considérablement ralenti.

« Il prend la sortie de Tønsberg », annonça Stiller.

Wisting était à près de dix minutes de distance. Il accéléra, rattrapa le camion qui l'avait dépassé, le doubla à son tour, et quitta l'autoroute alors que Stiller entrait dans le centre-ville.

« Il va au commissariat, déduisit Hammer. Il doit avoir une réunion.

— La mienne, sans doute, constata Stiller. J'ai rendez-vous avec la commissaire dans vingt minutes. Ce serait naturel qu'elle ait demandé à Semmelmann d'être présent.

— De quel genre de réunion parlons-nous ? »

Stiller ne répondit pas à la question de Hammer, précisa à la place que Semmelmann se garait sur l'une des places réservées devant le commissariat.

Wisting se rangea à un arrêt de bus, se tourna vers la banquette arrière et tendit la main vers son ordinateur.

« Ne commencez pas la réunion sans moi », demanda-t-il.

Stiller eut une hésitation.

« La réunion concerne l'enquête interne, il s'agit de vous. »

Tout à son opération de nettoyage mental, Wisting l'ignora. Il lui fallait encore un peu de temps, mais une possibilité insoupçonnée était en train d'éclore dans son esprit.

« J'y serai à 16 heures », déclara-t-il avant de raccrocher.

72

Hammer attendait devant la porte de la commissaire. Elle n'avait pas de secrétaire le samedi. L'horloge murale derrière le bureau vide indiquait 16 heures.

« Ils sont à l'intérieur. »

Wisting frappa à l'épaisse porte en chêne mais entra sans attendre de réponse.

Ils étaient assis autour de la table de conférence. Agnes Kiil s'interrompit au milieu de sa phrase et observa Stiller d'un air interrogateur. Idar Semmelmann se retourna, agacé.

Wisting s'approcha d'une chaise libre. La commissaire se leva à demi. Elle semblait chercher ses mots.

« Avions-nous rendez-vous ? finit-elle par demander.

— J'ai de nouvelles informations importantes.

— Ça ne peut pas attendre ? fit Semmelmann.

— Non. Nous savons qui est l'Autre.

— Vous êtes tous les deux retirés de l'affaire, protesta Semmelmann. Et vous, Wisting, vous faites l'objet d'une enquête interne. »

La commissaire se laissa retomber sur sa chaise.

« Dites-nous ce que vous savez. »

Wisting s'installa, attendit que Hammer soit également assis.

« Theo Dermann. Depuis le début, quelque chose me travaille à propos de sa visite au cabinet de Claes Thancke. »

Semmelmann l'interrompit.

« C'était Chris Paust Backe. La secrétaire l'a reconnu sur les photos. »

Wisting acquiesça, regarda Stiller : ils avaient déjà tiré cette conclusion, mais sans qu'il en soit pleinement conscient, un détail l'avait heurté.

« Son premier appel provenait d'un téléphone mis à la disposition des demandeurs d'emploi de l'agence NAV de Sagene, à Oslo. Or Chris Paust Backe habitait à Asker, il ne dépendait donc pas de Sagene, et de toute façon, il touchait une pension d'invalidité depuis huit ans.

— Johannes Norum est demandeur d'emploi et il dépend de Sagene, glissa Semmelmann. Ce sont des questions que nous sommes en train d'examiner. Nous allons l'entendre dans la soirée. »

Wisting ne releva pas.

« Ce même téléphone a été utilisé dans une autre affaire. Une affaire d'extorsion, il y a quatre ans. Je ne me souvenais plus des détails et j'ai mis un peu de temps à la retrouver. Il s'agissait d'un gardien de prison qui s'était fait piéger. Il avait fini dans une chambre d'hôtel avec une jeune fille. Ils étaient secrètement filmés et l'enregistrement a été utilisé pour essayer de le forcer à aider un détenu à s'évader. Le maître chanteur le contactait par un téléphone de NAV Sagene. Le gardien était marié, mais en instance de séparation. Il est allé voir sa direction et une opération a été lancée. Un homme originaire des Balkans a été arrêté et condamné. L'affaire n'est jamais parvenue jusqu'aux médias, mais elle a été présentée dans un séminaire sur la corruption et la subornation de fonctionnaires.

— Une méthode connue, donc, commenta Semmelmann. Quel est le rapport avec notre affaire ? »

Hammer et Stiller ne semblaient pas voir de lien non plus.

« J'y viens. »

Wisting laissa à son adjoint le soin de parler des téléphones avec lesquels Tom Kerr et l'Autre avaient communiqué avant l'arrestation de Kerr.

« Tormod Jahren était condamné pour inceste et diffusion de pornographie infantile. Vous étiez responsable de l'enquête », conclut Hammer en s'adressant à Semmelmann.

Celui-ci acquiesça d'un signe de tête prudent, comme s'il n'avait qu'un souvenir vague de l'affaire.

« Qu'avez-vous fait du téléphone après son retrait de la salle des scellés ? s'enquit Wisting.

— Je ne sais pas. C'était il y a plusieurs années. J'ai eu de nombreuses affaires.

— Que disent les consignes de la police ?

— Que s'il n'est pas confisqué, l'appareil doit être rendu à son propriétaire.

— Et il lui a bien été rendu. Mais pas par vous. Vous l'avez confié à son avocat et ce n'est que plusieurs mois plus tard qu'il est arrivé à la prison.

— Claes Thancke ! s'exclama Semmelmann. Je m'en souviens maintenant. C'était Claes Thancke l'avocat de la défense, je lui avais remis le téléphone. »

La commissaire s'avança vers Wisting.

« Qu'est-ce que cela signifie ? Claes Thancke a-t-il laissé Tom Kerr utiliser le téléphone d'un autre client ?

— Non. Cela signifie que Claes Thancke est l'Autre. »

73

La commissaire s'appuya contre son dossier.

« Cette affirmation, il va falloir l'étayer. »

Stiller semblait à court de mots. La conversation avait pris un tour auquel il n'était pas préparé.

« Et l'autre téléphone pris dans les salles de scellés ? finit-il par demander.

— Steffen Skjeberg était représenté par un avocat stagiaire du cabinet Thancke, répondit Wisting, mais c'est Thancke lui-même qui a apporté son téléphone à la prison. »

Il présenta les copies des inventaires d'Ila et de la maison d'arrêt d'Oslo. Le premier gardien d'Ila avait demandé que l'on scanne celui d'Oslo et qu'on le lui envoie par fax. Sur les deux documents, Claes Thancke était inscrit comme personne ayant déposé les téléphones.

Wisting se tourna vers Semmelmann.

« Où placeriez-vous Thancke sur la carte de relations ?

— Il ne figure pas dans la base de données.

— Mais quelle cote lui donneriez-vous ? Où le placeriez-vous par rapport à Tom Kerr ?

— Tout près, admit Semmelmann.
— Ça ne suffit pas, protesta la commissaire.
— Il y a trois ans, Thancke a aussi défendu Chris Paust Backe, qui était accusé de menaces avec une arme à feu. C'était la personne à contacter pour se procurer une grenade.
— Risqué, commenta Stiller. Il est venu au cabinet. Des employés auraient pu le reconnaître.
— La secrétaire juridique n'était là que depuis six mois, expliqua Wisting. La précédente avait dû partir après avoir porté plainte pour harcèlement sexuel. Le rendez-vous était fixé un jour où la plupart des avocats et des employés du cabinet étaient au tribunal ou en déplacement. Personne ne pouvait le reconnaître.
— Quoi qu'il en soit, une fois sa mission accomplie, il fallait se débarrasser de lui», ajouta Hammer.
Wisting acquiesça avant de reprendre.
«Le maître chanteur qui avait utilisé le téléphone de l'agence NAV de Sagene : Claes Thancke l'a défendu aussi. Les pansements sur le visage : en 2013, Thancke a défendu un violeur qui se camouflait avec des lunettes de soleil et des pansements avant d'agresser ses victimes. C'était facile à mettre, facile à enlever, et ça se gravait dans l'esprit des victimes. Pendant les premières semaines, la police avait recherché un violeur ayant des plaies sur le visage.
— Mais pourquoi ce système? demanda la commissaire. Pourquoi fabriquer une situation qui l'oblige à admettre avoir passé en douce des lettres dans la prison?
— Pour couvrir ses arrières. Au cas où les soupçons iraient dans sa direction. Une pure manœuvre de diversion, comme il en a souvent fait au tribunal.

Ses clients avouent un délit relativement mineur, cela les rend crédibles et ils peuvent ensuite mentir à loisir. Et ça a fonctionné. Nous n'avons jamais douté de ce qu'il nous racontait. »

La commissaire hocha la tête, mais Wisting n'avait pas terminé.

« Le coup de fil à Helene Norum : Claes Thancke avait accès à son numéro dans le dossier de l'affaire. L'atelier de soudure où Tom Kerr a été tué : le propriétaire est un client du cabinet Thancke. Thancke savait que les locaux étaient vides et il pouvait sans doute se procurer la clef. En 2010, il a défendu un carrossier-peintre accusé d'avoir violé des prostituées dans sa camionnette. Avant son arrestation, il avait éliminé toutes les traces en repeignant l'espace de chargement.

— Il correspond au profil, reconnut Semmelmann. Stratège et inventif, très intelligent, capable de prévoir à long terme, de cerner les conséquences. Une personne respectée qui a réussi à créer l'image d'un homme altruiste, franc, qui a bon cœur et le sens du sacrifice. »

Sa description était là depuis le début. Personne ne l'avait reconnu.

« Claes Thancke est comme un joueur d'échecs, ajouta Wisting. Il réfléchit avec plusieurs coups d'avance. Si nous avions relevé son ADN ou ses empreintes digitales dans l'atelier de soudure ou ailleurs, sa réponse était toute trouvée, une affaire parfaitement légale l'avait conduit à cet endroit. Cela a fait de lui un avocat de talent, mais aussi un criminel calculateur. Il connaît la police et est capable de prédire notre façon d'agir, il savait par exemple que nous ôterions les entraves de Kerr s'il lui disait de trébucher.

— La conversation dans sa voiture, se souvint soudain Hammer. Il a dû lui donner ses dernières instructions, peut-être même lui montrer des photos des endroits où étaient placés la grenade et le pistolet.

— J'ai essayé de renverser la proposition. De tout regarder sous un autre angle pour sortir de ce schéma de pensée, mais la conclusion reste et demeure la même. Tout dans cette affaire pointe dans la direction de Claes Thancke. »

La commissaire leva le doigt pour signaler qu'elle avait une question :

« Où se trouve Claes Thancke actuellement ? »

74

Le paysage était nimbé d'une brume statique. La plupart des embarcations du port étaient au sec pour l'hiver, alignées sous des bâches.

Des vaguelettes battirent le rivage. Deux goélands s'envolèrent d'une vieille grue à bateaux.

Claes Thancke arrivait, debout au volant d'une vedette qui glissait doucement dans la baie. Line leva la main pour le saluer. Il lui rendit son salut et manœuvra vers le ponton. Avec sa tenue décontractée et sa casquette sur la tête, il était différent, elle ne l'avait jamais vu comme ça.

Line remonta la fermeture éclair d'Amalie et leva les yeux vers les nuages bas. Ni elle ni sa fille n'étaient vêtues pour une promenade sur l'eau. En plus, la nuit allait tomber dans quelques heures. Elle aurait pu proposer un rendez-vous un autre jour, ailleurs. Seule. Discuter du projet de documentaire ne présentait aucune urgence. Mais elle était ici pour une autre raison. Maren Dokken. Ces dernières années, la personne la plus proche de Tom Kerr avait été Claes Thancke. On pouvait aisément imaginer qu'il saurait où Kerr était susceptible de retenir Maren prisonnière.

Elle avança au bord du ponton pour réceptionner le bateau.

« J'ai été obligée d'emmener ma fille, expliqua-t-elle. Je l'élève seule et ce n'est pas évident de trouver une garde d'enfant au pied levé. »

Un tressaillement de la lèvre supérieure suggéra que Thancke n'était pas enchanté.

« Je n'ai pas de gilet de sauvetage pour enfant.

— J'en ai apporté un, le rassura-t-elle en souriant.

— D'accord. Comment s'appelle-t-elle ?

— Amalie.

— Allez, tout le monde à bord ! »

Line leva le sac de sa caméra. Elle ne prévoyait pas de l'utiliser, mais l'avait emportée malgré tout.

« Je peux rester garée là ? » demanda-t-elle en montrant sa voiture.

À part la Mercedes de Thancke, il n'y avait aucune voiture sur l'aire en terre battue qui servait de parking.

« Pas de problème. »

Line aida Amalie à embarquer et lui mit son gilet de sauvetage, puis Thancke repoussa le bateau du ponton.

« On en a pour à peine dix minutes », annonça-t-il en montrant les îles dans la brume.

La vedette fendait l'eau sombre. Line serra Amalie contre elle, pourlécha le sel de ses lèvres. Le vent souleva la casquette de Thancke, qui la renfonça d'une main. Ses cheveux étaient gris sur le côté et il fallut quelques instants à Line pour comprendre que c'était de la peinture. Il en avait aussi sur la main qui tenait le volant.

« Vous repeignez votre chalet ?

— Hmm ? »

Elle désigna les taches sur sa main.

« Vous faites des travaux de rénovation ? »

Il eut un sourire fugace.

« C'est de la peinture pour carrosserie », rectifia-t-il, sans préciser sa pensée.

Elle lui rendit son sourire.

« Merci de prendre le temps de me recevoir. »

Il fit un bref signe de tête. Line lui exposa ses projets pour la série documentaire.

« C'est vous qui l'avez trouvé, ai-je cru comprendre ? demanda Thancke sans quitter l'eau des yeux. Qu'est-ce qui vous a incitée à vous rendre à sa ferme ?

— Je voulais voir l'endroit, savoir à quoi ça ressemble maintenant, tourner quelques images.

— J'y suis moi-même allé il y a peu. Le chemin n'était pas fermé ?

— Si, il était barré par un câble. Quand y êtes-vous allé ?

— La semaine dernière, je crois. Le dossier d'assurance n'est pas encore refermé. J'ai dû y faire un tour.

— L'herbe était piétinée derrière l'abri, un passage qui entrait dans la forêt.

— Oui. Il y avait un corbeau mort sur la dalle en pierre devant l'abri. J'ai pris une pelle pour le jeter dans les broussailles. »

Ils sortirent de la baie, Thancke changea de cap, coupant quelques vagues molles.

« Vous étiez présente pendant le travail des techniciens d'identification criminelle ?

— Ils ont terminé vers 2 heures du matin.
— Ont-ils obtenu des résultats ?
— À quoi pensez-vous ?
— Des traces ? Une indication de ce qui s'est passé, de qui se tenait derrière tout cela ?
— Je ne crois pas. Il faut des examens plus approfondis. Je suppose qu'ils y sont retournés de jour. »

Il n'y avait pas d'autres bateaux sur l'eau. Thancke se dirigeait vers une île boisée dont les arbres poussaient jusqu'au rivage.

« Autrefois, c'était un champ en jachère, précisa-t-il. Mais maintenant qu'il n'y a plus de moutons sur l'île, la nature a repris ses droits. On ne voit presque pas le chalet. »

Ils approchèrent d'un ponton. Un large sentier montait vers une maison blanche. Thancke était manifestement en train de le dégager, des branches coupées étaient rassemblées en fagots, d'autres avaient été passées au broyeur et transformées en sciure.

« Il n'y a pas d'autres chalets sur l'île ? s'enquit-elle.
— Non. Ma famille la possède depuis l'avant-guerre. J'ai une paix royale ici. Personne d'autre n'y vient. »

Line s'était documentée à son sujet. Il avait pris la relève de son père et de son grand-père en devenant lui aussi avocat, mais la tradition familiale s'achevait sans doute avec lui : il était célibataire et sans enfants. Ses parents n'étaient plus en vie. Sa seule famille était désormais son frère, un armateur.

Ils accostèrent. Thancke amarra le bateau. Line passa à l'avant, posa Amalie sur le ponton avant d'attraper son sac. Alors qu'elle sautait à quai, le bateau recula, l'amarre se tendit et Line se prit le pied dedans.

Elle perdit l'équilibre. Comprenant ce qui l'attendait, elle lança le sac contenant sa caméra sur le ponton, mais se cogna quant à elle au bord, d'abord l'épaule, puis la hanche, avant de tomber à l'eau. Elle réussit toutefois à se retenir à une corde et à garder la tête au-dessus de la surface.

Claes Thancke se précipita, s'agenouilla et la saisit par le bras. Line battit des pieds et put se hisser le long d'un pilier.

Amalie la regardait d'un air épouvanté. Ne pouvant la serrer contre elle de peur de la mouiller, Line lui sourit, rit pour dédramatiser la situation.

« Vous avez des vêtements de rechange ? s'enquit Thancke en regardant son sac.

— Non, je…

— Vous ne pouvez pas rester comme ça. Je dois avoir quelque chose à vous prêter dans la maison, vous allez pouvoir vous changer. Et j'ai une armoire sèche-linge. On va peut-être même arriver à sécher vos vêtements avant que je vous ramène. »

Line se sentait très gênée par l'incident. Elle palpa ses poches, sortit son téléphone. Il fonctionnait toujours, mais les couleurs de l'affichage étaient altérées.

« Il est étanche ? s'enquit Thancke.

— Oui, mais le verre est fendu, alors je ne sais pas combien de temps il va tenir. »

Il tendit la main vers l'appareil pour l'examiner.

« Je ne me sers jamais de mon téléphone quand je suis ici, je l'éteins. Enfin, j'ouvre ma boîte mail de temps en temps. »

De l'eau de mer s'en écoula lorsqu'il le retourna.

« On va le plonger dans un bol de riz, proposa-t-il en ôtant la coque. Ça absorbera l'humidité. »

Ils se mirent en marche. Line tenait Amalie par la main. Thancke portait son sac. Au chalet, il leur montra la salle de bains et partit chercher des vêtements secs en emportant le téléphone.

Line ôta ses chaussures, ses chaussettes, sa veste et son pull en assurant à Amalie que tout allait bien.

Thancke revint avec un pantalon de pyjama à carreaux, un T-shirt, des chaussettes en laine et un pull.

« Je crois que le pyjama n'a jamais servi », dit-il en lui tendant le tout.

Line le remercia et verrouilla la porte. Elle se déshabilla en se demandant si elle pouvait garder son soutien-gorge, mais il était mouillé, lui aussi.

Nue devant le grand miroir, elle se tordit en tous sens pour voir ses blessures. Sa hanche et sa cuisse gauches la faisaient souffrir, elle allait avoir un bleu gigantesque.

Elle avait la chair de poule et chercha du regard de quoi se sécher.

« Il y a des serviettes dans le placard sous le lavabo, l'informa Thancke de l'autre côté de la porte, comme s'il lisait dans ses pensées.

— Merci ! » cria-t-elle.

Sa peau était toute poisseuse et salée.

« Vous pouvez prendre une douche », proposa Thancke.

Elle observa la douche carrelée. C'était tentant, mais elle attendrait d'être rentrée chez elle. Elle s'habilla. Lorsqu'elle ouvrit la porte, Thancke était juste devant. Il lui prit le tas de vêtements mouillés des bras.

« Je m'en occupe. »

Dans la laverie, en face, il brancha l'armoire sèche-linge, le ventilateur se mit à bourdonner.

« Vous préféreriez peut-être le faire vous-même ? »

Il lui rendit ses vêtements et Line suspendit son pantalon avant d'accrocher son soutien-gorge sur un cintre. Amalie suivait ses gestes avec attention. Thancke quitta la pièce et revint avec ses chaussures. Il attendit qu'elle ait terminé et les posa sur une grille au fond du placard.

« Vous avez vos clefs de voiture ? »

Elles n'étaient pas tombées de la poche arrière de son pantalon. Afin d'y penser en partant, Line les déposa au fond, entre ses chaussures.

Thancke referma le placard sans bruit et régla le thermostat au maximum.

« Allons dans la cuisine. »

En chemin, il s'arrêta devant une porte et regarda Amalie.

« Je crois que j'ai peut-être quelque chose pour toi dans cette pièce. »

La clef était dans la serrure. Il la tourna. C'était une chambre à coucher. Les rideaux étaient fermés. Il appuya sur un interrupteur. Au bout du lit se trouvaient des chevaux en plastique avec leurs accessoires.

« *My little pony* », commenta Line en souriant.

Amalie en avait quelques-uns à la maison. Line la prit par la main et l'accompagna dans la chambre. La fillette choisit un poney à longue crinière violette et s'assit par terre avec.

« Ma nièce, expliqua Thancke. Elle a passé l'âge maintenant. Ça fait des années qu'elle n'est pas venue.

— Maman est là-bas », expliqua Line à Amalie en lui montrant la cuisine.

Thancke alluma la bouilloire.

« Vous avez l'eau courante ? Sur cette île ?

— Non, j'ai un puits plus loin, avec une pompe. Et une fosse septique près du ponton. Les services côtiers la vident chaque automne. Le courant vient par câble sous-marin. Les Allemands l'ont posé pendant la guerre. Ils avaient une batterie de canons sur l'île. »

Il remplit un bol de riz, enfonça le téléphone de Line dedans.

Il y eut un bruit quelque part, un choc. Comme la chute d'un objet. Line se tourna vers le couloir et la chambre d'amis où jouait Amalie.

Thancke alluma une radio. L'eau bouillait. Il sortit des tasses et des sachets de thé.

« Earl Grey ? »

Line accepta.

« Sucre ? Sucrettes ?

— Sucrettes. »

Le thé resta à infuser sur le plan de travail pendant que Thancke sortait un paquet de biscuits aux pépites de chocolat. Il les versa dans une coupelle qu'il posa sur la table avant d'apporter les tasses.

« Comment percevez-vous Tom Kerr ? demanda Line en entourant la grande tasse de ses mains.

— Kerr a beau être mort, le secret professionnel s'applique toujours. Si je participe à votre série documentaire, il faudra comprendre que je dois respecter ses intérêts supposés et sa volonté.

— Sa volonté de nuire, laissa échapper Line.

— Pardon ?

— Le psychiatre le décrit comme ça, il parle de cruauté. De besoin impérieux d'infliger des souffrances à autrui. »

Elle but une gorgée de thé. Amer.

Claes Thancke avait une mine pensive. Il tourna

lentement sa tasse entre ses doigts épais. Son regard paraissait lointain mais il était dirigé sur elle, fixé à hauteur de poitrine.

Elle courba les épaules, se dit qu'elle aurait dû la prendre, cette douche.

Elle n'était toujours pas réchauffée.

75

En fin de compte, la commissaire décida qu'il fallait arrêter Claes Thancke. Elle signa le document officiel.

« Faites ça aussi discrètement que possible. Pas d'uniformes, pas de gyrophares, pas de sirènes. »

Le mandat resta quelques instants sur le bureau, puis Semmelmann poussa la feuille vers Wisting, qui attendit un signe de tête de la commissaire pour la prendre. Il allait diriger l'opération.

Ils formèrent deux binômes. Semmelmann et Stiller se rendirent au cabinet d'avocats dans le centre d'Oslo, Hammer et Wisting, à sa maison des quartiers ouest.

Hammer termina un appel alors qu'ils quittaient l'autoroute et se dirigeaient vers les rues tranquilles de Frogner.

« Son téléphone n'est pas localisable, annonça-t-il.

— Ce qui signifie ?

— Qu'il n'est pas utilisé. Il est éteint ou hors réseau. »

Wisting resserra ses doigts autour du volant.

Il leva la main pour saluer des policiers dans deux

voitures postées à un carrefour. Hammer les contacta sur la radio pour leur demander d'attendre.

Ils se garèrent devant chez Thancke. Une haie dense derrière une clôture en fer forgé abritait la propriété des regards. Le portail était verrouillé et muni d'un écriteau signalant l'existence d'une surveillance vidéo. Des flaques de pluie émaillaient le gravier devant la maison. Aucun véhicule n'y était garé. Du lierre encadrait des fenêtres vides, sombres.

Hammer tenta un coup de sonnette au portail, puis, après avoir attendu quelques instants, il grimpa, franchit la clôture et s'enfonça à travers la haie.

Wisting l'imita.

À l'entrée, il actionna le marteau de la porte. Personne. Il montra un autocollant.

« Alarme. »

Hammer téléphona à la compagnie de sécurité et invita l'agent qu'il avait au bout du fil à appeler le standard de la police pour vérification. Ils passèrent ensuite de l'autre côté de la maison pendant qu'il lui indiquait où ils se trouvaient et expliquait qu'ils allaient pénétrer dans la maison. L'agent déconnecta l'alarme.

Ils choisirent une porte vitrée à petits carreaux qui ouvrait sur la terrasse, Hammer en cassa un près de la poignée, enfonça son bras à l'intérieur et ouvrit.

Wisting enjamba les bris de verre, regarda autour de lui. Le salon était cossu, le tapis, épais et moelleux.

« Police ! » cria Hammer.

Seul l'écho lui répondit.

Ils allèrent de pièce en pièce. Deux niveaux plus un sous-sol. Dix minutes plus tard, ils avaient pu établir que la maison était vide. Mobilier ancien et vénérable, pièces hautes de plafond, lustres, grandes fenêtres, tableaux aux larges cadres ornés : la demeure était sans doute un bien hérité, comme le cabinet d'avocats.

Dans une aile de la maison, une étude avait sa propre entrée. Les murs étaient tapissés de livres épais aux titres gravés en lettres d'or sur le dos. Sur le bureau, à la fenêtre, sans ordinateur, tout semblait avoir sa place attitrée, y compris la lampe en laiton à abat-jour en verre vert. Au centre de la pièce, de profonds fauteuils en cuir patiné entouraient une table basse rutilante, probablement de l'acajou. Et derrière se dressaient quatre classeurs à rideau. L'un d'eux était ouvert à demi, Wisting tira sur la poignée et remonta le rideau jusqu'au bout. Des dossiers d'anciens clients, classés par ordre alphabétique, de S à Å. Hammer leva le rideau voisin. Des dossiers de K à R. Ensuite, on avait A à J. Quant au dernier classeur, tout à gauche, il était fermé à clef.

Wisting reçut un appel de Semmelmann et répondit tout en s'approchant du bureau. Il ouvrit un tiroir, souleva quelques papiers.

« Il est chez lui ? demanda Semmelmann.

— Non. On y est en ce moment. Il n'y a personne.

— Pareil pour nous. La secrétaire nous a fait entrer. On est passés la chercher chez elle. Elle pense qu'il pourrait être à son chalet. Il y est beaucoup allé ces derniers temps. »

Wisting coula un regard vers Hammer. Ils avaient vérifié. Thancke n'avait pas de résidence secondaire.

« Il est enregistré au nom du cabinet, expliqua Semmelmann. C'est au large de Holmestrand. »

Wisting consulta sa montre. Une heure de route, il ne fallait pas traîner. Il repoussa violemment le tiroir, la brutalité de son geste fit rebondir un stylo et il rouvrit le tiroir à demi pour le décoincer. Il s'apprêtait à le refermer quand il remarqua une clef.

« Le chalet est sur une île, poursuivit Semmelmann. Stiller fait sortir une voiture banalisée du poste de police le plus proche pour voir s'il est garé sur le port. L'hélicoptère est exclu à cause du brouillard, mais le poste envoie un bateau pour surveiller les lieux jusqu'à notre arrivée.

— Bien. »

La clef ressemblait à une vieille clef de coffre.

« Nous avons découvert un autre élément intéressant. Un transfert de propriété. Thancke a créé une société qui a racheté l'exploitation de Tom Kerr dans l'Østmarka, avec toutes les créances à recouvrer. Cela signifie que s'il négocie un accord avec la compagnie d'assurances, le pactole lui reviendra. Cinq millions de couronnes. C'est sans doute un arrangement destiné à éviter que les indemnités d'assurance servent à régler les dommages et intérêts que Kerr a été condamné à verser aux familles des filles qu'il a tuées, mais cela donne aussi un mobile financier à Thancke. »

Wisting observa le quatrième meuble d'archives. La clef entrait peut-être dans cette serrure.

« On s'en va maintenant, conclut Semmelmann. On part pour Holmestrand.

— Nous aussi, on a presque terminé. »

Il contourna le bureau, avança vers le classeur. La clef glissa dans la serrure, tourna facilement.

76

Hammer remonta le rideau. Encore des dossiers, mais sans classement alphabétique, cette fois. Wisting en prit un. Un nom et une année inscrits au stylo bille. *Tanner 2012*. La chemise était cornée, comme si le dossier était souvent consulté.

Il l'ouvrit, vit la photo d'une femme nue attachée à un lit, une taie d'oreiller sur la tête. Il y en avait d'autres, de la même femme, sous différents angles. Plus loin, un plan rapproché de ses seins qu'on brûlait avec une cigarette. Son corps s'arc-boutait, tordu de douleur. Puis, un couteau incisant sa peau, des pénétrations vaginales et anales, d'abord avec les doigts, ensuite avec des objets divers et variés. Les dernières photos la présentaient blessée, barbouillée de sang, dans une flaque d'urine.

« Bon Dieu… », articula Hammer.

Dans le deuxième dossier, *Krüger 1998*, les clichés, de moins bonne qualité, montraient des scènes similaires. Une femme attachée à un arbre dans la forêt. La corde serrée sur sa poitrine et autour de son ventre s'enfonçant dans sa peau souple. Ses jambes étaient écartées avec un accessoire en métal. Elle avait dans la bouche une balle retenue par une sangle passée autour de sa tête. Sur les photos suivantes, on voyait des traces de fouet, sur d'autres, elle était molestée avec des bouts de bois. Le sang coulait sur ses cuisses.

Le dossier suivant était plus épais. *Loch-Hansen 2014*. Une femme nue allongée sur un canapé, manifestement inconsciente. Des cendriers, des verres à demi pleins, des bouteilles vides sur la table basse. Ses vêtements en tas à côté. Il y avait ensuite une photo arrangée. La femme avait les jambes sur la table, écartées, la tête renversée sur le dossier. Là encore, divers objets étaient introduits dans son corps. Quelqu'un enfonçait son pénis dans sa bouche, maintenue ouverte avec deux doigts. Sur les dernières photos de la série, elle avait le visage maculé de sperme, que son agresseur raclait de ses lèvres et de sa joue à l'aide d'une cuiller à soupe pour ensuite le verser dans sa bouche.

Le dossier contenait aussi des clichés du même salon, du même canapé, mais avec d'autres femmes. L'âge variait, le supplice restait le même.

« Fredrick Loch-Hansen, dit Wisting. Il avait été condamné pour abus sexuels sur plus de dix femmes qu'il avait droguées. Il versait des somnifères dans leur verre. Aucune d'entre elles n'avait ensuite le moindre souvenir de ce qui s'était produit. Ce dossier fait partie des preuves. Les photos étaient sur le téléphone de Loch-Hansen. Certaines de ses victimes n'ont jamais été identifiées. »

Hammer regarda un autre dossier, tomba sur des photos de deux enfants nus.

« Tout cela provient d'affaires qu'il a défendues, conclut-il. Ça remonte à loin. »

Il tendit la chemise à Wisting, en prit une autre, qui contenait des photos d'agressions que l'un des clients de Thancke avait dû télécharger sur Internet.

Wisting eut un mouvement de recul. Il lui fallut quelques instants pour absorber ces informations.

Extérieurement, Thancke avait semblé être un avocat non conventionnel. Quelqu'un qui considérait comme un devoir vis-à-vis de la société de se charger des dossiers impopulaires et qui défendait des gens par ailleurs méprisés. En réalité, il recherchait ces affaires pour satisfaire ses propres désirs, ses pulsions. Sous le couvert de défendre des agresseurs pervers, des violeurs, il s'était construit une collection de photos monstrueuses, il avait nourri son imagination. Et puis il avait rencontré Tom Kerr. L'imagination était passée à exécution. Il n'était plus simple observateur. Il était devenu l'Autre.

77

« Vous avez froid. » Thancke détourna le regard. « Allons dans le salon, je vais faire du feu. »

En se levant, Line entendit de nouveau le bruit. Plusieurs coups faibles.

« Je vais juste jeter un œil sur Amalie, annonça-t-elle.

— Est-ce qu'elle voudrait quelque chose à boire ?

— Je ne pense pas. Je vais lui donner des biscuits », répondit-elle en se servant dans la coupe.

À plat ventre sur le plancher, Amalie menait une conversation entre deux poneys.

« Tout va bien ? » s'enquit Line.

Amalie la regarda rapidement, prit les biscuits que sa mère lui tendait.

« Tu as des vêtements bizarres », commenta-t-elle.

Line sourit et l'embrassa avant de regagner le salon. Les flammes léchaient déjà la vitre de la cheminée, un insert à gaz. Les murs étaient ornés de distinctions et de diplômes, ainsi que de photographies encadrées de Thancke en compagnie de diverses personnalités du monde politique et autres.

Deux baies panoramiques donnaient sur le sud.

Le brouillard s'était densifié, mais on voyait encore la mer. Devant se déployait une terrasse dallée d'ardoises prolongée par une petite piscine sous une verrière embuée de vapeur.

Les lattes d'une trappe grincèrent sous les pas de Line lorsqu'elle avança jusqu'aux fenêtres pour mieux voir. L'été, ce devait être paradisiaque. Par une journée comme celle-ci, la scène paraissait glaciale.

Elle s'acquitta néanmoins d'un « Superbe ! ».

Thancke vint à ses côtés, tendant au passage le bout du pied pour remettre un tapis à sa place.

« C'est une piscine d'eau de mer, expliqua-t-il en souriant. Ça me permet d'éviter d'utiliser du chlore. »

Il avait apporté les thés. Line s'assit là où il avait posé sa tasse, tout près du feu.

« Comment perceviez-vous Kerr ? »

Thancke épousseta une jambe de son pantalon.

« Il était davantage que ses actes. À bien des égards, c'était quelqu'un de dynamique, un homme qui avait de la ressource, qui s'intéressait à beaucoup de choses.

— Vous avez eu beaucoup de clients comme ça...

— Comme ça ?

— Des violeurs. Des agresseurs. Des déviants. Comment est-ce de défendre ces gens-là ? »

Il s'éclaircit la voix.

« Je n'ai jamais défendu, et je ne défendrai jamais, les actes. Je défends les droits de mon client. Je comprends parfaitement bien qu'on puisse être révolté par les causes que je plaide, mais ma mission est de vérifier la validité des preuves, de faire en sorte, s'il y a un doute, que ce doute profite à l'accusé. Cela ne m'a jamais posé de problèmes. Je ne fais pas de sentiment dans mon rôle d'avocat, en revanche, je mets de l'engagement et du travail dans chaque affaire. »

Il était bon en interview, songea Line. Éloquent, complet, même si, évidemment, il s'agissait de questions qui lui avaient souvent été posées, il avait travaillé ses réponses. Toujours est-il qu'il apparaissait comme un homme réfléchi, qui n'était pas autocentré.

« Cela ne vous fait pas quelque chose ?

— Vous vous demandez si je deviens insensible ? Dans ce métier, on ne peut pas s'arrêter sur l'horreur d'un acte. C'est comme les médecins. Il faut voir au-delà du choc, de la tristesse, et se concentrer sur sa mission. On doit écarter tout le reste de son esprit.

— Vous ne pensez pas aux victimes des hommes que vous défendez ? »

Il sembla ne pas saisir pleinement le sens de sa question.

« Ça devient plus facile avec le temps. Au fil des années, on s'endurcit. Ce qui fait beaucoup d'effet au début finit par devenir quotidien. Je ne pense pas pour autant que cela m'a rendu insensible. »

Le bruit revint. Trois coups sourds.

« Qu'est-ce que c'est que ce bruit ? demanda Line.

— Quel bruit ?

— Les chocs qu'on entend ?

— Ah, fit-il en souriant. C'est la filtration de la piscine. Il y a de l'air dans les conduites. Je suis tellement habitué que je n'y prête même plus attention. »

Elle regarda derrière lui. Un oiseau s'était posé sur la verrière.

« Vous n'avez eu aucun signe qu'il avait l'intention de s'évader ?

— Non. Je pensais qu'il avait atteint une forme

d'apaisement, qu'il allait avouer et aller de l'avant. Je me suis laissé berner. Il a berné tout le monde.

— Où a-t-il pu se cacher ? Jusqu'à ce qu'il soit tué ?

— Nous ne savons pas quand il a été tué, souligna Thancke.

— Je pense à Maren Dokken, à l'endroit où elle a pu être cachée. »

Les bruits des conduites d'eau étaient presque inaudibles, mais l'onde se propageait dans sa tasse. À chaque coup, un tremblement parcourait le thé chaud, comme si un gros animal lourd approchait.

« Vous prenez comme acquis que c'est Tom Kerr qui a enlevé Maren Dokken, mais nous n'en savons rien. Ça n'a nullement été prouvé.

— Dans un sens, c'est vous qui en savez le plus sur lui. S'il avait une cachette, comment pourrait-on la trouver ? Je comprends que ce n'est peut-être pas dans l'intérêt de votre client, mais Maren Dokken reste introuvable. Ce pourrait être une question de vie ou de mort. C'est une bonne raison pour lever le secret professionnel, non ?

— Ne sortons-nous pas du cadre de votre documentaire ? »

Line entoura sa tasse de ses mains, contempla le contenu.

« Je suis désolée. C'est que je l'ai rencontrée le jour de l'évasion de Kerr. Je lui ai parlé à bord du minibus. L'idée de ce qu'elle subit… »

Des coups. Les vibrations à la surface du thé se succédaient à un rythme régulier. Trois intervalles courts, trois longs, trois courts, stop.

« Je l'ai rencontrée, moi aussi. Je lui ai parlé et si j'avais su ce qui lui était arrivé, je n'aurais pas gardé ça pour moi, bien sûr, mais j'en sais aussi peu que la police. »

Line ne quittait pas sa tasse des yeux. Elle se concentrait pour écouter. Trois coups brefs, trois longs, trois courts. SOS. Les intervalles n'étaient pas aléatoires. Quelqu'un cherchait à lui envoyer un signal.

Elle coula un regard vers la trappe du sous-sol à côté de la baie vitrée, entendit trois nouveaux chocs. On tapait dans les conduites d'eau du sous-sol.

« Vous avez à peine touché à votre thé. Quelque chose ne va pas ?

— Non, pas du tout. »

Line parvint à sourire et but une gorgée de thé alors que l'inquiétante possibilité s'ouvrait à elle. Les pièces du puzzle s'assemblaient. La communication entre la prison et l'extérieur, la planification, les préparatifs. Personne n'aurait eu moins de difficulté à aider Kerr à s'évader que Claes Thancke. Il correspondait au profil du coupable brossé par le psychiatre. En tout point.

Le thé était tiède. Elle se força à l'avaler.

« Comment êtes-vous entré en contact avec Tom Kerr ? Au tout début.

— Ça remonte à loin. J'ai repris le cabinet d'avocats de mon père. Il avait défendu le père de Tom Kerr. Alors la première fois qu'il a eu besoin d'une assistance juridique, il était naturel qu'il s'adresse à mon cabinet.

— Qu'est-ce que son père avait fait ? »

Thancke lui adressa un sourire indulgent.

« Vous pourrez sûrement le découvrir, mais il ne serait pas juste de ma part de vous le dire. »

Elle but encore, pour se donner une contenance. Ses pensées se bousculaient, elle n'arrivait pas à voir clair.

« Je vais juste m'assurer qu'Amalie va bien », s'excusa-t-elle en reposant sa tasse sur la table basse.

Elle traversa la cuisine, le couloir. Elle entendait sa fille jouer. Elle envisagea de la prendre avec elle et de s'enfuir, mais où aller ? Elle n'avait pas les clefs du bateau et, en plus, elle était en chaussettes.

On voyait le ponton par la fenêtre sur le côté de la porte d'entrée. La vedette n'était attachée qu'à l'arrière. Si la mer se creusait ou que le vent changeait de direction, elle risquait de se détacher. Thancke avait dû oublier une amarre ou alors il n'avait pas fini de l'attacher parce qu'il s'était arrêté dans son geste quand elle était tombée à l'eau.

« Le bateau est mal amarré ! » cria-t-elle.

Elle ne comprit pas la réponse de Thancke, mais il enfila sa veste et ses chaussures et s'élança dehors.

Line retourna en toute hâte dans le salon, dégagea le tapis, ouvrit la trappe et regarda en bas. Il y avait de la lumière. Un escalier raide descendait dans une pièce au sol bétonné. Après un rapide coup d'œil vers la cuisine et le vestibule, elle descendit.

78

Elle n'avait probablement que deux ou trois minutes devant elle, peut-être même moins.

La pièce était vide. Deux portes ouvraient sur d'autres pièces vides. Au bout, on voyait une ouverture percée dans la roche. Comme une galerie minière. C'était peut-être un vestige de la guerre, du séjour des nazis sur l'île.

Un câble électrique formait un feston entre deux lampes globes au plafond. Parallèlement couraient deux conduites en métal. Line s'étira et en entoura une de sa main. Elle s'apprêtait à la relâcher quand vinrent trois coups brefs. Le bruit était plus net que dans le salon.

Dix mètres plus loin, la galerie faisait un coude sur la droite avant de se terminer sur une porte dans le rocher, fermée par une barre de verrouillage.

Line saisit de nouveau la conduite et attendit le coup suivant, mais rien ne vint. Elle aurait voulu crier, mais se retint et gratta plutôt le rocher pour libérer un caillou qu'elle tapa trois fois sur la conduite, envoyant ainsi un signal à la personne qui était de l'autre côté de la porte.

La réponse fut immédiate. Trois coups rapides et des appels assourdis à l'intérieur.

Elle sentit les fourmillements de la panique s'étendre comme une vague de chaleur de son plexus solaire à sa tête. Elle avait de la peine à respirer.

Elle fit quelques pas hésitants en arrière, trébucha, mais garda l'équilibre. Puis elle se retourna, remonta à toute vitesse et regarda autour d'elle, s'attendant à trouver Claes Thancke dans le salon. Elle était seule. Elle referma la trappe, la recouvrit avec le tapis et s'élança dans la cuisine, où elle plongea frénétiquement la main dans le bol de riz, faisant gicler les grains de riz sur le plan de travail et sur le plancher. Le téléphone n'y était pas. Il avait dû le prendre.

La porte d'entrée s'ouvrit.

Elle racla tout le riz qu'elle put, le remit dans le bol, essaya de reprendre son souffle. Inspirer, expirer. Lentement. S'inscrire dans un rythme. Elle alla à sa rencontre.

« Je crois qu'il vaudrait mieux que je rentre avec Amalie. Elle se couche dans une heure. »

Thancke resta dans le couloir, interposé entre elle et la chambre où jouait Amalie.

« Vos vêtements ne sont pas secs, dit-il.

— Tant pis. »

Il regarda derrière elle, dans la cuisine.

« Vous n'avez même pas fini votre thé.

— Tant pis. »

Il recula, tâtonna d'une main vers la porte de la chambre d'amis. D'un geste rapide, il la referma, la verrouilla et sortit la clef de la serrure.

79

La confirmation leur parvint alors qu'ils n'étaient même pas à mi-chemin. La voiture de Claes Thancke était garée au port. Il se trouvait dans son chalet.

Ils allumèrent sirène et gyrophare. Une petite voiture de sport devant eux se rabattit. La commissaire avait demandé de la discrétion, mais c'était quand le doute pouvait encore subsister quant au fait qu'il était bien l'homme qu'ils recherchaient. Ce doute était dissipé.

« Il faut une équipe sur l'île, déclara Wisting.

— Les policiers sont en route, assura Hammer, mais ils n'arriveront probablement pas avant nous. »

Le brouillard se densifia à mesure qu'ils approchaient de la mer. La route devint plus étroite et sinueuse et déboucha sur un petit port privé. Trois voitures de police s'y trouvaient. Des policiers en tenue embarquaient sur un bateau équipé d'un gros moteur hors-bord.

Wisting resta assis au volant, le regard fixé sur un quatrième véhicule. Un effroi glaçant le saisit. Les essuie-glaces balayèrent le pare-brise. C'était la voiture de Line.

Il eut beau chercher à nier les pensées qui affleuraient, il savait ce que cela signifiait.

La voiture de Stiller et Semmelmann arriva, se gara à côté. Il ouvrit sa portière, posa le pied par terre. Le bateau était prêt à partir. Le policier qui tenait les amarres les appela.

« Vous venez ? demanda Stiller.

— Line est sur l'île », répondit Wisting.

Il claqua sa portière, se dirigea vers la voiture de sa fille. Elle était verrouillée.

« Téléphone-lui ! » dit Hammer.

Wisting avait déjà son portable à la main, mais la connexion ne s'établit pas.

Le policier qui retenait le bateau les appela encore. Hammer entraîna Wisting avec lui. Celui-ci prit place à l'avant de la vedette, qui démarra dans une secousse. Le vent ébouriffa ses cheveux raides. L'air marin était chargé de sel et de brouillard. Il essuya une goutte sur l'aile de son nez, baissa les yeux.

80

« Maintenant, vous allez faire exactement ce que je vous dis. »

Claes Thancke glissa la clef dans sa poche. De l'autre côté de la porte, Line entendait les « Maman ! » d'Amalie.

Elle décocha un coup de pied dans l'entrejambe de l'avocat, qui s'affala dans un gémissement, bien que le coup eût été plus efficace si elle avait porté des chaussures.

Elle se fraya promptement un passage devant lui, vers la sortie, mais il tendit les bras, la déséquilibra en la saisissant par la taille et la projeta contre le mur.

Parvenant à réprimer un cri, elle se recroquevilla, le souffle coupé. Il la poussa encore. Sa tête partit en arrière et alla rebondir contre la cloison en bois. La voix de Thancke bourdonnait dans ses oreilles, mais elle ne comprenait pas ce qu'il disait. Bras, pieds, genoux, elle se débattait à l'aveuglette, opposant toute l'énergie du désespoir à la force et à la stature de son agresseur. Celui-ci s'appuya de tout son poids contre elle, enfonça son avant-bras gauche dans sa gorge, attrapa son poignet de la main droite et colla son front contre le sien. Sentant son haleine chaude, elle tourna vivement la tête et planta ses dents dans son épaule. Elle sentit le goût du sang.

Il hurla et lâcha prise avant de la gifler. Une fois encore, elle partit dans le mur. Il la retourna en la tirant par les cheveux, la jeta à terre. Elle parvint à se relever en titubant, se précipita vers la porte d'entrée, mais il la rattrapa. Un nouveau coup, à la pommette droite, juste au-dessous de l'œil, l'envoya valser dans la porte de la buanderie, qui s'ouvrit à toute volée. Line dégringola sur le dos. Elle parvint à s'asseoir et à reculer dans un coin, renversa un seau et saisit un balai qu'elle agita comme un fleuret, mais Thancke le lui arracha et s'assit à califourchon sur elle. Il entoura son cou de ses deux mains et lui cogna à plusieurs reprises la tête contre le carrelage. Line griffait sauvagement, mais ne rencontrait que du vide au bout de ses ongles, tandis que Thancke lui serrait la gorge, enfonçait ses pouces dans son larynx.

Elle s'arqua de tout son long, une douleur cuisante derrière les yeux. La pièce chavirait. Elle s'entendit émettre un râle en essayant désespérément de décrisper les doigts qui l'empêchaient de respirer. La constriction s'accentua, lui causant des éblouissements. Line parvint à appuyer une main sous l'œil gauche de Thancke, à lui labourer le visage, pendant qu'elle palpait convulsivement sur le côté de son autre main. Elle trouva quelque chose à agripper et frappa Thancke. Du coin de l'œil, elle aperçut alors ce que c'était : un pulvérisateur bleu.

Elle plaça deux doigts sur le pistolet en le dirigeant sur le visage de Thancke, appuya. Rien. De l'air. Elle essaya encore, la résistance fut plus forte. Une robuste giclée échoua sur le menton de Thancke. Une odeur piquante d'eau de Javel se diffusa aussitôt. Elle appuya encore. Les gouttelettes retombèrent dans l'œil de son agresseur dont la réaction fut immédiate. Il la lâcha en hurlant et chassa le bras qui tenait le flacon.

Line se leva tant bien que mal pendant qu'il se frottait les yeux. Elle se rua dans le couloir, vers la chambre d'Amalie, secoua fébrilement la poignée de porte.

Thancke arrivait derrière elle. Son œil était enflé, collé. Il poussa un rugissement. Line se jeta en arrière. Ils basculèrent dans la cuisine, où le combat reprit. Line lui laboura le visage, lui tira les cheveux. Il la poussa vers le salon, la plaqua contre le mur.

Elle se débattit, s'empara d'un diplôme encadré et le fracassa sur son visage. Un grand lambeau de peau pendait de sa bouche, flottait et battait dans son souffle.

Line recula vers la porte de la terrasse, tâtonna pour ouvrir la poignée. Thancke saisit une chaise à barreaux et l'abattit sur son flanc. Elle sentit des côtes se briser. Il brandit de nouveau la chaise, le coup fut si violent qu'un pied en bois se cassa. Line se laissa tomber sur les genoux. Le sang coulait sur le tapis en coton devant elle. Elle était à bout de forces. Il avait le dessus et le savait.

Il écarta le tapis d'un geste vif et ouvrit la trappe. Line serra les dents, dans un dernier effort. S'il la faisait descendre dans ce sous-sol, elle n'en remonterait sans doute jamais. Pas en vie, en tout cas. Elle ne reviendrait jamais plus auprès d'Amalie.

81

Les pare-battages crissèrent contre le ponton lorsque le bateau accosta. Wisting fut l'un des premiers à sauter à terre. Alors que les policiers en uniforme se déployaient, l'arme levée, pour avancer vers le chalet, il prit le chemin le plus court, avec Hammer.

Ils entendaient des bruits à l'intérieur, indéfinissables, inquiétants.

Ils regardèrent par la vitre sur le côté de la porte d'entrée. Un tapis en boule, un cadre cassé. Des traces de sang vers l'intérieur.

Wisting appuya violemment sur la poignée. La porte était verrouillée.

Ils coururent de l'autre côté du chalet et arrivèrent sur une terrasse avec piscine extérieure. Par les baies vitrées du salon, ils virent Line agenouillée sur le plancher, du sang sur le visage et dans les cheveux. Thancke se dirigeait vers elle. À l'instant où il allait l'attraper, il s'arrêta et se tourna vers eux. L'œil collé, la bouche tordue, il les considéra avec surprise.

Un policier en uniforme se rangea à côté de Wisting et braqua son arme sur Thancke.

Line se leva, sans remarquer ce qui se passait à

l'extérieur. Elle avait un pied de chaise à la main, le brandit comme un gourdin. Le coup atteignit Thancke sur le côté du cou et le fit tomber à genoux. Wisting s'était avancé jusqu'à la porte, mais on le retint en l'écartant. Un policier cassa la vitre avec la crosse de son pistolet-mitrailleur. Ils se ruèrent à l'intérieur, plaquèrent Thancke au sol, le traînèrent jusqu'au centre de la pièce et le menottèrent.

Wisting prit Line dans ses bras, la redressa et la serra contre lui. Elle tremblait comme une feuille.

« Amalie, murmura-t-elle. Amalie est dans la chambre. »

Il la repoussa légèrement et la regarda alors qu'elle se répétait.

« Il a la clef dans sa poche », dit-elle en faisant un signe de tête vers Thancke.

Il la lâcha.

« Attends, demanda-t-elle. Je vais la prendre. Il faut que tu… Maren… »

Elle tourna la tête vers la trappe ouverte.

« Maren Dokken est en bas, chuchota-t-elle.

— En vie ? ne put-il s'empêcher de demander.

— Je crois. »

Appelant Hammer, qui fit venir aussi l'un des policiers en uniforme, il commença à descendre.

« Des outils ! cria-t-il devant la porte verrouillée. On a besoin d'outils. »

Hammer courut vers l'escalier, cria les instructions en direction du salon. On s'activa dans les pièces au-dessus d'eux. Des portes s'ouvrirent, claquèrent. Stiller descendit les fruits de leurs recherches : un pied-de-biche et un marteau. Wisting fit sauter les écrous du mur, décollant par la même occasion quelques morceaux d'enduit et de ciment. Les fixations de la barre de verrouillage cédèrent, Hammer la lança sur le côté. Wisting ouvrit la porte.

La pièce mal éclairée formait un angle. Les murs et le plafond étaient capitonnés de mousse. Il régnait une odeur de moisi. Le faisceau de la torche d'un policier vacilla, longea le sol, captura de la poussière, des moutons gris.

Ils entrèrent au coude à coude, tournèrent le coin. Là. Elle était allongée sur un lit contre le mur. Nue. Les bras levés, écartés, attachés aux montants du lit par des menottes.

Ses jambes étaient ligotées. L'une des cordes était défaite et elle avait pu libérer un pied. Des traces de sang indiquaient qu'elle s'en était servie pour taper dans une conduite le long du mur.

Elle leva la tête et plissa les yeux face à la lumière de la torche. Un large adhésif en plastique recouvrait sa bouche et faisait deux fois le tour de sa tête. Ses yeux roulèrent en arrière et ses paupières se refermèrent.

82

L'obscurité succédait au brouillard gris et moite. Sur le ponton, une couverture drapée sur les épaules, Line observait le chalet. Maren Dokken et Claes Thancke étaient toujours à l'intérieur. Au sous-sol, les policiers se préparaient à remonter Maren.

On avait appelé la vedette des sauveteurs en mer et son père y avait porté Amalie, qui s'était endormie entre eux deux sur le lit de la chambre d'amis. Il était maintenant avec elle dans la cabine. Les pires impressions lui avaient été épargnées, mais Line allait devoir passer du temps à lui expliquer ce qui s'était passé.

La porte du chalet s'ouvrit. Stiller en sortit, descendit vers elle, lui tendit le sac de sa caméra.

« Ils le font sortir maintenant. »

Line ne comprit d'abord pas où il voulait en venir.

« Ils le font sortir maintenant, répéta-t-il en montrant le chalet. Claes Thancke. Ils veulent qu'il soit parti avant de faire sortir Maren. »

Line posa le sac sur le ponton. Avec de vives douleurs dans les côtes, elle se pencha pour prendre la caméra, fixa l'éclairage, nettoya l'objectif avec un bout de la couverture, et fit quelques mètres sur le sentier avant de l'allumer.

La porte du chalet se rouvrit. Line regarda son écran, effectua la mise au point. Un policier sortit. Derrière suivaient Claes Thancke et, tout près, deux autres policiers qui, sitôt le seuil franchi, s'avancèrent pour le prendre chacun par un bras.

Thancke marchait la tête baissée, le pas traînant, les mains menottées dans le dos. Il entra dans la lumière de la caméra, que Line s'évertuait à maintenir stable. Les policiers ralentirent quelque peu. Thancke leva la tête. Il avait un pansement carré devant un œil. Sa profonde entaille à la lèvre était refermée par des sutures adhésives. On avait partiellement essuyé le sang de son visage, mais ses vêtements étaient salis, ses cheveux, collés par paquets.

Il passa à un mètre de distance, la fixa à travers l'objectif. Son regard borgne était si sombre qu'elle n'arrivait pas à distinguer l'iris de la pupille, comme s'il ne recelait plus de lumière, ne la reflétait pas. Puis il se détourna et se laissa guider vers le bateau qui l'attendait.

83

« Ils le font sortir maintenant. »

Stiller conclut son appel téléphonique et désigna l'entrée de l'hôtel. Wisting se pencha entre les sièges. Prenant sa caméra, Line descendit de voiture.

Quelques instants s'écoulèrent, puis les portes s'ouvrirent sur l'enquêteur de l'Inspection générale et deux policiers en civil du groupe d'enquête de Stiller.

Line avança légèrement.

Il n'était pas menotté, mais les images seraient sans ambiguïté. Les deux enquêteurs tenaient fermement Terje Nordbø et le conduisaient à une voiture aux vitres fumées. L'un d'eux lui ouvrit la portière arrière et protégea sa tête alors qu'il se baissait pour entrer dans le véhicule. Le prévenu remarqua Line et s'arrêta, resta à demi engagé dans l'ouverture avant de cacher son visage sous son bras et de se détourner de l'objectif.

Wisting jugeait l'arrestation inutile, la réaction exagérée.

« Ce n'est pas seulement une histoire de divulgation de documents, souligna Stiller. Et ce n'est pas seulement une infraction au secret professionnel. Il a trompé ses supérieurs hiérarchiques pour consolider une fausse accusation contre vous et il a activement contribué à ce que vous soyez jugé d'avance dans la presse. »

Wisting avait les preuves photographiques sur les genoux. C'étaient des captures d'écran des journaux télévisés de TV2. Plusieurs photos de lui avaient été reprises dans des articles de presse écrite critiquant l'intervention de la police lors de l'évasion de Tom Kerr et expliquant que lui-même faisait l'objet d'une enquête interne et était retiré de l'affaire.

Stiller avait envoyé quatre copies des images de Line : une à sa direction à Kripos, une à Agnes Kiil et son état-major, une à Wisting et son groupe d'enquête, et une dernière à l'Inspection générale, qui la lui avait demandée. Chaque copie était identifiée, il avait inséré un filigrane à peine visible dans chaque vidéo ; tout au bord des photos, Wisting devinait le contour des initiales de l'Inspection générale. Les images diffusées sur TV2 ne pouvaient provenir que d'un seul endroit, d'un seul homme.

Les portières de la voiture de police banalisée se refermèrent. L'un des enquêteurs s'installa à côté du prévenu, son collègue prit le volant.

« Le dossier ouvert contre vous sera classé avant la fin de la journée, affirma Stiller. Je vais faire en sorte que TV2 en parle, que ça ne se limite pas à un simple entrefilet dans la presse. »

Wisting hocha la tête. L'issue de l'enquête interne ne l'avait pas inquiété. Il s'était déjà trouvé dans cette situation. À cela près que cette fois, il n'allait pas cesser de penser que la reconstitution avec Tom Kerr aurait pu se passer différemment, les préparatifs, être plus méticuleux, l'exécution, plus rigoureuse, sans compromis. L'évasion et ce qui s'était passé dans son sillage auraient pu être évités. En même temps, ils n'auraient alors pas eu les réponses qu'ils détenaient désormais. L'Autre serait toujours dehors.

84

Il neigeait. Les flocons légers fondaient en se posant, mais le gel n'allait pas tarder à refroidir le sol.

Wisting releva son col. Maren Dokken dirigeait les recherches. Trois mois s'étaient écoulés. Elle avait repris le service. Son épaule blessée lors de l'explosion de la grenade ne serait jamais complètement rétablie, et elle ne retournerait jamais à la brigade mobile, mais elle avait obtenu un aménagement de poste à la brigade criminelle. Elle traînait aussi d'autres séquelles, physiques, mais surtout psychologiques.

Une voiture arriva sur l'herbe fanée du champ, fit demi-tour et se gara. Adrian Stiller en descendit en compagnie d'Idar Semmelmann. Ils saluèrent Wisting et Hammer d'un signe de tête et vinrent les rejoindre en contrebas de l'ancienne scierie.

Trois policiers se tenaient prêts, munis de pelles. Ils avaient été présents aussi le jour de l'évasion de Tom Kerr. Line les filma tandis qu'ils entreprenaient de creuser dans le vieux tas de sciure grise. Espen Mortensen avait revêtu sa combinaison blanche. Il se tenait légèrement à l'écart, prêt à prendre la suite en cas de découverte.

Nils Hammer glissa un sachet de snus sous sa lèvre.

« Les chiens de dépistage de cadavres auraient dû sentir des traces quand on est venus en septembre. »

Wisting n'en était pas si sûr. Des années s'étaient écoulées depuis la disparition de Taran Norum.

« L'affaire Gjervan », rappela-t-il.

Près de vingt ans auparavant, un exploitant agricole avait violé et tué une jeune palefrenière. On avait fini par retrouver son corps dans un tas de fumier. Les chiens n'avaient pas réagi. La sciure isolait les odeurs.

« Claes Thancke était son avocat, précisa Stiller. Il a pu avoir l'idée comme ça.

— Tom Kerr connaissait le coin, ajouta Semmelmann. À peu près la moitié des maisons de vacances ont un jacuzzi ou une piscine. »

On dégagea la couche supérieure de sciure, au-dessous elle s'était transformée en compost. Un beau terreau sombre et humide.

Le travail progressait rapidement, il n'y avait pas de pierres ni de racines ou autres obstacles. Cinquante centimètres plus bas, Maren Dokken ordonna l'arrêt des opérations. Wisting et ses collègues approchèrent. Un bout de plastique noir dépassait.

Mortensen avança avec son appareil photo.

« Il n'aurait pas dû utiliser du plastique, nota-t-il.

— C'est pratique pour le transport », fit remarquer Hammer.

Maren prit la pelle d'un policier, dégagea un peu de compost. Elle repéra le nœud à une extrémité du sac, lança un regard à Mortensen pour lui demander la permission d'extraire le sac et le posa sur une bâche blanche. Il lui tendit un cutter. Elle traça délicatement un cercle juste au-dessous du nœud.

De petits os tombèrent de l'ouverture, suivis de deux autres, de plus grande taille. Elle les aligna sur la bâche, en sortit encore et les disposa de façon à former un bras, une main et des doigts.

Dans les environs, un chien aboya. Maren Dokken se leva, regarda droit dans l'objectif de Line. Puis elle observa Wisting et étira ses commissures. Ce n'était pas un sourire, mais un air satisfait. Il eut tout juste le temps de lui répondre avant qu'elle reprenne la pelle et se remette à creuser.

Elle va s'en tirer, songea-t-il. Elle était marquée à vie, mais c'était quelqu'un de très volontaire, elle allait bien s'en sortir. Il regarda autour de lui, les autres enquêteurs. Hammer, Stiller, Mortensen, Semmelmann. Ils avaient besoin de gens comme elle. Il y en avait encore dehors, des Autres.

Postface

Ce livre parle de la cruauté, du désir d'infliger de la douleur et des souffrances à autrui.

Dans une carrière de policier et dans la vie en général, on ne rencontre pas souvent des gens mauvais, maléfiques. J'ai croisé de nombreux individus qui avaient commis des actes mauvais, mais je compte sur les doigts d'une main ceux qui étaient animés du désir de faire le mal.

J'adresse rarement des postfaces à mes lecteurs. J'aime laisser le roman parler de lui-même. Mais cette fois, j'aimerais faire savoir que j'ai tiré grand parti de la lecture du livre *Om drap* («Du meurtre»), de Pål Grøndahl. Je recommande cet ouvrage à tous ceux qui souhaitent comprendre la psychiatrie médico-légale du meurtre et la thématique du *Mal en personne*.

J'ai trouvé intéressante une série d'articles sur le mal et la vie en prison, accessibles dans les archives d'*Aftenposten*. L'une des contributions est signée par Stig Millehaugen, qui purge toujours sa peine pour meurtre. Elle aborde certaines idées qui sont traitées aussi dans le livre de Robert D. Hare *Without*

Conscience: The Disturbing World of the Psychopaths Among us (« Sans conscience morale : le monde troublant des psychopathes parmi nous »). L'ouvrage *The Lucifer Effect: How Good People Turn Evil* (« L'effet Lucifer : comment des individus bons deviennent mauvais »), du psychologue Philip Zimbardo, est le fruit d'années de recherche sur la cruauté et a aussi été une lecture utile.

Mais ce qui m'a le plus marqué reste néanmoins l'affaire dépeinte par Jon Gangdal dans *Noen kommer til å bli drept* (« Quelqu'un va être tué ») où l'on voit un garçon de quatorze ans tuer Alma Gabriela Knutsen, une camarade de son âge, d'une façon cruelle et calculatrice. J'avais rencontré Gabriela et son assassin en 2015, lors d'une visite d'écrivain dans l'école qu'ils fréquentaient tous les deux. Quand on m'y a réinvité l'année suivante, elle était morte, et ses parents m'ont raconté l'histoire d'un tueur redouté, mais trop jeune pour être poursuivi. Ce fut pour moi la confirmation tragique que le mal existe.

Larvik, le 22 juillet 2019
Jørn Lier Horst

DU MÊME AUTEUR

Aux Éditions Gallimard

Dans la collection Série Noire

LE DOSSIER 1569, 2025.

LE MAL EN PERSONNE, 2023, Folio Policier n° 1040.

LA CHAMBRE DU FILS, 2022, Folio Policier n° 1007.

LE CODE DE KATHARINA, 2021, Folio Policier n° 951.

LE DISPARU DE LARVIK, 2020, Folio Policier n° 934.

L'USURPATEUR, 2019, Folio Policier n° 903.

LES CHIENS DE CHASSE, 2018, Folio Policier n° 878.

FERMÉ POUR L'HIVER, 2017, Folio Policier n° 852.

Dans la collection de livres audio « Écoutez lire »

QUE LE MEILLEUR GAGNE, lu par Philippe Spiteri, 2024.

LE MAL EN PERSONNE, lu par Christophe Brault, 2023.

LE CODE DE KATHARINA, lu par Christophe Brault, 2022.

L'USURPATEUR, lu par Audrey Botbol et Christophe Brault, 2020.

LES CHIENS DE CHASSE, lu par Audrey Botbol et Christophe Brault, 2020.

LE DISPARU DE LARVIK, lu par Audrey Botbol et Christophe Brault, 2020.

FERMÉ POUR L'HIVER, lu par Audrey Botbol et Christophe Brault, 2020.

COLLECTION FOLIO POLICIER

Dernières parutions

916.	Pasquale Ruju	*Une affaire comme les autres*
917.	Jean-Bernard Pouy	*Trilogie spinoziste*
918.	Abir Mukherjee	*L'attaque du Calcutta-Darjeeling*
919.	Richard Morgiève	*Le Cherokee*
920.	Antonio Manzini	*La course des hamsters*
921.	Gunnar Staalesen	*Piège à loup*
922.	Christian White	*Le mystère Sammy Went*
923.	Yûko Yuzuki	*Le loup d'Hiroshima*
924.	Caryl Férey	*Paz*
925.	Vlad Eisinger	*Du rififi à Wall Street*
926.	Parker Bilal	*La cité des chacals*
927.	Emily Koch	*Il était une fois mon meurtre*
928.	Frédéric Paulin	*Prémices de la chute*
929.	Sonja Delzongle	*L'homme de la plaine du nord*
930.	Sébastien Rutés	*Mictlán*
931.	Thomas Cantaloube	*Requiem pour une République*
932.	Danü Danquigny	*Les aigles endormis*
933.	Sébastien Gendron	*Fin de siècle*
934.	Jørn Lier Horst	*Le disparu de Larvik*
935.	Laurent Guillaume	*Là où vivent les loups*
936.	J. P. Smith	*Noyade*
937.	Joe R. Lansdale	*Rusty Puppy*
938.	Dror Mishani	*Une deux trois*
939.	Deon Meyer	*La proie*
940.	Jo Nesbø	*Le couteau*
941.	Joe Ide	*Lucky*
942.	William Gay	*Stoneburner*
943.	Jacques Moulins	*Le réveil de la bête*
944.	Abir Mukherjee	*Les princes de Sambalpur*
945.	Didier Decoin	*Meurtre à l'anglaise*

946. Charles Daubas — *Cherbourg*
947. Chantal Pelletier — *Nos derniers festins*
948. Richard Morgiève — *Cimetière d'étoiles*
949. Frédéric Paulin — *La fabrique de la terreur*
950. Tristan Saule — *Mathilde ne dit rien*
951. Jørn Lier Horst — *Le code de Katharina*
952. Robert de Laroche — *La Vestale de Venise*
953. Mike Nicol — *L'Agence*
954. Gianrico Carofiglio — *L'été froid*
955. Sonja Delzongle — *Le dernier chant*
956. Si-Woo Song — *Le jour du chien noir*
957. Attica Locke — *Bluebird, Bluebird*
958. Dolores Redondo — *La face nord du cœur*
959. Olivier Barde-Cabuçon — *Le Cercle des rêveurs éveillés*
960. Joe R. Lansdale — *Le sourire de Jackrabbit*
961. Hervé Le Tellier — *La disparition de Perek*
962. Antonio Manzini — *07.07.07.*
963. August Cole – P. W. Singer — *La flotte fantôme*
964. Paul Colize — *Toute la violence des hommes*
965. Laurent Guillaume — *Un coin de ciel brûlait*
966. Yûko Yuzuki — *L'œil du chien enragé*
967. Jean-Bernard Pouy – Marc Villard — *La mère noire*
968. Thomas Bronnec — *La meute*
969. Chang Kuo-Li — *Le sniper, son wok et son fusil*
970. Deon Meyer — *La femme au manteau bleu*
971. Deon Meyer — *Jusqu'au dernier*
972. Caroline De Mulder — *Manger Bambi*
973. Elsa Marpeau — *L'âme du fusil*
974. Tim Winton — *La cavale de Jaxie Clackton*
975. Jacques Moulins — *Retour à Berlin*
976. Jeon Gunwoo — *Les 4 enquêtrices de la supérette Gwangseon*
977. Tristan Saule — *Chroniques de la place carrée II Héroïne*
978. Jo Nesbø — *Leur domaine*
979. Abir Mukherjee — *Avec la permission de Gandhi*

980. Robert de Laroche — *Le maître des esprits*
981. Frédéric Paulin — *La nuit tombée sur nos âmes*
982. Gianrico Carofiglio — *Une vérité changeante*
983. Sonja Delzongle — *Abîmes*
984. Audrey Gloaguen — *SEMIA*
985. Jérôme Leroy — *Les derniers jours des fauves*
986. Sébastien Le Jean — *Minuit moins une*
987. Jean-Bernard Pouy — *En attendant Dogo*
988. Thomas Cantaloube — *Frakas*
989. William Irish — *Le diamant orphelin*
990. J. P. Smith — *La médium*
991. Pierre Pelot — *Les jardins d'Éden*
992. August Cole – P. W. Singer — *Control*
993. Janice Hallett — *Le code Twyford*
994. Attica Locke — *Au paradis je demeure*
995. Chang Kuo-Li — *Le sniper, le président et la triade*
996. Frederick Forsyth — *Les chiens de guerre*
997. Hubert Maury – Marc Victor — *Des hommes sans nom*
998. Jeff Lindsay — *Riley tente l'impossible*
999. Paul Colize — *Un monde merveilleux*
1000. DOA — *Rétiaire(s)*
1001. Dror Mishani — *Une disparition inquiétante*
1002. Thomas Bronnec — *Collapsus*
1003. Deon Meyer — *Cupidité*
1004. Gunnar Staalesen — *Grande sœur*
1005. William R. Burnett — *Rien dans les manches*
1006. Patrick Pécherot — *Pour tout bagage*
1007. Jørn Lier Horst — *La chambre du fils*
1008. Antonio Manzini — *Ombres et poussières*
1009. Cyril Carrère — *Avant de sombrer*
1010. Deon Meyer — *Les soldats de l'aube*
1011. Antoine Chainas — *Bois-aux-Renards*
1012. Abir Mukherjee — *Le soleil rouge de l'Assam*
1013. John Brownlow — *L'agent Seventeen*
1014. Clarence Pitz — *Meurs, mon ange*

Tous les papiers utilisés pour les ouvrages
des collections Folio sont certifiés
et proviennent de forêts gérées durablement.

Composition APS-ie
Impression Novoprint
à Barcelone, le 13 janvier 2025
Dépôt légal : janvier 2025

ISBN 978-2-07-308761-4 / Imprimé en France.

643282